그해 봄의 불확실성

그해 봄의 불확실성

시그리드 누네즈
장편소설

민승남 옮김

THE VULNERABLES
SIGRID NUNEZ

모든 것들의 이면에는……

우리가 슬픔이라고 부를 수 있는 속성이 존재한다.

— 제임스 손더스, 『다음엔 내가 너에게 노래할게
Next Time I'll Sing to You』

삶은 우리가 산 것이 아니라

우리가 기억하는 것, 우리가

이야기하기 위해 기억하는 것이다.

— 가브리엘 가르시아 마르케스, 『이야기하기 위해
살다 *Living to Tell the Tale*』

사랑이나 연민을 구하지 않고

어떻게 자신을 드러내는가?

— 마고 제퍼슨, 『니그로랜드 *Negroland*』 집필에 관
한 세미나에서

1부

〈불확실한 봄이었다.〉

　오래전에 읽은 책이라 이 문장 말고는 내용이 거의 기억나지 않았다. 그러니까 나는 책에 등장하는 인물들이나 그들에게 일어난 일들에 대해 말할 수가 없었을 것이다. 그 책이 1880년에 시작되었다는 것도(나중에 찾아보기 전까지는) 말할 수 없었을 것이다. 뭐, 그게 중요하다는 얘긴 아니다. 내가 읽은 소설들에서 무슨 일들이 일어났는지 기억하는 게 중요하다고 믿었던 건 어릴 적뿐이었다. 이제 나는 중요한 것이 책에 서술된 허구의 사건들보다는 독서 중의 체험, 책 속 이야기가 일으키는 감정 상태, 머리에 떠오르는 질문들이라는 진실을 안다. 그런 건 학교에서 가르쳐 줘야 하는데 안 가르쳐 준다. 그 대신 항상 책의 내용에 대한 기억에 방점이 찍힌다. 안 그러면 어떻게 비평을 쓸 수 있겠는가? 어떻게 시험에 통과할 수 있겠는가? 어떻게 문학 학위란 걸 받을 수 있겠는가?

나는 레프 톨스토이의 『안나 카레니나』를 읽은 후 기억에 남은 건 꿀병이 든 소풍 바구니에 대한 묘사뿐이었다고 고백한 소설가를 좋아한다.

나도 버지니아 울프의 『세월』을 읽고 지금까지 기억나는 건 소설의 서두, 그러니까 그 첫 문장으로 시작하여 날씨에 대한 서술이 이어진 것뿐이었다.

책을 쓸 때 날씨 이야기로 시작하지 말 것.[1] 글쓰기의 기본 규칙 중 하나다. 나로선 왜 그래야 하는지 도통 납득할 수 없지만 말이다.

〈무자비한 11월 날씨〉는 찰스 디킨스의 『황폐한 집』 세 번째 문장이다. 그다음부터 디킨스는 그 유명한 안개 이야기를 길게 늘어놓는다.

〈폭풍우 치는 어두운 밤이었다.〉 나는 이 문장이 소설을 시작하는 최악의 방법으로 널리 알려진 것도 도

---

1 미국의 대표적인 범죄 소설 작가 엘모어 레너드의 열 가지 글쓰기 규칙 가운데 첫 번째 규칙. 이하 모든 주는 옮긴이 주이다.

무지 납득할 수가 없다(누구의 주장인지 잊었다. 이것도 찾아봐야겠다). 따분한 동시에 지나치게 신파적이라는 이유로 경멸의 대상이 된 것이다.

(에드워드 불워리턴이 최초로 주장했다. 1830년에 나온 『폴 클리퍼드*Paul Clifford*』라는 책에서. 그 후 다른 사람들이 조롱의 행렬에 동참했는데, 가장 기억에 남는 인물은 레이 브래드버리, 매들린 렝글, 그리고 스누피다.)

오스카 와일드는 날씨를 화젯거리로 삼는 사람들을 묘사할 때 **상상력 결핍**이라는 표현을 썼다. 물론 그가 살던 시대에 날씨 — 특히 영국의 날씨 — 는 따분한 것이었다. 오늘날 전 세계 사람들이 두려워하는 훨씬 더 변덕스럽고, 종종 세상의 종말을 불러올 대재앙이 되기도 하는 그런 게 아니었다.

하지만 여기서 분명하게 짚고 넘어가야 할 중요한 사실은, 디킨스가 이야기한 건 정상적인 안개, 즉 응결된 수증기, 낮게 깔린 구름이 아니라 런던의 지독한 산업 오염이 유발한 독기였다는 것이다.

불확실한 봄이었다.

나는 날마다 이른 아침에 산책을 나갔다. 하루하루 새 계절이 도래하는 모습을 지켜보는 건, 즐거움이 결핍된 삶 속 나의 주된 즐거움이었다. 목련이 꽃망울을 터뜨리는가 싶더니 금세 꽃잎이 졌다 — 해마다 그랬던 것 같지만 2020년 봄만큼 그 무상함에 가슴이 저몄던 적도 없었다. 그보다도 사랑스러운 — 그래, 제일 사랑스러운 — 벚꽃도 그렇게 짧게 피었다. 수선화 나르시서스(복수형은 나르시서시스? 아니면 나르시시?) 그리고 주목해 달라고 외치는 야성적인 입들처럼 보이는 화려한 튤립. 시인 실비아 플라스는 화병에 꽂힌 〈너무도 빨간〉 튤립들을 보고 〈너무도 흥분을 잘 한다〉고 노래한다. 릴케의 〈빨강이라고 말하기 위해 일어선〉 겁에 질린 꽃들도 있다. 엘리자베스 비숍에겐 산딸나무 꽃잎 끄트머리의 반점들이 담배꽁초 불에 덴 것처럼 보였다. 시인들이란.

꽃들은 하나같이 이름조차 아름다운데 그게 과연 우연일까? 로즈. 바이올렛. 릴리. 사람들이 딸 이름으로 선택할 만큼 매력적인 이름들이다. 재스민. 커밀리아. 나는 피튜니아라는 이름을 가진 불도그도 보았다. 미모사라는 이름의 고양이도 있었다.

그 밖에도 아름다운 이름들이 많이 생각난다. 아네모네, 라일락, 어제일리어.[2] 물론 예외도 있을 것이다. 예외란 늘 있게 마련이니까. 나는 **플록스**[3]란 이름은 썩 좋아하진 않지만 꽃 이름 중에 진짜로 흉한 건 단 한 가지도 생각나지 않는다. 당신은 어떤가?

잡초나 약초 같은 다른 식물들 중에는 베치[4]처럼 흉측한 이름을 가진 것들도 있다. 아기에게 베치라는 이름을 지어 준다고 생각해 보자. 머그워트,[5] 밀크베치[6]라는 이름의 쌍둥이를 만난다면? 호르하운드.[7] 버그베인.[8] 웜우드[9]는 C. S. 루이스가 『스크루테이프의 편지 *The Screwtape Letters*』에서 악마 도제에게 붙인 이름이다.

스냅드래건![10] 딸 이름으로는 절대 안 되고, 고양이

2 진달래.
3 풀협죽도.
4 살갈퀴.
5 쑥.
6 황기.
7 쓴박하.
8 승마.
9 약쑥.
10 snapdragon. 꽃의 옆쪽을 살짝 누르면 용의 입 모양으로 벌어지는 식물. 꽃이 금붕어를 닮았다 하여 우리말로는 금어초로 번역된다.

에겐 좋은 이름이다.

나는 어떤 날들에는 오래 — 서너 시간씩 — 바깥에
머물렀다. 동네를 한 바퀴 빙 돌았다. 이 공원 저 공원
돌아다녔다. 공원에 꽃들이 있었으니까. 놀이터가 폐
쇄되기 전에는 어린아이들을 지켜보는 게 낙이었고,
근처 벤치에 앉아 아이들의 명랑한 목소리만 들어도
기분이 좋았다. (평소 같았으면 벤치에 앉아 책을 읽었
겠지만 집중력이 떨어져서 책도 읽히지 않았다. 관심
가는 건 뉴스뿐이었다. 내가 무시하고 싶었던 게 하나
있다면 바로 뉴스였는데 말이다.) 나는 개들이 노는 걸
구경하는 것도 좋아했다. 개 놀이터가 폐쇄되기 전 이
야기다. 이제 우리 모두 어린아이의 상태로 전락한 게
아닌가. 여기 규칙들이 있고, 규칙을 깨면 처벌을 받
을 것이며, 우리에게 행복을 주는 특권들을 박탈당할
것이다. 공익을 위해. 이해한다. 그런데 개들은? **개들
이 뭘 잘못한 거지?**

물론, 나는 여전히 산책 나온 개들을 많이 볼 수 있
었다. 하지만 개들이 왠지 달라 보였다. 개들도 심상치
않은 일이 벌어지고 있다는 걸 알고 있었다. 이맛살을
찌푸린 채 고개를 숙이고 침울하게 타박타박 걸었다.

지금 무슨 일에 휘말렸는지 그 찌푸린 이맛살이 말해 주는 듯했다.

나의 젊은 친구는 내가 바깥에서 시간을 너무 많이 보내는 걸 탐탁잖아 했다.

「잠깐 바람 쐬는 거야 괜찮죠. 그렇다고 몇 시간씩 길거리를 배회할 필요는 없잖아요.」 그녀의 말이었다.

하지만 왜 **배회**라는 표현을 쓴 걸까? 내가 노망이 들어 정처 없이 헤매는 할머니라도 되는 것처럼 말이다.

동네를 한 바퀴 휙 돌거나, 식료품점에 가서 얼른 필요한 물건만 산 다음 꾸물거리지 말고 나온다. **집에 머물러라.** 그게 규칙이었다.

「모르는 척하지 마세요. 당신은 규칙을 깨고 있고, 자신도 그걸 알고 있어요.」 그녀가 말했다.

약자. 그녀는 나를 그렇게 불렀다. 「당신은 약자예요. 그러니까 약자답게 행동해야만 해요.」

규칙을 만드는 사람인 뉴욕 주지사가 동의한 일이다.

소셜 미디어에서는 격리 중인 여자들이 날마다 언론 브리핑을 하는 뉴욕 주지사를 보며 자위행위를 한다는 소문을 퍼뜨렸다.

오늘 아침에 모르는 사람에게서 이메일이 왔는데,

내 글에 분노한 여자였다. 〈쓰레기예요. 전부 다.〉 그 여자의 말이다.

그건 오직 한 가지 의미로 귀결될 수 있다. 나라는 인간이 쓰레기인 게 분명하다.

오래전에도 그런 여자가 있었다. 그 여자는 내 소설에 등장하는 두 인물의 실존 모델이 우리 부모님임이 분명하다며 나에 대한 혐오를 담은 편지를 보내왔다. 그 여자 역시 영어가 모국어가 아니었다.[11]

그 여자는 이렇게 썼다. 〈아픈 사람만 어머니와 아버지에게 그런 나쁜 짓 해요. 나는 당신이 벌주기 바라요.〉[12]

이건 내가 좋아하는 실화인데, 자신이 아는 사람을 모델로 허구의 인물을 만들어 내고 싶어 한 어느 작가에 관한 이야기다. 그 작가는 고등학교 때 이후로 페이지 보이 스타일[13]을 고수한 실존 인물에게 머리를 바짝 자르게 하고 눈에 확 띄는 캣아이[14] 뿔테 안경을 씌워

11 시그리드 누네즈의 어머니는 독일인, 아버지는 중국계 파나마인으로 둘 다 영어가 모국어가 아니었다.
12 영어가 모국어가 아닌 독자의 글이라 작가가 벌을 받기를 바란다는 뜻을 잘못 전달했다.
13 앞머리가 있고 머리끝이 안쪽으로 말린 단발머리.
14 양 끝이 고양이 눈처럼 살짝 올라간 디자인.

변장시켰다. 그리고 현실 속의 인물은 자녀가 없었는데 책에서는 20대 아들 한 명을 등장시켰다.

그 책이 출간되기 몇 주 전에 그 여자는 안구 건조증이 심해져서 더 이상 콘택트렌즈를 낄 수 없게 되었다. 그 여자는 안경을 장만했고, 말하나 마나, 캣아이 뿔테 안경을 골랐다. 이제 더 이상 젊지 않은 나이가 된 그녀는 머리숱도 줄고 색깔도 옅어져 가서 미용사의 권유에 따라 쇼트커트를 하게 되었다. 게다가 그 작가는 물론 그 여자 주위 사람들도 전혀 몰랐던 비밀이 하나 있었으니, 그녀가 10대 때 아기를 낳아 입양을 보낸 것이다. 그리고 이제 20대가 된 그녀의 아들이 생모를 찾기로 결심한다.

내가 듣기론 체호프도 〈내 친구들의 인생 이야기〉라는 제목의 소설을 쓰고 싶어 했다고 한다. 필시 그의 친구들은 체호프가 그 소설을 쓰는 걸 원하지 않았을 것이다.

이번 주초쯤 분노에 찬 메시지가 또 하나 왔는데, 내 글을 읽은 적은 없지만 우연히 그 내용을 알게 되었다는 남자가 보낸 것이었다. 그가 이해(아니, 오해)하기론, 내가 젊은 여자들을 성희롱했다는 이유로 한 교수를 공격했다는 것이었다.

그 메시지는 이랬다. 〈**늙은 여자**가 **나**를 갖고 놀 때 **당신**은 어디 있었습니까? **당신**은 어디 있었어요?〉

나는 어디 있었는가? **나는** 어디 있었는가? 어째서 이 질문이 내 가슴에 파고드는 걸까? 내가 그 남자에게 답장을 보내고 싶다고 사람들에게 말하자 모두들 펄쩍 뛰며 반대한다. **하지 마.**

하지만 요즘 내게 연락해 오는 모르는 사람들이 다 화가 나 있진 않다. 알바니아에 사는 한 여자는 나를 〈친애하는 신사〉로 생각하고 내 아내가 되어 주겠다고 한다. 나를 잘 사랑하겠노라 약속한다. 내가 〈진짜 남자〉가 된 기분을 느끼도록 만들어 주겠다고 한다. (그러고 보니 궁금해진다. 내 페니스를 키우는 방법을 제안하는 이메일들이 많이 오다가 뚝 끊긴 이유가 뭘까?) 그리고 일주일에 한 번꼴로 자원봉사자라는 여자에게 음성 메시지가 오는데, 그냥 안부 확인차 전화하는 거란다. 그 여자의 메시지는 늘 똑같다. 〈주님은 당신을 사랑하십니다.〉 그다음엔 성경 구절이 이어진다.

이렇듯 우주 곳곳에서 내게 호의와 악의의 바람이 불어온다. 사랑과 증오.

한편, 나는 문학 심포지엄을 위한 설문지를 작성하면서 늘 받는 질문에 답변하려고 애쓰고 있다.

쌍둥이 관련 연구들에는 출생 중에 쌍둥이 한쪽이 사망한 사례에 대한 조사도 포함되어 있다. 이 경우 생존한 쌍둥이 다수가 평생 상실감과 고통, 허전함, 죄책감을 안고 산다고 한다. 한 사례에서는, 완전히 성인기에 접어든 후에야 사산된 쌍둥이 형제가 있었다는 사실을 알게 된 남자가 커다란 안도감을 느꼈다고 한다. 아무리 즐거운 순간에도 마음속에 암류처럼 흐르던 슬픔에 대해, 늘 고통을 주던 공허감에 대해 마침내 설명할 수 있게 되었던 것이다.

나는 쌍둥이도 아닌데 어째서 그 남자의 사연이 나의 심금을 울린 걸까? 어째서 그 이야기가 하나의 계시처럼 느껴진 걸까? **무언가 빠져 있어. 무언가를 잃어버렸어.** 나는 이런 생각이 내가 글을 쓰는 본질적인 이유라고 믿는다.

한동안 나는 책을 읽을 수가 없었고 다시 글을 쓸 수 있을지에 대한 확신도 없었다. 그건 그해 봄의 많은 불확실성들 가운데 하나일 뿐이었다. (내가 아는 작가 중에 그런 체험을 하지 않은 이가 없다.) 하지만 여전히

나는 왜 평생 애도하며 사는 기분인지 알고 싶다. 그
감정은 지금까지도 남아 있고 도무지 사라지려 하질
않는다.

이야기할 가치가 있는 모든 이야기는 사랑 이야기, 하고 내가 한때 무척 사랑했던 사람이 말했다.

하지만 이건 그 사람 이야기는 아니다.

나는 기억한다, 한 소년을. 이름은 찰스였다. 옆으로 빗어 넘긴 금발. 소가 핥은 것처럼 뻗친 머리. 나이(열두 살이나 열세 살)에 비해 몸집이 작았고, 돌출된 귀가 소 핥은 머리와 함께 좀 코믹한 인상을 줬다. 『개구쟁이 데니스』의 모델이 되었음 직한 아이였다.

한 소년이, 평범한 소년이 어느 날 무언가에 홀린다. 어느 평범한 토요일 오후, 그 애는 같은 반이지만 잘 모르는 사이인 나에게 전화를 건다. 원하는 게 뭘까? 왜 말을 못할까? 그는 숨통이 조이는 것 같은 소리를 낸다.

「말해!」

「만나고 싶어.」 마침내 그가 불쑥 내뱉는다. 우리 집에 와도 되는지 알고 싶단다.

나는 안 된다고 말하고 전화를 끊는다.

엄마가 그 자리에 있다(엄마는 늘 거기 있다. 그 여자는 절대로 프라이버시라는 걸 지켜 주지 않는다). 엄마는 누구 전화냐고 묻고, 내가 설명해 주자 하던 일 ― 우리가 사는 3층 아파트 창문 밖을 내다보는 일 ― 로 돌아간다. (나는 엄마처럼 노상 창가에 붙어 사는 사람을 본 적이 없었다. 엄마는 TV라도 보듯 몇 시간이고 창밖을 내다보면서, 이따금 프라이석 부인이 살이 엄청 쪘다느니 뭐 그런 평을 하거나 우르르 달려가서 볼 구경거리를 알렸다. 싸움 ― 동네에 싸움이 많이 났다 ― 이나 세입자가 쫓겨나는 광경. 그리고 제일 기억에 남는 건, 위에서 뛰어내린 사람의 시체였다.)

「그 남자애 어떻게 생겼니?」 엄마가 묻는다. 「금발이야?」

그 애는 공중전화로 전화를 건 모양이었다. 내가 사는 데를 어떻게 알았는지 모르겠지만, 자전거를 타고 와서 남은 오후 시간 내내 우리 동네를 오르락내리락

했다. 엄마는 동정적이고 심지어 감탄까지 어린 눈길로(외지인이 그 동네에 혼자 자전거를 타고 들어오는 건 — 조그만 금발 백인 소년이라 할지라도 — 배짱이 필요한 일이었으니까) 그 모습을 지켜보았다.

그 애는 이따금 자전거에서 내려 나에게 전화를 걸어 애원했다.

나는 기억한다, 그때 인정머리 없이 굴었던 걸. 나도 뭐에 홀렸던 것 같다. 그의 관심이 전혀 기쁘지 않았다. 나는 집에까지 끈질기게 따라오는 개구리를 겁에 질린 눈으로 자꾸 돌아보는 동화 속 공주 같았다. 하지만 동화 속 공주는 어리석게도 우물에 황금 공을 빠뜨린 후 그 공을 꺼내 주면 영원한 친구가 되어 주겠노라고 개구리에게 약속하지 않았던가.

시간이 늦어져 가는데도 그 애가 떠날 기미를 보이지 않자 엄마는 손을 쥐어짰고 — **날이 저물 때까지 이 동네에 있으면 안 되는데!** — 나는 울기 시작했다. 평범한 토요일 오후에 드라마 같은 일이 펼쳐진 것이다. 때는 봄이었고, 나는 그 작고 애처로운 형상이 쥐똥나무 산울타리를 따라 천천히 페달을 밟으며 지나가는 모습을 보면서 느낀 수치심이 아직도 생생하다.

엄마가 그 애 편을 들어 줄수록 —「이 먼 데까지 왔
는데 최소한 대화는 나눠 봐야지」— 그 애에 대한 나
의 경멸감은 커져만 갔다.

나중에 엄마가 내게 아무한테도 말하지 말라고 명
령했다. 물론 학교에 가서 다른 아이들에게 소문내지
말라는 뜻이었다. 나는 엄마의 안달에 짜증이 났다. 많
은 여자들이 그러하듯, 엄마는 언제나 여자보다 남자
한테 더 쉽게 공감했다(물론, 남편은 예외여서 평생 슬
하게 지독한 원망을 품었지만). 그런데 엄마의 태도에
서 내게 모종의 책임이 있음을 암시한 것의 정체는 무
엇이었을까? 내가 그 애를 부추기는 행동을 한 적이 없
었음에도 실제로 그 개구리에게 무언가 빚을, 그것도
어쩌면 큰 빚을 졌다는 느낌을 준 것 말이다.

엄마는 생전 알지도 못하는 남자애한테는 다정하고
자기 딸에게는 냉혹했다. 내가 다시 보인다는 듯 쳐다
봤다. 나에게서 마음에 안 드는 점을 발견하기라도 한
듯했다.

다음 주 월요일에 학교에서 그 남자애는 내 시선을 피
했다. 그 누구와도 시선을 마주치려 하지 않았다. 돌처
럼 굳은 표정으로 고개를 푹 숙이고 앉아 있는 모습이

조부모 중 한 분이 돌아가시기라도 한 듯했다. 내가 교실에서 그 말을 퍼뜨리자 내 친구들도 나처럼 분개했다.

나는 기억한다, 그 애의 귀를. 작은 속닥거림과 킥킥거림까지 들을 수 있는 크기와 모양을 가진 귀. 그는 앞줄에 구부정하니 앉아 미동조차 없었다. 맹수를 만난 먹잇감처럼 꼼짝도 하지 않았다. 마치 그의 두개골에 구멍을 내어 그 구멍으로 빨간 페인트를 붓고 있기라도 하듯 어두운 홍조가 서서히 그의 목덜미를 타고 올라갔고, 그러잖아도 큰 귀가 피가 몰려 더 커진 것 같았다. 그러자 다들 한 마디씩 했고 — **쟤 귀 좀 봐! 쟤 귀 좀 봐!** — 선생님이 조용히 하라고 소리를 지른 후에야 잠잠해졌다.

내가 나빴다, 맞다. 하지만 그 대가를 한 번이 아니라 **너무** 여러 차례 치르도록 만든 것에 대해선 신들에게 따지고 싶다.

그 애는 다시는 나를 성가시게 하지 않았다. 사실 나에 대한 관심을 완전히 거뒀다. 그렇다고 다른 여자애한테 관심을 돌린 것도 아니었다. 아예 여자에 대한 흥미를 잃었다. 도전과 실패를 겪으면서 사랑에 대해 알아야 할 건 다 배우고 다음 단계로 넘어가기라도 한 듯했다.

깜빡 잊고 말 안 했는데, 그 애는 전학생이었다. 가족과 함께 우리가 사는 도시로 이사 온 것이다. 하지만 훌륭한 애라 잘 적응했고, 친구들도 사귀었으며, 거기엔 나도 포함되었다. 우리는 마치 아무 일도 없었던 것처럼 친구로 지냈다. 아이들은 어른들보다 — 그리고 신들보다 — 쉽게 용서하고 잊는다. 그때 나는 그걸 너무도 자연스럽게 느꼈던 기억이 난다. 찰리가 그 일로 내게 앙심을 품었더라면 그게 더 이상했을 것이다.

나는 기억한다, 학교에 다닐 때 찰스 디킨스의 『위대한 유산』을 원작으로 한 연극에서 에스텔라 역할을 맡았던 일을.

핍이 에스텔라에게 배신당하면서도 변함없이, 늘 그녀를 사랑한 것도 기억난다. 그 연극의 각본과 감독을 맡았던 선생님도 기억나는데 완전히 괴짜였고(아이들이 거의 의무적으로 괴롭히게 되는 그런 선생님들 중 하나였다), 중학생의 단막극에 목숨 거는 것도 괴상하기 짝이 없었다. 그녀는 리허설 때 신발을 벗어 던지고 맨발로 무대 위를 누비며 연기 시범을 보이고 우리를 구슬렸다. 얼마나 정력적으로 움직이는지 치마 허리끈이 뒤틀리고 피부는 땀으로 번들거렸다(방과 후 강당은 추워서 우리는 오들오들 떨고 있었는데 말이다). 대사에 생명력을 불어넣던 그녀의 목소리가 귀에 선하다.

애, 빈둥거리지 마.
저는 그 애가 아주 예쁘다고 생각해요.
아니, 얘는 천한 노동자라고요!
그래? 넌 저 아이 가슴을 찢어 놓을 수 있겠구나.

사투리도 들리는데, 내 기억이 지어낸 게 아니라면 그 선생님은 남부 출신이었다. 선생님이 도무지 분위기에 젖어 들지 않는 핍에게 실망하고, 발성이 안 되는 나에게 좌절하고, 다른 여학생에게서 마녀 같은 영국 노처녀의 모습을 끌어내어 진짜 기괴한 장면을 연출했던 것도 기억난다.

다른 수업에서 우리는 요약본으로 나온 디킨스의 『데이비드 코퍼필드』를 읽는다.

선생님이 나를 호명하더니 스티어포스에 대해 묘사

해 보라고 말한다. 장점과 단점을.

「스티어포스는 잘생기고, 똑똑하고, 부자이며, 매력적이고, 낭만적이고, 인기도 많습니다. 스티어포스는 이기적이고, 부정직하며, 꼬마 에밀리에게 나쁜 짓을 하고, 가난한 사람들에게 인색합니다.」

「그럼 너는 세상에 스티어포스 같은 사람들이 많다고 생각하니?」 로젠버그 선생님이 묻는다.

나는 자신 있게 아니라고 대답한다.

「정말로?」 로젠버그 선생님이 내게 한 번 더 기회를 준다. 내가 고개를 끄덕이자 선생님은 이렇게 말한다. 「그렇다면 넌 참 순진하구나.」

「세상에는 스티어포스 같은 사람들이 득실거린단다.」 선생님이 내 눈을 똑바로 보며 말한다.

그러니까 나는 경고를 받은 거다.

또 다른 남자애: 이름은 래리였다. 그는 다른 학교 (가톨릭 학교)에 다녔지만 우리 중학교 근처에 살아서 거기 애들과 자주 어울렸다. 그는 질이라는 여자애한테 반해서 당시 거기서 유행하던 방식대로 질에게 자기 이름이 새겨진 팔찌를 바쳤다. 질은 퇴짜를 놓았다

가 거의 금세 마음을 바꿨다. 어쩌면 사실 처음부터 진짜로 거절할 생각은 없었는지도 모른다. 얼마든지 일어날 수 있는 일 아닌가.

하지만 거의 순식간이라고 할 수 있는 그 사이에 래리의 마음이 바뀌고 말았다. 어쩌면 그건 자존심의 문제였는지도 모른다. 아무튼, 모든 게 끝났다. 래리는 잔인한 짓을 하지 않았다. 그는 스티어포스보다 코퍼필드에 가까운 좋은 아이였고, 홀어머니와 함께 살고 있었다(당시엔 보기 드문 가정 형태였다). 그는 고소해하지 않았다. 우리의 질을 괴롭히지도 않았다. 하지만 그녀는 마음의 상처가 큰 것 같았다. 몸을 쇠약하게 만드는 병에라도 걸린 것처럼 생기가 전혀 없었다. 학교에서도 온종일 창백한 얼굴에 넋 나간 표정으로 앉아 있었고, 한 남학생이 헬렌 켈러라고 놀리는데도 알아채지도 못했다.

질은 가끔 조용히, 조심스럽게 울었고, 내 기억으로는 한 번 갑자기 발작적으로 요란하게 흐느껴서 수업을 중단시키기도 했다. 그때 선생님은 무슨 일인지 묻지도 않고 농담으로 넘기려 했다. 「맙소사, 누가 죽기라도 했니?」

우리 여학생들끼리는 서로 감추는 게 거의 없고 특히 남학생 관련 문제라면 더했는데도, 질은 우리에게 그 일에 대해 함구했다. 그녀의 침묵은 우리에게 두려움을 안겨 주었는데, 아무도 입에 올리려 하지 않는 위기들—성추행을 당하는 성당 복사, 아버지에게 심하게 맞아서 직장에 전화해 병가를 내야 하는 엄마, 유방암에 걸린 엄마, 강간당한 어린 여자애나 성인 여성의 경우 같은—수준의 고통을 겪고 있는 것 같아서였다.

질의 고통에는 연극적인(가식적인) 면은 없었으나, 그녀에겐 **분명** 비극의 주인공다운 풍모가 있었다. 원래 예뻤던 질은 시련을 겪으면서 성숙하고 진지한 사람으로 변모해 갔다. 그녀는 우리들 사이에서 성숙하고 진지한 모습으로 앉아 있었다. 조용하고, 근엄하고 무척이나 아름다웠다.

그 고통이 영원하진 않았겠지만, 분명 그녀에게 평생 지워지지 않는 흔적을 남기지 않았을까? 단순한 목격자에 불과한 나도 사랑에 대한 생각이 바뀌고 말았다. 사랑 노래들은 다 그런 내용이었지만 그 노래들이 과장이 아니라는 증거를 본 것이다. 사랑은 마치 질병처럼 다가와 우리를 집어삼킬 수 있었다. 우리에게 아무런 악감정이 없는 평범한 소년이 우리를 무너뜨리고 그리하여 우리는 앞날이 창창한 나이에 더 이상 살고 싶지 않다는 생각을 하게 될 수도 있었다.

무엇보다 섬뜩했던 건, 질에겐 원망할 대상이 애초에 사랑을 고백한 남학생에게 퇴짜를 놓은 자신뿐이었으리란 점이었다. 형벌이자 조롱, 잔혹 행위가 되어 버린 사랑. 그 공포.

물론 늘 그런 일이 벌어지는 디킨스 소설들에서는 결국 다 잘 해결되었다. 도중에 숱한 고통과 말썽, 오해가 따르긴 했다. 하지만 설령 그런 부분들을 읽으며 눈물을 흘린다고 해도 마지막에 해피 엔딩이 기다리고 있다는 게 위안이 되었다.

그때 내가 디킨스를 좋아했던 건 놀라운 일이 아니었다. 이젠 디킨스를 읽을 수 없는 것도 놀라운 일이 아니다.

나는 학교를 졸업하고 세월이 꽤 지난 후 디킨스의 『우리 둘 다 아는 친구*Our Mutual Friend*』를 다시 읽기로 결심한다. 예전에 느꼈던 황홀함을 기대했건만, 따분함에 마음이 짓눌린다. 하지만 그런 일은 일어난다. 한때 세상의 전부처럼 느껴졌던 작가들이 더 이상 그런 전율을 주지 않는 경우도 있다.

아니면, 내가 전에는 알지 못했던 진실을 알게 되면서 그런 문제가 발생했을 수도 있다. 디킨스의 아들 찰리의 슬픈 폭로에 따르면, 그의 아버지는 자신이 창조해 낸 작품 속 아이들을 때로는 친자식들보다 더 진짜처럼 여겼다고 한다. 디킨스는 아내에게 잔인하게 굴었던 것으로도 유명한데, 아내를 버리고 10대 배우에게 간 후에도 학대가 이어졌다고 한다.

세상에는 디킨스 같은 사람들이 득실거린다.

그렇다면 나의 찰스는 어떤가? 그 애는 어떤 남자로 자랐을까? 친절한? 야비한? 그가 그때 일을 기억한다면 어떤 기억으로 남아 있을까?

내가 래리에 대해 마지막으로 들은 소식은 당시 내가 알던 많은 소년들처럼 군에 입대했다는 것이었다. (그의 이름이 새겨진 팔찌가 어떻게 내 손에 들어오게 되었는지는 다른 이야기다. 다른 사랑 이야기. 당신이 생각하는 그런 건 아니지만.) 나의 엄마는 5년 전에 돌아가셨다. 어릴 때 살던 동네. 그곳은 슬럼이 아니었는데 슬럼이라고 불렸다. 게토[15]가 아니었는데 게토라고

15 소수 인종이나 민족, 종교 집단이 모여 사는 동네.

불렀다.

나는 충동적으로 인터넷에서 내가 열일곱 살 때까지 살았던 동네를 검색해 본다. 〈⋯⋯에서 살 생각을 하고 있나요?〉라는 제목 밑에 이런 〈공식 통계들〉이 나온다.

교통: 나쁨. 일상생활: 나쁨. 안전: 나쁨. 건강: 나쁨. 스포츠와 레저: 나쁨. 오락: 나쁨. 인구 통계: 나쁨.

마지막으로 핀 꽃들 중에 수국이 있었다. 수국은 〈정원의〉라는 뜻을 가진 라틴어 호르텐시아[16]로도 알려져 있다. 다른 꽃들보다 강인해서 훨씬 오래, 거의 여름 내 피어 있다. 내가 본 수국은 주로 푸른색 — 베이비블루 — 이었지만 공원에 따라 흰색과 크림색, 분홍색, 그리고 분홍색과 푸른색이 섞인 색 — 라벤더색이나 라일락색(이 두 색이 다른가?) — 도 있었다.

하지만 라일락과 라벤더는 꽃 이름이기도 하니, 〈저 수국은 라일락이야〉라거나 〈저 수국은 라벤더야〉라고 말할 순 없다. 그건 마치, 〈저 고양이는 개처럼 아파〉[17]

16 hortensia. 호르텐시스hortensis의 복수형.
17 sick as a dog. 몹시 아프다는 의미의 관용어구.

라거나 〈그의 눈은 그의 아킬레스건이야〉라고 말하는 것과 같다. (이건 내가 지어낸 비유가 아니라 어딘가에서 읽은 것이다.)

할머니 꽃. 나는 수국이 그렇게 불리는 걸 들으며 자랐지만 도무지 그 이유를 알 수 없었다. 당시 많은 여자들이 흰머리를 감추기 위해 쓰던 푸른 린스와 색이 비슷해서였을까? 푸른 머리는 흰머리와 똑같이 노화의 표시인데 그게 어떻게 나이를 감출 수 있는지 나에겐 미스터리였지만 말이다.

그건 그렇고, 〈할머니 향수〉라는 말을 들으면 무슨 냄새가 연상되는가? 아마도 질릴 정도로 강한 꽃 향이 아닐까 한다. 아이를 질식하게 만들 수도 있는 할머니의 포옹을 생각해 보라.

또 다른 미스터리: 수국을 싫어하는 사람들이 왜 그렇게 많을까? 당신도 어쩌면 그 영상을 봤거나 아니면 적어도 그 이야기를 들었을 것이다. 마돈나가 팬에게 수국을 받았을 때 일어난 사건 말이다. 마돈나는 즉시 그 꽃을 안 보이는 데로 치우며, **난 수국이 진짜 싫어**라고 말했는데, 수국이 늙은 여자를 연상시킨다는 점 때문에 그런 극단적인 반응을 보였을 수도 있다는 억측

35

이 나돌았다. 나이 들어 가는 섹스 심벌의 반사적 공포. (당시 마돈나는 53세였다.)

나 역시 한때 수국을 싫어했었다. 나는 수국이 집 주변 여기저기에, 잔디밭 가장자리에 마치 포도송이나 가슴처럼 불룩한 덤불에 탐스러운 코르사주처럼 피어 있는 걸 보며 내가 그 집이나 잔디밭 주인이라면, 내 소유의 정원이 있다면 수국은 심지 않으리라 생각했던 기억이 난다. 수국 대신 작약을 심고 싶었다.

하지만 지금은 공원들을 찾아다니며 수국을 보면서 황홀한 기쁨을 얻고 있으니, 과거엔 왜 수국의 눈부신 아름다움을 알아보지 못했는지 의아하지 않을 수 없다. (나와 똑같은 경험을 한 친구는 이렇게 설명했다: 나는 은퇴하던 해에 그런 일이 일어났어. 특정 연령에 도달하면 그 모든 게 한꺼번에 작동되는 거지. 사회 보장 연금, 노인 의료 보험, 수국에 대한 애호.)

〈수국에 대한 애호.〉 구식 책 제목 같다. 그리고 물론, 호르텐시아는 늙은 여자 이름 같다. 머틀처럼. 마틸다처럼. 헨리에타처럼. (최근 아기에게 이런 복고풍 이름들을 붙이는 게 다시 유행이라고 한다.)

또 한 친구 말로는 자기가 자란 곳에서는 철쭉이 할

머니 꽃으로 알려져 있었다고 한다.

두 색이 다른 것 같긴 하다. 라벤더는 푸른색 계열의 자주색이고, 라일락은 분홍색 계열의 자주색이다.

〈푸른 수국〉과 〈분홍 수국〉. 둘 다 릴케의 시 제목이다.

나는 언젠가 글에서 마돈나에 대해 언급한 적이 있는데, 어떤 내용이었는지는 이제 기억나지 않는다. 편집자가 그 부분을 들어내면서 머지않아 독자들이 마돈나가 누구였는지도 잊게 될 거라고 말했다. 조녀선 프랜즌이 쓰고 있는 소설 제목이 〈수정〉[18]이라는 소식을 듣고 이렇게 장담한 편집자였다. 「끔찍한 제목이군. 세 부 정도밖에 안 팔리겠어.」

그 돼지 농장은 돼지우리다. 그는 휠체어를 목발로 쓴다.

그녀는 수국을 진짜 싫어했다!

작약은 여전히 내가 제일 좋아하는 꽃이다.

봉쇄 기간에 내가 맨해튼을 **배회**하고 있을 때, 콜럼

18 *The Corrections*. 국내에는 『인생 수정』이라는 제목으로 번역 출간됨.

토빈은 베네치아를 배회하고 있었다. 세계에서 가장 아름다운 도시가 이제 가장 아름다운 유령 도시로 둔갑했고, 토빈에게 이런 생각이 떠올랐다. 〈노년에 접어들면서 골똘히 생각하게 되는 주제 중 하나가 인생의 불공평함이다.〉

정말이다. **그는** 베네치아에 갔으니까.

J. M. 쿳시는 많은 작가들에게 말년에 〈이상적인 형태의 단순하고 절제된, 장식적이지 않은 언어와 진짜 중요한 문제들(삶과 죽음의 문제까지)에의 몰입〉이 찾아온다고 한다.

T. S. 엘리엇은 베토벤이 말년에 작곡한 현악 사중주를 들으며 이렇게 말했다. 〈그의 일부 후기 작품들에는 어떤 천상의, 그게 아니더라도 최소한 인간계를 넘어선 흥겨움이 있으며 그건 엄청난 고통 후의 화해와 안도의 결실로 찾아오는 듯하다. 나도 죽기 전에 그런 흥겨움을 조금이나마 시에 넣고 싶다.〉

엘리엇에게 영감을 준 음악을 쓴 베토벤의 말년은 겨우 50대 중반이었지만, 그 비슷한 나이에 「네 사중

주「Four Quartets」를 쓴 엘리엇은 76세까지 살았음을
알아 두기 바란다.

나는 그녀를 로즈라고도, 바이올렛이라고도, 릴리라고도 부를 수 있었다.

그녀는 우리 중에서 제일 먼저 결혼했다. 아기도 제일 먼저 낳았다. 그리고 제일 먼저 죽었다.

릴리.

우리에게 그녀의 장례식은 동창회이기도 했다. 아마 장례식들이 대개 그럴 것이다.

매장이 끝난 후 이제 릴리의 남편 혼자 살게 된 집에 모였을 때 그가 우리에게 말해 주기를, 릴리는 얼마 전부터 자신에게 무슨 일이 벌어지고 있다는 확신을 갖고 있었다고 했다. 나쁜 일은 아니고 이상한 일.

릴리는 미신을 잘 믿었다. 원래 늘 그랬었고, 징조를

믿었다. 오랫동안 소식조차 없었던 사람들이 왜 갑자기 그녀를 찾기 시작한 걸까? 하루는 두 남자에게서 메시지가 왔는데, 릴리가 젊었을 때 사귄 남자 친구들이었다. 〈네 꿈을 꿨어.〉 한 남자가 메시지에서 말했다. 〈문득 네 얼굴이 떠올랐어.〉 다른 남자의 메시지 내용이었다. 그녀가 잘 기억도 못 하는 어릴 적 친구로부터 손 편지가 오기도 했다. 편지 내용은 이랬다. 〈지금까지 내내 그 일이 마음에 걸렸어. 사실 내 잘못이었는데 너한테 누명을 씌웠어.〉 릴리의 남편 말로는, 아내가 전혀 기억하지 못하는 사소한 사건을 두고 그런 편지를 보내왔다는 것이었다. 릴리는 과거에 알고 지내던 사람이 자신에게 50달러를 빌린 다음 그걸 갚지도 않고 사라진 일에 대해선 아주 또렷이 기억하고 있었다. 그런데 그 남자까지 갑자기 등장하여 심심한 사과와 함께 수표를 보내왔다!

릴리의 남편은 꿈 이야기도 했다. 릴리는 오래전부터 꿈을 기억하지 못했다. 아주 특별한 경우를 제외하고는 자신이 무슨 꿈을 꾸었는지 단편적인 기억조차 없어서 밤에 꿈을 아예 안 꾸는 것이나 마찬가지였다. 밤에 잠이 깼다면 자신이 꿈속 풍경이나 사건 한가운데 있었음을 분명 알았겠지만, 아무리 애를 써도 기억을 되살릴 순 없었다.

릴리가 그것 때문에 걱정했다고 그녀의 남편이 말했다. 그건 모든 사람들이 겪는 일은 아니니까 늙어 가면서 자연스럽게 생기는 현상이라고는 할 수 없고, 나이 관련 장애면 어쩌지? 알츠하이머병 초기 증상이면 어쩌지?

그랬는데 변화가 생겼다는 것이었다. 릴리는 이제 매일 아침 특정한 꿈들을 생생히 기억해 내기 시작했다. 그녀의 관심을 끈 건 꿈의 내용이 아니었다. 릴리가 늘 꾸었고 모두가 꾸는 — 대부분 앞뒤도 안 맞고 터무니없는 내용이라 꿈꾼 사람에게는 매혹적일 수 있어도 아침 식탁에서 이야기해 봐야 듣는 사람을 따분하게 만들 뿐인 — 꿈들이었던 것이다.

릴리는 숨겨진 의미 같은 것에도 관심이 없었다. 원래 릴리는 꿈의 해석을 임상 도구로 사용하는 것에 대해 비난까지는 하지 않더라도 미심쩍어했었다. 따라서 그녀에겐 무슨 꿈을 꾸었는지가 아니라 나중에 꿈에 대해 또렷하고 생생하게 기억한다는 게 중요했다고 그녀의 남편이 설명했다. 그녀는 한두 가지 요소만이 아니라 풍부한 세부 내용이 담긴 정교한 장면들, 짧은 단막극을 되살려 냈다. 릴리에게 그런 변화가 찾아온 이유가 무엇이었든, 그녀가 알고 싶어 한 건 바로 그 이유였을 터였다.

그러더니 마지막 주에는 냄새를 맡기 시작했다고 릴리의 남편이 말했다. 「이 냄새 안 나?」 그녀는 허공에 대고 코를 킁킁거리며 묻곤 했다. 늘 똑같은 냄새로, 요리와 관련된 것이었다. 프렌치토스트 냄새 같다고 그녀는 설명했다. 시나몬과 갈색 버터 냄새. 애도뿐 아니라 사별한 사람들이 흔히 겪는 수많은 후회에도 시달리고 있던 릴리의 남편은 자신이 그때 그 일을 대수롭지 않게 여긴 걸 놀라워했다. 그 냄새가 불쾌하고 역한 악취였다면 그는 — 혹은 릴리도 — 좀 더 경각심을 가졌을까?

그랬더라도 달라질 게 없었을 거라고, 이미 그때쯤엔 손을 쓸 수 없었을 거라고 사람들은 말했다.

「완전히 달라졌을 거예요!」 릴리의 남편이 무의식적으로 두 주먹을 불끈 쥐며 말했다. 「최소한 우린 마음의 준비를 할 시간을 가질 수 있었을 테니까. **작별 인사를 나눌 시간을 가질 수 있었을 테니까.**」

그는 다림질한 검은 정장에 흰 셔츠, 검은 넥타이 차림이었음에도 부스스해 보였다. 그 전에 장례식에서 추도사를 했었는데, 장례식장 특유의 깊은 정적이 흐르고 있었는데도 그의 목소리가 너무 약해서 우리는 잔뜩 귀를 기울여야 했다.

우리는 릴리의 남편에 대해 잘 몰랐다. 자녀들에 대해선 전혀 몰랐다. 맏이인 아들이 자신의 어린 아들을 골반에 걸쳐 안고 조문객들로 북적거리는 거실 안을 누비며 일일이 감사 인사를 하고 있었다. 딸은 아버지 곁에 의자를 끌어다 놓고 앉아 우리와 이야기를 나눴다. 가족 모두 사랑하는 사람의 갑작스러운 죽음이 초래한 충격에 빠진 상태였다. 릴리의 딸은 자신이 멀쩡히 돌아다니면서 할 일을 하고는 있지만 사실 제정신이 아닌 것 같다고 말했다.

「명절[19] 때 마지막으로 집에 왔었는데 엄마 행동에서 몇 가지 변화가 보이긴 했어요.」 딸이 말했다. 「엄마는 명절을 무척 좋아하면서도 늘 한편으론 부담스러워했고, 새해를 맞이하는 걸 우울하게 여겼었죠. 그런데 올해는 달랐어요. 부담감이나 우울함이 전혀 없는 듯

19 추수 감사절에서 크리스마스, 새해를 아우르는 미국의 긴 연휴.

했고, 오히려 태평해 보였어요.

엄마가 30년 동안 살아온 집인데, 마치 신기한 데라도 온 것처럼 두리번거리는 모습을 몇 번 보긴 했어요. 하지만 그런 일은 드물고 또 순식간이기도 해서 내가 잘못 해석했거나 엉뚱한 상상을 하는 건지도 모른다고 생각했죠. 게다가 저도 그때 경황이 없는 상태였어요. 막내 아이가 학교 성적이 떨어지기 시작한 데다 회사 직원이 차별 대우를 당했다며 소송을 걸어와서 스트레스가 많았죠.」

릴리의 딸이 이야기를 이어 갔다. 「저는 집에 올 때마다 오후에 엄마와 산책을 나가곤 했는데, 그때도 이상한 점을 발견했어요. 엄마는 이웃집 크리스마스 불빛, 구름, 날쌔게 움직이는 다람쥐 같은 걸 보고 생전 처음 보듯 걸음을 멈추고 손가락으로 가리켰어요. 제 아이들이 어렸을 때 밖에 데리고 나가면 아주 흔한 것들을 보고도 신기해서 입을 벌리고 구경했던 기억이 났어요.」

릴리의 딸은 엄마의 웃음도 예전과 달랐다고 말했다. 「일반적인 웃음을 말하는 게 아니라, 우리가 보기엔 웃을 이유가 없는데도 까닭 없이 웃는 그런 웃음이요. 엄마는 누가 전혀 우습지 않은 말을 해도 고개를

45

끄덕이며 킥킥 웃었죠. 엄마가 유머 감각이 없는 분이었다는 뜻은 아니고 평소엔 쉽게 웃는 편이 아니었거든요. 엄마는 이른바 명랑한 성격은 아니었고 유머도 늘 냉소적이었어요.」

「아버지도 그걸 알아채셨죠.」 딸이 아버지 손을 토닥이며 말했다.

「하지만 우리 둘 다 그 얘기를 꺼내진 않았어요.」 아버지가 말했다. 「그걸 문제 삼을 생각을 안 했던 거죠.」

정적이 흘렀고, 그동안 아버지와 딸이 서로의 죄책감을 인정하고 달래 주려 애쓰는 게 느껴졌다.

릴리의 행동이 이상하긴 했지만 무해한 데다 심지어 일부 매력적이기까지 한 것들도 있었다고 남편이 말했다. 「그렇지만 않았더라면, 릴리가 그토록 완벽하게 행복해 보이지만 않았더라면, 더구나 마지막 건강 검진 결과도 아무 이상이 없다고 나와서 ──」

「엄마는 멀쩡했어요!」 딸이 끼어들었다. 「날마다 직장에 나갔고, 거기서도 아무 문제가 없었죠.」 릴리의 딸은 거실 저편에서 티샌드위치[20]와 양귀비씨케이크를 먹고 있는 텁수룩한 백발에 덩치가 큰 남자를 흘끗

20 차와 곁들여 먹는 작은 샌드위치.

보며 말했다. 릴리가 오래 일한 교과서 만드는 회사 대표였다(나는 그가 텁수룩한 검은 머리를 하고 다녔던 시절에 릴리와 몰래 불륜을 저지른 적이 있었음을 떠올렸다). 「엄마는 여전히 독서 모임에도 나가고 자원봉사로 하던 동물원 안내인 일도 그만두지 않았어요.」

「하지만 무슨 일이 생겼던 건 확실해요.」릴리의 남편이 말했다. 「결국 본인이 아무래도 병원에 가봐야겠다고 선언했으니까요. 자세한 이유는 설명하지 않고 그냥 자기가 제정신이 아닌 것 같다고만 했어요. 릴리는 이렇게 말했어요. 내가 제정신이 아니야. 뭐라고 설명할 수는 없지만 내 정신이 아냐.」

릴리는 다음 날 아침으로 병원 예약을 잡았다.

「난 아래층에서 기다리고 있었어요.」릴리의 남편이 말했다. 「아내와 병원에 함께 가려고 하루 휴가를 냈죠.」

집에서 출발할 시간이 되었는데도 릴리가 나타나지 않자 그는 위층으로 올라갔다. 그는 잠시 말을 끊고 고개를 저었다. 손으로 눈을 덮었다.

「릴리는 갈 준비가 되어 있지 않았어요. 옷도 안 갈

아입고 아직 실내 가운 차림이었어요. 그리고 두 팔을 들고 있었어요.」릴리의 남편은 파트너와 함께 춤추는 자세로 자신의 두 팔을 들었다. 「릴리는 왈츠를 추며 방 안을 돌아다니고 있었어요. 눈을 뜨고 있었지만 내가 보이지 않는 것 같았어요. 다른 데 가 있는 사람처럼. 그리고 작은 소리로 노래를 흥얼거리고 있었어요.」

고통스러운 것 같진 않았다고 릴리의 남편은 말했다. 「편안한 얼굴이었고, 꿈꾸는 듯 미소를 짓고 있었어요.」

그가 릴리를 본 후 그녀 이름을 부르기까지 걸린 시간은 몇 초에 지나지 않았을 수도 있었다.

「마치 내가 아내를 총으로 쏘기라도 한 것 같았어요.」그가 말했다.

릴리는 대개 사람들이 기절할 때처럼 허물어지듯 쓰러지지 않았다. 도끼로 찍은 나무처럼 넘어갔다.

「난 미신 안 믿어. 그런 것들이 징조였다고 생각하지 않아.」 (나는 과거의 사람들이 릴리에게 갑자기 연락을 해 온 것에 대해 그렇게 말했다.) 「그냥 우연의 일치였을 뿐이지.」

「우연의 일치도 하나의 징조 아닌가?」 로즈가 말했다.

우리 셋은 그날 밤 묵게 될 모텔 술집에 앉아 있었다. 주말마다 라이브 음악을 즐길 수 있는 곳이었다. 금요일에는 포크 음악, 토요일에는 재즈. 그날은 마침 금요일이라 릴리가 젊은 시절에 즐겨 부르던 노래 몇 곡이 우리 대화의 배경 음악으로 깔리는 가슴 아픈 우연의 일치가 일어났다. 우리 모두가 처음 만난 청춘 시절, 그때 릴리의 꿈은 존 바에즈나 주디 콜린스의 뒤를

잇는 가수가 되는 것이었다.

만일 당신이 내가 탄 기차를 놓친다면……[21]

나는 그걸 불편해하지 않았고 로즈도 그랬지만, 바이올렛은 달랐다.

「여기가 낯선 동네만 아니었다면, 다른 술집으로 옮기자고 우겼을 거야.」 바이올렛이 말했다.

바이올렛과 릴리는 1학년 때 기숙사 룸메이트였다.

「과거 생각을 할 때면 릴리의 그 모습이 자주 떠올라.」 바이올렛이 말했다. 「기타를 끌어안고 침대에 구부정하니 앉아 있는 모습, 치렁치렁한 긴 머리가 폭포수처럼 흘러내렸지.」 (긴 머리는 릴리의 특징 중 하나였다. 열 살 때부터 머리를 길러서 사람들이 고개를 돌리고 쳐다볼 때가 많았을 뿐더러 가끔 기숙사 하수구가 막히기도 했다.)

「릴리는 목소리는 아름다웠지만 노래는 진짜 못했어.」 바이올렛이 말했다. 「난 늘 릴리에게 노래 좀 그만 부르라고 소리 지르고 싶은 충동을 느꼈지. 가끔 좋은 말로 부탁도 해봤는데, 그때마다 릴리는 마음의 상처

---

21 미국와 유럽에서 인기를 끈 포크 송 「5백 마일 Five Hundred Miles」의 가사.

를 받았지. 그럼 난 괴물이라도 된 것 같은 기분을 느꼈고. 개는 그런 기분을 느끼게 만드는 재주가 있었잖아. 떠돌이처럼 비쩍 말라서 눈은 커다래 가지고, 또 개가 엄마 없이 자란 이야기를 우리 모두 숱하게 들었잖아. 릴리에겐 늘 그 어린 시절의 그림자가 드리워져 있었지.」

사실이었다. 엄마 없이 자란 어린 시절이 마치 비구름처럼 릴리를 따라다녔다. 그녀는 정말로 엄마 없이 자란 건 아니었지만, 엄마가 정말로, 주기적이긴 했지만, 정신병을 앓아서, 정말이지, 범죄라고 할 수 있을 정도로 심하게 자식을 방치했다. 그리고 이것도 사실이었다: 릴리를 예민한 아이처럼 대하지 않으면 스스로 짐승 같은 인간이 된 기분을 느껴야 했다.

「릴리한테 다른 남자들이 많았던 거 개 남편이 다 알고 있었을까?」 로즈가 물었다.

「다른 남자들이 **많았다니,**」 바이올렛이 말했다. 「넌 개가 매춘부라도 되었던 것처럼 말하는구나. 그냥 두세 명 있었던 건데. 네 명이었나?」

「한 번의 결혼 생활에서 그 정도면 많은 거지, 안 그래?」 로즈가 말했다. 「그것도 여자가. 아내가.」

바이올렛은 릴리의 남편이 어디까지 알았는지는 자신도 전혀 모른다고 말했다. 한 번의 결혼 생활에서 그 정도면 많다는 게 무슨 뜻인지도 모르겠다고 했다.

「그때 릴리는 누구랑 춤을 추고 있었을지 궁금해.」 로즈가 말했다.

「애, 로즈.」 바이올렛이 나무랐다.

죽음의 무도. 릴리의 남편이 그 장면을 묘사할 때 나는 그 말이 떠올랐었다. 춤을 추며 사람들을 무덤으로 이끄는 해골들. 죽음이 다가와 몸을 굽히며 말한다. 저와 왈츠 한 곡 추실까요?

「그건 그렇고, 릴리 남편이 거짓말한 거야.」 바이올렛이 말했다. 「그때 릴리는 실내 가운을 입고 있지 않았어. 아무것도 안 입고 있었어.」

릴리의 가족과 친한 다른 친구에게 들어서 알게 되었다는 것이었다.

나는 릴리의 남편이 그 이야기를 시작하기 전에 손으로 눈을 가리던 모습이 생각나 울고 싶어졌다.

바이올렛 남편은 신경과 전문의였다. 그가 바이올렛에게 그런 일이 어떻게 일어날 수 있는지에 대해 설명해 주었고, 바이올렛이 우리에게 전해 주었다. 예기치 못한 종양, 특이 증세, 릴리의 머리에서 일어난 폭발.

「걔가 첫 아이 임신했을 때 아이 아버지가 누군지 확실하지 않아서 엄청 걱정했던 거 기억나?」로즈가 말했다.

물론 기억났다. 그랬는데 남편과 똑같이 생긴 아기가 나왔다.

「그리고 걔 딸은 제 엄마를 판에 박았지.」내가 또 다른 사실을 지적했다.

「왜 그런 말을 하니?」바이올렛이 물었다.

「그게 사실이니까, 그렇지 않아?」

「아니, 내 말은 그게 아니라, 왜 판에 박았다고 하는 거냐고.」

「그렇게 표현하는 거잖아.」

「그래, 나도 알아. 하지만 아무도 그렇게 말 안 해. 아무도 판에 박았다고 말하지 않는다고. 다들 판박이라고 하지.」

「글쎄, 그건 틀린 말인데.」

「**틀린 말** 아냐. 현대적으로 말하는 거고 그건 **틀린 게** 아냐. 이제는 판에 박았다는 말이 틀린 것처럼 들려. 사실 멍청하게 들리지. 여기 현대라는 시대에 사는 우리를 좀 따라오지 그러니?」

「판박이라는 말도 멍청하게 들려.」로즈가 말했다. 「말이 안 되잖아. 닮은 게 왜 박은 거야?」

「참 바보 같은 대화다.」바이올렛이 말했다.

「네가 시작했잖아!」로즈와 내가 입을 모아 말했다.

「그래, 그걸 가지고 유난을 떨고 있는 건 너야.」내가 말했다.

「너 왜 이렇게 예민하게 구는 거야?」로즈가 물었다.

「왜냐하면 내가 한때 너무도 사랑했던 사람이 땅속 춥고 캄캄한 구덩이에 누워 있고 이제 다시는 그녀를 볼 수 없을 테니까.」

박수갈채. 무대 위의 가수가 방금 공연을 마친 것이다. 그녀는 고등학생만큼이나 어려 보였고, 포크가 아닌 샹송을 부르는 가수처럼 빨간색 반짝이 칵테일 드레스를 입고 백금발을 위로 틀어 올린 모습이었다. 그녀의 목소리는 특별하진 않았지만 느낌이 충만하고 사람의 마음을 끄는 따스함을 지니고 있었다. 금요일 밤인데도 테이블이 반 가까이 비어 있었으며, 그녀는 그저 배경 음악을 제공하도록 고용된 공연자들이 흔히 그러하듯 우리보다는 자신에게 노래하는 듯했다.

그녀는 기타를 의자 위에 두고 실내를 가로질러 바를 향해 걸어갔는데, 그날 밤 바텐더는 우리가 처음 그곳에 들어가 자리를 잡고 앉을 때 우리의 주목을 끌었던 젊은 남자였다. 사람의 외모 중 목이 제일 먼저 눈에 들어오는 건 드문 경우였다. 그의 목은 헐렁한 검정색 면 수자[22] 브이넥 셔츠 위로 근육질 기둥처럼 솟아 있었다. 뿌글거리는 검은 곱슬머리가 머리통을 뒤덮었고, 짧은 콧수염을 길렀으며, 번들거리는 크고 검은 눈이 셔츠와 어울렸다. 허세 가득한 인상이었다.

바 자리에는 오버올 작업복 차림의 노인 한 사람뿐이었는데, 그는 끝자리에 홀을 등지고 앉아 TV 게임 프로그램에 푹 빠져 있었다.

우리는 가수가 바 의자에 앉아 두 발이 바닥에서 떨어질 정도로 바 너머로 잔뜩 몸을 기울이는 걸 지켜보았다. 바텐더가 그녀의 허리를 잡더니 자신에게로 끌어당겼고, 둘의 끝없는 키스가 시작되었다.

그 과감한 애정 행각에 우리는 화들짝 놀라지 않을 수 없었다. 곧이어 우리 테이블에는 동경 어린 침묵이 깔렸다. 우리는 잠시 조용히 앉아 추억에 잠겼다.

22 새틴처럼 매끄럽고 광택이 있는 면직물.

우리는 다음 날 아침에 다시 모였는데, 이번에는 조식용 식당 테이블에 앉아 있었다. 이제 우리는 다섯이었다. 해외여행 중에 장례식에 참석하기 위해 비행기를 타고 날아온 재스민은 지난밤 시차에 시달리는 바람에 우리와 늦게까지 어울리지 못했던 것이다. 그리고 마침 그 카운티에 살고 있던 커밀리아는 모텔에 묵지 않았다. 그녀는 어제 장례식이 끝난 후 차를 몰고 집으로 돌아갔다가 오늘 우리를 만나러 다시 왔다.

우리는 미적거리고 있었다. 아침 식사가 끝나면 다시 모두 한자리에 모일 기약도 없이 뿔뿔이 흩어질 터였다.

재스민은 고민이 있었다.

「가족 문제야.」 재스민은 그러면서 그 이야긴 하고 싶지 않다고 했다.

하지만 일단 시동이 걸리자 이야기가 봇물처럼 터져 나왔다.

최근에 재스민의 서른여덟 살 된 딸이 장성한 자녀 넷을 둔 연상의 여자와 결혼했는데, 그 자녀들 가운데 하나가 아직 대학생이었고(3학년이었다) 여태껏 학교에 잘 다니고 있었다.

「그러다 지난 학기에 핼러윈 파티에서 여자애를 만났대.」 재스민이 말했다. 「아니, 젊은 여자라고 해야겠군. 겨우 열여덟 살이었지만. 그날 밤 둘이 그 여자 기숙사로 갔대. 기숙사 방에서 음악을 크게 틀어 놓고 있었다는데, 나중에 둘이 설명하기로는, 프라이버시를 지키기 위해서였다더군. 기숙사 방 벽이 너무 얇아서 옆방에서 하품하는 소리까지 들렸대.」

그 젊은 여자 주장에 따르면, 어느 시점에 남자에게 멈추라고 했다는 것이었다. 그러나 재스민 딸의 의붓아들은 멈추지 않았다. 그는 그 여자가 한 말을 못 들었다는 것이었다. 시끄러운 음악과 자신의 거친 숨소리 때문에 그 소리가 들리지 않았다고 그는 말했다.

「참, 둘 다 술에 취해 있었을 거라는 말을 빠뜨렸군.」
재스민이 덧붙였다.

　나중에 그 여자는 그 일을 어떻게 받아들여야 할지
몰랐다. 성폭행을 당했다는 직감이 들었다. 남자에게
멈추라는 말을 한 번밖에 안 한 건 사실이었다. 하지만
그건 다시 말할 기회가 없었기 때문이라고, 이미 너무
늦어 버렸기 때문이라고 그 젊은 여자는 주장했다. 하
지만 자신의 탓도 있을지 모른다는 생각도 들었다. 그
날 밤 그녀는 남자에게 자신을 묶어 놓으라고 말했고,
그는 그렇게 했다. 자신을 때려 달라고 했고, 그는 그
렇게 했다. 따라서 그 남자는 그녀가 폭행당하는 걸 즐
긴다고, 그녀의 싫다는 말은 좋다는 의미라고, 그녀는
사실 그가 멈추는 걸 전혀 원하지 않는다고 생각했을
수도 있었다. 자신의 고등학교 때 친구에게도 똑같은
일이 일어났다고 그 젊은 여자는 말했다.

　하지만 나중에 그 젊은 여자가 사건의 진상 조사를
맡은 사람들에게 설명한 바로는, 남자가 자신을 묶는
것과 때리는 것은 원했지만 그와의 성교는 원하지 않
았으며 ─ 그 점에 절대적인 확신이 있었다 ─ 자신은
그에게 그런 감정을 알렸고 그가 그 말을 듣지 못했다

는 걸 믿지 않는다는 것이었다.

뭔가 듣긴 했다고 그는 사건 조사를 맡은 사람들에게 진술했다. 신음 소리. 적어도 그에겐 그렇게 들렸다는 것이었다. 좋다는 의미의 신음 소리.

그가 콘돔을 낀 것으로 밝혀졌다. 그 여자는 그가 콘돔 끼는 걸 지켜봤다고 그가 말했다. 그런데도 그녀는 아무 말도 하지 않았다. 그땐 침대에 누워 그가 콘돔 끼는 걸 보면서도 성교는 하고 싶지 않다는 말을 하지 않았다.

그건 구차한 변명이라는, 아니 변명이 될 수 없다는 결정이 내려졌다. 차라리 그런 주장은 하지 않는 편이 더 나았을 터였다. 학교 측에서는 그에게 학기 초에 전교생이 준수해야 할 바람직한 성행위 지침이 하달되었음을 상기시켰다. 본인의 허락 없이는 다른 사람 몸에 손도 대지 마라. 상대의 동의하에 성행위를 하는 중에도 아무것도 독단적으로 추정하지 마라. 전희 및 움직임, 접촉을 포함한 모든 성행위에 대해 먼저 상대에게 묻고 말로 허락을 받아야 한다.

다른 모든 학생들과 마찬가지로 그도 그 지침을 전부 들었다. 그런데도 지침에 따르지 않은 것이다.

그는 파티에서 자신이 다른 여자와 대화를 나누고 있을 때 그 여자가 허락도 구하지 않고 뒤에서 다가와 자신의 허리에 슬며시 두 팔을 감고 가슴과 골반을 밀착시켰다고 말하고 싶었다. 하지만 콘돔에 대한 언급과 마찬가지로 그 이야기도 상황을 더 악화시키기만 할 거라는 생각이 들었다.

현재 최종 심의 같은 게 남아 있고 사건이 종결되지 않은 상태라고 재스민이 말했다. 하지만 그녀의 딸의 의붓아들은 이미 정학을 당했고, 심지어 퇴학까지 당할 수도 있는 상황이었다. 소문은 막을 수가 없는 법이라 그 이야기는 화려한 윤색을 거쳐 여러 형태로 퍼졌고, 그는 캠퍼스를 떠나기 전에 얼마간의 괴롭힘을 견뎌야만 했다. 「이를테면 그 애와 대화할 때 일부러 목소리를 높이면서, **너 귀가 잘 안 들린다며, 하하,** 하고 놀리는 식이었지.」 재스민이 말했다.

하지만 그 젊은 여자는 그보다 훨씬 심각한 상황에 놓였다. 이제 그녀는 무자비한 악플의 희생자가 되었는데, 그런 악플이 다 그렇듯 대부분 음란하고 섬뜩한 내용이었다. 그녀 역시 학기를 마치거나 기말고사를 볼 수가 없어서 캠퍼스를 떠나 집으로 돌아가야만 했고, 그녀 부모님을 통해 알려지기론 우울증 치료를 받게 되었다.

그는 성폭행으로 퇴학당하면 자기 인생은 끝나는 거라고, 차라리 죽어 버리겠다고 자신의 엄마에게 계속해서 말하고 있었다. 그의 엄마는 아들이 최악의 경우에 대비할 수 있도록 마음의 준비를 시키는 한편 결국 극복할 수 있을 거라고, 삶은 계속될 거라고, 무슨 일이 있어도 곁에서 지켜 주겠노라고 확신을 주고 있었다.

안타깝게도 아버지는 입장이 달랐다. 랍비의 아들로 고루하고 굉장히 보수적인 그는 처음부터 격노만 했다. 그는 그 젊은 여자가 어떤 행동을 했는지, 무슨 말을 하고 무얼 요구했는지, 그녀가 어떤 종류의 인간인지 신경도 안 썼고, 자신의 아들처럼 행동하는 남자는 동정할 가치도 없는 수치스러운 인간이라고 여겼다. 알지도 못하는 여자와 잠자리까지 하다니 ── 그게 학교 파티야, 난교 파티야? 여자를 묶어 놓고 때리다니 ── 그런 짓을 하는 사람이 어디 있어? 열여덟 살 먹은 여학생을. 그는 자신의 아들이 그런 인간으로 자랄 줄은 꿈에도 몰랐다고 했다. 개새끼. 망신덩어리.

그의 아내는 재스민의 딸과 사랑에 빠져 남편에게

이별을 통보했을 때 그가 충격과 상처를 받긴 했지만 선선히 받아들여 준 것에 대해 고마워하고 있었다. 그가 거의 즉시 다른 여자를 만나기 시작한 게 도움이 되었고, 그는 나중에 그 여자와 결혼까지 했다. 그의 전처 역시 재혼한 후, 그는 동성 결혼에 대한 확고한 반대 입장을 고수하면서도 그녀와 우호적인 관계를 유지할 수 있었다. 어쨌거나 한때 뜨겁게 사랑했던 사이였고 아이들 엄마니까. 네 자녀 중 셋은 이미 독립해서 나갔고, 막내이자 외아들은 양쪽 집을 오가며 살게 되었다.

그러다 이제 그 평화가 박살이 나버렸다고 재스민이 말했다. 그가 진실에 눈을 뜨게 된 것이다. 이제 그는 두 여자가 결혼해서 사는 죄악에 노출된 아이에게 어떤 일이 생길 수 있는지 깨닫게 되었다. 아들이 도덕적 나침반을 잃어버린 것도 당연했다. 아들이 무슨 일이든 허용된다고 믿는 것도 당연했다. 그걸 진작 깨닫고 용인하지 말았어야 했다. 이건 그에게 내린 형벌이었다. 그의 아들, 하나뿐인 아들이 망가진 것이다.

「**아버지가** 개새끼네.」 커밀리아가 끼어들었다.

재스민은 고개를 저었다. 그녀는 다른 사람들 못지 않게 그도 딱하게 여기지 않을 수가 없다고 말했다. 그는 아들을 사랑했고 늘 자랑스러워했으며, 특히 공부를 잘해서 더 그랬었다. 그런 아들이 수치스러운 짓으로 나락에 떨어진 것이다.

「가끔 난 차라리 그 일에 대해 아무것도 몰랐으면 좋겠다는 생각이 들어.」재스민이 말했다. 「이기적인 생각이라는 건 나도 알지만, 내가 해줄 수 있는 것도 없고 결국 남는 건 슬픔과 무력감, 그 일을 떨쳐 버리고 싶은 마음뿐이니까. 잠시 그 일에서 벗어날 수 있어서 좋았어. 장례식이 도피처가 되다니, 참 심각한 상황이지.」

「하지만 너희들을 만나고 싶었어.」재스민이 밝게 마무리했다.

재스민은 그 사건에 대해 딸의 의붓아들이 한 이야기를 믿는지에 대해서는 말하지 않았고, 우리도 묻지 않았다.

그다음엔 커밀리아가 우스개 삼아 이야기 하나를 들려줬는데, 어떤 여자가 섹스 전에 너무 흥분한 나머지 안전어[23]를 기억하지 못했다는 것이었다.

「난 안전어라는 발상 자체가 잘 이해가 안 돼.」로즈

---

23 가학적이거나 피학적 형태의 성관계에서 육체적, 정신적 한계에 도달했음을 알리는 경고 신호.

가 말했다. 「그냥 그만하라고 말하면 되는데 왜 굳이 색깔이나 과일을 정해야 하지? 색깔이나 과일이 안전어로 가장 인기가 높다니 하는 말이야.」

침묵.

「아니, 왜 그만하라는 뜻으로 〈그만〉이라는 말보다 〈빨강〉이라는 말이 더 나은 거야?」 로즈가 말했다.

「그야 다앙여언히,」 커밀리아가 그 단어를 길게 늘여 말했다. 「그만이라는 말은 연극일 수도 있으니까. 가짜 저항처럼 말이야. 너도 들어 보지 않았어? 어떤 사람이 그만이라는 말을 할 때 진짜 그만하라는 뜻이 아닐 수도 있잖아. 하지만 빨강이라고 말하면 그건 진짜로 그만하라는 뜻이 되지. 물론 그만이라는 말도 안전어가 될 수 **있지**. 동의어 사용을 좋아해서 안전어를 쓰는 거겠지.」

「**동의어라니**, 변태스럽다.」 재스민이 말했다.

왜 과일이지? 나는 그런 궁금증에 젖어 있었다.

「안전어를 잊다」, 출판업에 몸담고 있어서 늘 책 제목을 듣고 사는 바이올렛이 웅얼거렸다.

로즈는 아직도 의문이 풀리지 않은 상태였다. 「하지만 그만이라는 말이 그만하라는 의미가 될 수 **없다면**

빨강도 마찬가지 아닌가? 만일 여자가 그만, 그만! 이라고 하는데 상대가 아, 그렇지만 넌 그런 뜻으로 하는 말 아니잖아, 〈더, 더 해줘〉라는 뜻이잖아! 하고 생각한다면, 빨강도 더 해달라는 뜻으로 받아들일 수 있는 거 아냐?」

「가끔은 그런 경우도 생길 수 있겠지.」 커밀리아가 과장되게 속삭였다. (아까 로즈가 자신의 주장을 펼치기 위해 목소리를 높이는 바람에 옆 테이블에 앉은 노부부가 짜증스러운 시선을 보냈던 것이다.)

문득 나는 얼마 전에 읽은 글이 생각났다. 1950년대에 쓰인 이야기로, 화자가 수십 년 전 시골 마을에 살던 어린 시절을 회상하는 내용이었다. 어느 날 밤 그녀는 교회 종이 뎅그렁뎅그렁 울리고 집에 소란이 이는 바람에 놀라서 잠이 깼다. 이웃집 헛간에 불이 난 것이다. 소녀는 침대에 누워 열린 침실 문 밖에서 그 집에 함께 사는 친척 몇 명이 급히 움직이는 소리를 듣는다. 이따금 어른이 방 안을 들여다보며 도로 자라고 말한다. 무서워할 것 없단다, 이모가 그녀를 안심시킨다. 〈남자들이 처리할 거야.〉

「난 책을 읽다 말고 잠시 생각에 잠겼어. 그 문장 때문에.」 내가 말했다. 「〈남자들이 처리할 거야.〉 처음엔 그 이유를 알 수 없었는데, 그 말이 구식으로 느껴졌기 때문이라는 걸 깨달았지. 고풍스러운 느낌이었어. 문득, 남자들을 고결하게 — 아니, 괜찮게라도 — 표현한 글을 읽는 게 참 낯선 일이 되었구나 싶어졌지.」

「현실에서도 그렇다는 건 아냐.」 내가 말을 이었다. 「대부분의 긴급 구조원들은 남자이고, 우리는 그 어느 시대보다 그들을 영웅시하는 경향이 있지. 공무 수행 중에 목숨을 잃은 경찰은 순직자로 불리지. 하지만 이제 소설에 등장하는 남자들은 대개 비판이나 성토의 대상이 되지. 남자들이 올바른 일을 하는 경우는 찾아보기 어렵다니까.」

「내 생각엔 그건 좀 과장이야.」 바이올렛이 말했다. 「하지만 변화가 있었던 건 사실이지. 위험한 남자들이야 예나 지금이나 문학의 중심이지. 하지만 지금처럼 남자들을 거의 선천적으로 이기적이고 멍청하며 폭력적인 존재로 가차 없이 집중 조명한 시대는 없었어. 과거엔 남자들이 여성 혐오주의자이면서도 훌륭하고 심지어 용감하기까지 할 수도 있었지. 최악의 바람둥이도 많은 미덕을 갖출 수 있었고, 거기엔 도덕적 자질들까지 포함되었어. 그런데 이제 그런 인물은 설득력을 잃은 것 같아.

여자들만 남자를 나쁘게 그리는 것도 아냐. 내가 읽은 대부분의 남성 작가들 원고에서도 그런 경향을 발견할 수 있지. 백인 남성으로 등장하는 인물들은 노골적인 괴물이 아니더라도 똥 덩어리거나, 실수투성이거나, 패배자거나 비열한이지. 그리고 이제 남성 작가들은 여성 인물들의 우월성을 강조하는 데 매진하고 있어. 책마다 등장하는 전형적인 여성이 있지. 높은 IQ에 훌륭한 성품, 확고한 도덕적 목적, 뛰어난 기지를 두루 겸비한. 그리고 어떤 식으로든 그녀를 모독하는 것처럼 보이지 않으면서 그녀가 아주 매력적이기까지 하다는 점을 전달하는 게 관건이지. 너무 따분하지만 않으면 재미난 이야기가 될 수 있어. 하지만 진실은, 이젠 에마 보바리나 안나 카레니나를 창조해 내려는 시도를 할 남성 작가가 없다는 거지.

성직자들이 새로 갖게 된 이미지도 그런 거지. 나는 신부나 목사가 어린아이와 같은 페이지에 등장하면 마음을 다잡게 돼. 이제 내가 읽는 소설들 중에는 남자들이 없었더라면 이 세상이 얼마나 살기 좋은 곳이 되었을지에 대해 진지하게 다루고 있는 것들이 얼마나 많은지 몰라.」

그러자 재스민이 말했다. 「나도 〈로저스 씨의 동네〉에 대한 다큐멘터리를 보면서 그런 생각이 들었어. 요새 그런 드라마를 만든다고 상상해 봐. 친절함과 공정함, 품위를 구현하면서 어린이들에게 소속감과 안전감을 줄 수 있는 인물로 전형적인 중산층 옷을 입은 이성애자 백인 남성은 절대 안 고를걸.」

「그것도 목사는,」 바이올렛이 덧붙였다. 「등록된 공화당원은 말할 것도 없고.」

커밀리아가 킥킥거리며 말했다. 우리가 「어쩌다 안전어에서 로저스 씨까지 온 거지?」

대학에서 학생들을 가르치는 로즈가 말했다. 「내 학생 한 명이 자신이 남성으로 태어났다면, 그랬다면 〈살면서 원하는 걸 모두 갖게 되었을 테니〉 인간의 필멸성에 대한 자세가 달라졌을 거라고 리포트에 썼더군. 내가 그건 사실이 아니라고, 단순한 과장을 넘어서서 완전히 허위라고 지적하자 그 여학생은 더 강경한 태도를 취했지. 하지만 남자들이 모든 권력을 가졌잖아요, 라고 계속해서 주장하더군. 글쎄, 난 장성한 아들이 넷이지만 그중 단 한 명도 살면서 원하는 걸 다 가지기는 커녕 그 근처에도 가지 못했어.」

이제 로즈는 나에게 말했다. 「난 그 소설은 읽어 보지 못했지만, 실제로 남자들이 그 일을 처리했을 거라고 생각해. 그게 예상된 결말, 아주 사실적인 장면이겠지. 당연히 그래야만 한다는 당위성에 아무도 의문을 제기하지 않은 채 여자들은 아이들과 함께 집에 있고 남자들은 불을 끄러 나가는 거지.」

나는 고개를 끄덕였고, 로즈가 계속해서 말했다. 「내가 군인 집안 출신이라 그런가(로즈의 가족은 여러 대에 걸쳐 군에 몸담았고, 그중 몇 명은 고위직에 오르기도 했다) 난 남자들이 다른 건 몰라도 용감하긴 하다는 믿음을 갖고 있어. 눈알 굴리지 마! 남자들 특유의 용감성이 있다는 말이니까. 아무리 예외가 많다 하더라도 더 약한 사람들을 돌보고 싶어 하는 게 남성적 특성의 일부지. 나는 남자들의 그런 특성에 의존해 왔고 거기서 이득을 얻어 왔지. 우리 모두. 나는 외과 의사나 조종사가 여자일 때 남자인 경우만큼 안전하다고 느낄까? 물론이지. 하지만 집에 불이 나거나 자연재해가 생겼을 때 주위에 남자가 없는 상황에 놓이는 건 원

69

하지 않을 거야.」

「하지만 사람들이 당하는 많은 위험이 남자가 **유발한** 것이라는 사실도 부정할 수 없을걸.」 커밀리아가 말했다.

「맞아,」 로즈가 대답했다. 「하지만 난 남자들의 존재에서 안도감을 느낄 때 그게 전적으로 그들의 남성성 때문인 경우가 아주 많다는 사실도 알고 있지. 난 어렸을 때 엄마가 나를 보호할 수 있는 방법과 아빠가 나를 보호할 수 있는 방법이 다르다는 걸 늘 알고 있었어. 아들들이나, 이제 더 이상 젊지 않지만 남편이 나에게 주는 것만큼 안전한 느낌을 줄 수 있는 여자는 없어. 그렇다고 해서 남편이 여자를 위해 빌어먹을 문을 열어 줄 때마다 레이디 퍼스트라고 말하거나 남자들이 여자들은 말이 너무 많다고 지껄이는 게 뭐가 기분 나쁜 일인지 이해하지 못할 때, 오글거리고 진절머리가 나지 않는다는 건 아냐. 그게 성차별주의라는 걸 남편이 인정하도록 만들려는 노력은 승산 없는 싸움일 뿐이야. 그래도 다행히 아들들은 훨씬 가르치기가 쉽지.」

그러자 커밀리아가 지난주에 전남편이 밸런타인데이에 비서에게 장미를 줬다가 곤경에 처했다는 이야기를 들려주었다.

「멍청한 짓이었네, 무슨 생각으로 그랬대?」 바이올
렛이 말했다.

「글쎄, 생각이 없었던 거지.」 커밀리아가 대답했다.
「출근하는 길에 그의 사무실 건물 신문 판매대에서 장
미를 파는 걸 보고 그게 친절한 행동이 될 줄 알았던 거
지. 문제를 제기한 사람은 그의 비서가 아니었어. 다른
여자, 파트너들 가운데 하나가 신고했대. 그래서 그는
지금 부적절한 행위로 고발당했는데 뉘우치기는커녕
노발대발하고 있지.

그의 말로는 초등학교 때 아이들이 서로 밸런타인
카드를 보낸 기억이 나서 그런 거래. 선생님이 교실 한
구석에 특별 우편함까지 마련해 뒀었대. 그는 우리 아
이들이 초등학교에 다닐 때도 그런 전통이 있었다고
기억하고 있더군. 구글 검색도 해봤는데, 아이들이 밸
런타인 카드를 만들어 서로 주고받는 건 지금도 여전
히 일반적인 관행이래. 〈그건 어린아이들이 서로를 성
적으로 괴롭히는 게 아니라 빌어먹을 우정을 보여 주
는 거야〉라고 그는 말했지. 그래서 내가 얘기했어. 여
보, 지금 우리는 어린아이들이나 친구들 이야기를 하

고 있는 게 아니라 당신과 당신 밑에서 일하는 젊은 여자에 대해 이야기하고 있는 거야.」

「나 밸런타인데이에 놀라운 광경을 본 적이 있어.」 내가 말했다. 「아파트 건물 밖에 꽃병이 박살 나 있고 장미 10여 송이가 인도에 흩어져 있었지.」

「**누군가** 화가 났었군.」 커밀리아가 말했다.

「이 세상에 남자들이 없었다면 더 나았을 거라는 말이 어떤 의미일까?」 로즈, 우리의 고집 센 로즈가 말했다. 「여자들이 덜 폭력적이긴 하지만 인종 차별주의나 탐욕, 악성 나르시시즘 같은 다른 사악한 특성들은? 그런 것들은 여전히 만연할 걸.」

「아, 난 모르겠다.」 커밀리아가 말했다. 「폭력이 줄면 전쟁 도발, 유혈 사태, 범죄도 줄어들 테니 그것만으로도 대단하지 않겠어?」

「난 남성의 힘에 의존하는 게 싫어.」 재스민이 말했다. 「창문이 어딘가에 걸려서 꼼짝도 안 하면 관리인을 부를 수밖에 없지. 혼자 살면 그런 일이 늘 생겨. 그리고 그때마다 내가 작고 연약한 여자인 게 싫어. 하지만 남성의 힘을 없애 버리면 세상은 서서히 멈출 거야.」

커밀리아가 말했다. 「전에 나랑 동거했던 남자는 샤

위할 때마다 수도꼭지를 너무 꽉 잠가 놔서 나는 샤워를 하려고 해도 물을 틀 수가 없었어. 그는 시공업자였고, 난 일하고 있는 그에게 전화해서 당장 집에 와서 염병할 수도꼭지 좀 틀라고 했지만 물론 그는 내 말을 안 들어줬지. 그런 식으로 일터를 비워선 안 된다면서. 그는 다음부터는 조심하겠다고 약속했지만 번번이 그 약속을 잊었지.」

「바로 그게 남자들의 문제야. 늘 잊어버리는 거.」재스민이 말했다.

「요전 날 난 1층 도어맨에게 내려가서 꿀병 뚜껑을 열어 달라고 부탁해야 했지.」내가 말했다. 「그 도어맨은 내가 그 일로 기분이 좋지 않은 걸 눈치 채고 이렇게 말하더군. 〈이런 부탁을 하러 내려오는 여성분이 당신 하나일 거라고 생각해요?〉」

「그 고무로 된 동그란 뚜껑 따개 하나 사지 그러니?」 커밀리아가 말했다. 「그걸 뭐라고 부르지?」

「고무 남편.」로즈가 대답했다. 「그렇게 쳐다보지 마. 내가 지은 이름 아니니까.」

「어머나, 시간이 벌써!」재스민이 말했다. 「나 비행기 타야 하는데 아직 짐을 안 쌌어.」

「로즈 말이 맞아.」 바이올렛이 말했다. 「남자들 없는 세상을 유토피아라고 부르긴 어려울 거야. 그래도 여전히 계급이 존재할 테니까. 그건 불가피한 일이야. 여전히 하나의 집단이 나머지 모두를 지배하려 할 거야. 그게 인간의 본성이니까. 여전히 학대받는 아이들이 많을 거고. 반면에, 난 오웰의 〈영원히 인간의 얼굴을 짓밟는 군화〉[24]를 여성이 신고 있는 건 상상이 안 돼.

그런데 우리 왜 이런 우스꽝스러운 대화를 이어 가고 있는 거지? 진실을 많이 알수록 인류가 멸종을 향해 나아가고 있다는 두려움만 커질 뿐이지. 그런데 우린 여기 앉아서 남자들 없는 세상이라는 판타지에 대해 진지하게 토론하고 있구나.」

바이올렛은 최종 발언을 한 것에 만족해서 홀 저쪽에서 대기하고 있는 모텔 주인에게 손짓했다.

사실 최종 발언을 한 사람은 모텔 주인이었다. 그는 계산서를 내려놓고 미소 띤 얼굴로 고개를 저으며 말했다.

「말씀들 참 잘하시네요.」

24 조지 오웰의 소설 『1984』에서 인용했다.

만일 당신이 내가 탄 기차를 놓친다면……

나는 하마터면 기차를 놓칠 뻔했다. 재스민처럼 나도 아침 식사 자리에서 시간 가는 줄 모르고 앉아 있다가 허둥지둥 기차역으로 달려가야 했고, 내가 탈 기차가 승강장으로 들어올 때 간신히 도착할 수 있었다.

나는 그 여행을 마지막으로 1년 넘게 여행을 할 수 없게 되었으며, 그건 우리 모두가 마찬가지였다.

긴 시간 동안 기차를 타고 시골을 누비면서, 아직 땅 위에 군데군데 눈이 남아 있고 봄이 오기엔 이른 시기였지만, 나는 봄의 징후를 찾아보았다. 다음 주로 예정된 해외여행에 대해 생각하고 떠나기 전에 할 일들도 짚어 보았다. 기차 안에서 새 바이러스 관련 기사도 몇 편 읽었는데, 조만간 지겹도록 익숙해질 단어들 — **우한, 수산시장, 봉쇄, 격리** — 이 등장했고, 첫 의심의 씨앗이 뿌려졌다. 어쩌면 다음 주에 여행을 못 가게 될지도 몰라.

〈릴리가 어차피 그렇게 될 운명이었다면 이 사태가 터지기 전에 떠나서 다행이라는 생각이 들어.〉 바이올렛이 몇 주 후에 내게 한 말이었다.

자칫했으면 우리는 장례식에 참석하지도, 모텔에서 함께 시간을 보내지 못했을 수도 있었다. 나는 외국에서 격리되었을 수도 있었다. 내 친구 하나는 가족과 함께 3주 일정으로 인도에 있는 친척 집에 갔다가 1년 가까이 지난 후까지도 언제 집에 돌아갈 수 있을지 모르는 신세가 되었다.

나 역시 초등학교 때 반 친구들에게 밸런타인 카드를 보낸 걸 기억하고 있다. 판지로 만든 우편함과 하트로 뒤덮인 포장지. 그건 우리가 꼭 해야만 하는 과제였고, 규칙에 따라 모든 아이들이 다른 모든 아이들에게, 좋아하든 아니든 상관없이 — 심지어 자기가 싫어하거나 상대가 자기를 싫어해도, 자기를 괴롭히거나 그 외

의 학대 행위를 한 경우에도 ── 밸런타인 카드를 주어
야 했다. 우리는 학생들 이름이 적힌 명단을 받았다. 아
무도 명단에서 뺄 수 없었다. 「모두가 평등하니까.」 선
생님이 말했다.

우리는 아무 생각 없이 명단에 따라 카드를 보냈다.
엄마가 사 준 카드들에 서명하여 **나는 너를 사랑해, 네
가 제일 달콤해, 내 거 해** 같은 글귀가 적힌 작은 봉투에
집어넣는 일에 대해 의문을 제기하지 않았다. 나를 잡
종이라고 부르거나 나와 내 단짝 친구를 레즈비언이라
고 놀리는 남자애한테 제일 사랑이 덜 담긴 카드를 보
낼 궁리를 한 게 고작이었다.

카드를 가져오지 못한 아이들이 꼭 몇 명씩 있었다.
엄마가 돈이 없거나 너무 바쁘거나 아니면 다른 이유
가 있어서 카드를 장만해 주지 못한 것이다. 내 기억으
론, 그 아이들은 벌을 받진 않았다. 그 아이들은 선생
님의 총애를 받는 학생이 전달해 준 카드들이 수북이
쌓인 책상에 고개를 푹 숙인 채 앉아 있었다. 그들은
대개 수학여행비나(수학여행을 못 가도 학교에 등교
하여 자습을 하면서 시간을 보내야 했다) 선생님 선물
을 사려고 걷는 돈도 못 내는 아이들이었다.

모두가 평등하진 않았다.

밸런타인 카드가 분배되고 나면 간식이 나왔다. 허시 키세스 초콜릿과 카드에 적힌 그런 사랑의 글귀들이 박힌 조그만 하트 모양 사탕.

우리 브라우니 단원들에겐 따로 밸런타인데이 과제가 주어졌다. 빨간색 도화지, 빨간 리본, 흰 레이스 받침, 작은 향주머니로 선물을 만들어야 했고, 우리끼리 주고받는 게 아니라 요양원에 사는 노인들에게 줄 거였다. 우리는 모임 시간에 밸런타인 선물을 만들고 다음 모임 때 직접 선물을 전달하러 갔다.

우리가 손꼽아 기다리던 행사는 아니었다. 우리는 요양원에 가고 싶지 않았다. 그 사람들 — 맙소사, 그들은 도대체 무슨 일을 당한 걸까? 무슨 재앙을 만나 머리는 하얗게 세고, 허리는 구부러지고, 몸은 쭈그러든 걸까? 그들 모두가 피를 나눈 친척처럼 닮아 보였지만 우리와는 너무도 달랐다. 「이 사람들이 **호모 사피엔스**라는 게 믿기지 않아.」 단원들 중 잘난 척하는 아이가 말했다.

높고 불안정한 목소리, 떨리는 몸, 침, 오물거리는 입. 세상에서 제일 작은 여자가 아주 높은 침대 — 병원 침대임에 분명한 — 에 앉아 팔을 아래로 뻗어 내 손에서 밸런타인 선물을 낚아채다시피 가져갔다. (나는 그 마디진 손에 내 손이 닿지 않도록 무척 조심했다.) 그러더니 광대처럼 향기를 들이마시고 베개 위로 기절해 넘어지는 시늉을 했다. 그 모습이 그녀를 **호모 사피엔스**로 만들었고, 우리는 웃음을 터뜨렸다.

우리는 선물을 나눠 준 후 휴게실에 모여, 거동이 가능한 노인들 앞에서 노래를 불렀다. 우리는 「스마일 송Smile Song」과 「친구를 만들어요Make New Friends」를 부르며 되도록 깊은 숨을 쉬지 않으려고 애썼다. 향주머니의 싸구려 향내와 실내의 퀴퀴한 냄새가 섞여 구역질 나는 악취가 풍겼던 것이다. 관객들 중에는 우리가 거기 있는 줄도 모르는 게 분명해 보이는 노인들도 몇 명 있었다. 그들은 입을 벌린 채 멍한 눈으로 허공을 보고 있었고, 나머지 노인들은 슬리퍼 신은 발로 박자에 안 맞게 바닥을 탁탁 치거나 입술이 안 보이는 일그러진 미소로 고마움을 나타냈다.

거의 끝나 가고 있었다. 이제 금세 그곳에서 벗어나게 될 터였다. 곧 다시 자유롭게 숨을 쉴 수 있게 될 터였다.

그런데 한 남자 노인이 가까스로 일어서더니 우리를 향해 발을 질질 끌며 다가왔다. 노인의 오른팔이 제멋대로 흔들렸다. 그 팔 끝에 달린 구부러진 긴 손가락들은 마치 거대한 분홍색 거미 같았다. 노인이 곧장 나에게로 — 왜 나지? — 왔고, 그 거미가 내 팔을 타고 어깨로, 목으로, 턱으로 기어올라 왔다.

그 후, 용서는 없었다. 「너 때문에 그 할아버지 기분이 어땠을지 생각해 봐.」 엄마가 말했다. 나는 당시에도 그 기분을 조금은 알았을 것이다. 하지만 나중에 많은 시간이 흐른 후 보들레르의 산문시 「그 할머니의 절망Le Désespoir de la vieille」을 읽으며 비로소 깨달음을 얻은 기억만 남아 있다. 그 시는 머리카락도 다 빠지고 치아도 없는 어떤 할머니가 아기를 안으려다 아기가 겁에 질려 비명을 지르며 발버둥 치자 망연자실하는 내용이다.

지금도 특정한 분가루 냄새나 속이 느글거릴 정도로 달콤한 향내를 맡으면 그 기억이 되살아난다. 그 공포. 수치심. 처량하게 발을 질질 끌며 자신의 자리로 돌아가던 노인. 엄마의 분노. 보들레르.

몇 년 전, 기독교 축일에 대해 잘 모르는 내 제자 하나는, 이마에 재를 바르고 돌아다니는 사람들을 보고 의아해하다가 밸런타인데이에 반대하는 시위 행위인 모양이라고 생각했다고 한다. 마침 그해 재의 수요일[25]이 2월 14일 밸런타인데이 며칠 후였던 것이다.

전에 나와 함께 살던 남자는 우리의 긴 관계가 끝나갈 무렵, 밸런타인데이에 근사한 레스토랑에 가서 저녁을 먹자는 아이디어를 냈다. 그는 나와 사귀는 동안 단 한 번도 그런 제안을 한 적이 없었으며, 그건 그의 스타일이 아니었다. 그가 바닥을 내려다보며 조용히 그런 제안을 해온 순간, 나는 우리 사이가 끝났음을 확실히 알 수 있었다.

25 사순절의 시작이 되는 기독교의 절기로, 이날 예배에서는 교인들의 이마에 재 가루로 십자가 표시를 한다.

    릴리의 외도 상대가 두서너 명이었다는 바이올렛의
주장은 사실과 달랐다. 그보다 많았다. 〈난 늘 결혼을
원했지만 한 남자와만 자고 싶진 않았어.〉 언젠가 릴리
가 나에게 한 말이었다. 그녀에겐 죽음이 갈라놓을 때
까지 한 사람에게만, 하나의 몸에만 충실해야 한다는
건 옳지 않은 일인 듯했다. 그녀에게 그건 — 사람에게
가장 큰 행복감과 활력을 줄 수 있는 흥분과 모험, 인
간관계를 비난하는 건 — 사회가 지닌 잔혹성의 일례
였다. 그녀는 최소한 자신은 다른 남자들을 포기하지
않고도 남편에게 좋은 아내가 될 수 있었노라고 주장
했다. 그녀는 사람들이 자신의 성적 욕구와 갈망에 대
해 보다 솔직해진다면 — 그리고 더 자유롭게 행동에

옮길 수 있다면 — 많은 부부 문제가 해결될 거라고 생각했다.

「난 운이 좋았지.」 릴리가 말했다. 「피임약이 있는 해방된 세대에 성년이 될 수 있었으니까. 그보다 일찍 태어났더라면 내 삶이 어떻게 되었을지는 생각하기도 싫어. 미치거나, 알코올에 의존하거나, 신경 안정제를 달고 사는 주부들 무리에 속해 있겠지.」

내가 여자들에게 무수히 들어온 말이었다.

아이들을 낳은 후에는 남편보다는 아이들이 알게 될까 봐 더 걱정했다고 릴리는 말했다. 그녀는 남편이 알면서도 모르는 척하는 건 아닐까 늘 의심스러웠다고, 그도 똑같이 외도를 해서 그런 것 같진 않다고, 그 역시 결혼의 정절을 완벽하게 지키진 못했겠지만 혼외 성관계가 자신보다는 훨씬 적었을 거라고 했다. 「나는 그 누구보다 외도의 냄새를 잘 맡는 사람이니까.」 그녀의 말이었다.

물론, 나이가 들면서 모든 게 변했다.

「중년이 되면 진짜 지뢰밭 같은 시기가 찾아오지.」 릴리가 나에게 말했다. 「아직 포기할 준비는 안 된 데다 섹스 레이더가 약간 비뚤어질 수 있어서 망신살 안

뻗치게 조심해야 하거든.」

게다가 릴리는 어릴 적 엄마의 망신스러운 모습을
도무지 잊을 수 없었다.

열 살 때 이웃에 사는 남자애가 릴리에게 말했다.
「우리 엄마가 그러는데 너희 엄마 색정증이래.」 그 아
이도 그 단어 뜻을 몰라서 릴리가 알려 주기를 바라는
말투였다. 릴리는 그 아이에게 그 단어 뜻을 알려 주는
대신 얼굴을 할퀴어 버렸다.

「엄마가 보인 증상들 가운데 하나였지.」 릴리가 말
했다. (우리가 촛불 밝혀진 방에 둘러앉아 밤늦게까지
마리화나를 돌려 피우며 비밀 이야기를 나누던 밤, 릴
리의 차례가 되었을 때였다.) 「학교에 갔다가 집에 돌
아오면 엄마가 남자와 함께 있었는데, 대개는 모르는
사람이었지만 가끔은 내가 아는 이웃도 있었어. 경찰
도 한 명 있었고, 내 친구 아버지도 한 명 있었지.」

릴리의 아버지는 아내의 그런 병에 질겁해서 몇 해
전에 떠나 버렸고, 엄마는 릴리를 친척 손에 맡길 수밖
에 없었다.

「난 엄마가 보고 싶지 않았어.」 릴리가 고백했다. 「죄
책감이 들긴 했지만 보고 싶진 않았어. 너무 두렵고 창

피해서 엄마랑 같이 살고 싶은 마음이 없었지. 엄마에
대해 아는 사람이 없는 다른 지역에 가서 살게 된 게 너
무 좋아어. 사실 엄마가 꽤 자주 찾아왔고 나랑 적어도
일주일에 한 번은 전화 통화를 했지만, 그 후 우린 다
시는 한집에 살지 않았어.」

얼마 후에 릴리의 엄마는 새 약물 치료 덕에 딸과 정
상적인 관계 비슷한 걸 유지할 수 있을 만큼 안정되었
다. 하지만 그 약물 치료의 부작용으로 일찍 생을 마감
하게 되었다. 그녀는 릴리의 첫 아이가 태어나던 날 세
상을 떠났다.

릴리에겐 구원 환상[26]을 유발하는 무언가가 있었다.
아니, 릴리의 모든 면이 그랬다. 그녀는 연약한 젊은
여자들의 바다에서 가장 익사할 위험이 큰 존재였다.
그녀와 같은 기숙사에서 살던 친구 하나가 숙취에 시
달리다 못해 강의 도중에 빠져나와 기숙사로 갔다가
릴리의 쪽지를 발견하고 주위에 위기 상황을 알렸다.
사람들이 기숙사 건물을 샅샅이 뒤진 끝에 다행히 제
때 지붕에서 릴리를 찾을 수 있었다.

26 어려움에 처한 사람을 단순히 도와주는 것을 넘어 그 사람에게
유일한 구원자가 되고 싶어 하는 마음을 의미하는 심리학 용어.

릴리는 일주일쯤 지역 병원에 입원했고, 그녀의 보호자 역할을 하던 친척 부부가 집이 아닌 기숙사로 돌아가고 싶다는 그녀의 뜻을 받아들여 주었다. 그래서 릴리는 다시 우리 차지가 되었다. 그녀의 암울한 기분, 발작적인 울음, 다 끝내 버리겠다는 위협 ─ 그게 지장을 주지 않는다고 말할 수는 없었다. 하지만 그녀를 책망하는 사람은 거의 없었다. 릴리를 구원하고 싶었던 우리는 기꺼이 그녀의 모든 걸 용서해 주려 했다. 심지어 그 지긋지긋한 기타까지도.

하지만 우리가 처음 만났을 때의 릴리와 4년 후 대학을 졸업한 릴리는 완전히 다른 사람이었다. 처음 입학했을 때는 성적이 신통치 않았는데 졸업반이 되어서는 그 모든 걸 벌충하고도 남을 정도가 되었다. 그리고 우리가 다음에 ─ 아니, 평생 ─ 무엇을 하고 싶은지 결정을 못 내리고 계속해서 표류하는 사이 릴리는 꾸준히 앞으로 나아가며 돈을 많이 버는 일자리를 구하고, 학자금 대출을 갚고, 결혼도 잘 하여 가정을 꾸렸다. 이제 릴리만이 자신이 무엇을 원하는지, 어떻게 그걸 얻어 내야 하는지 늘 확실하게 아는 듯했고, 과거에 아무리 삶의 기복이 심했을지라도 거의 신세 한탄을 하지 않았다. 이제 삶을 끝내고 싶다는 말 같은 건 없었다.

릴리는 우리가 아는 여자들 중에 제일 정신이 온전했다. 그녀는 행복하고 다정하고 책임감 있는 아내이자 엄마였으며, 그저 섹스를 좋아한 나머지 매사가 순조롭게 유지될 수 있도록 하룻밤 상대를 포함한 많은 연인들이 필요했을 뿐이었다.

대학 시절 릴리의 변화 중 일부는 물론 나이를 먹으면서 생긴 결과였고, 당시 대학 생활을 하면서 성숙해진 사람이 그녀 하나라고 말할 순 없었다. 하지만 릴리에게 변화의 이유를 묻는다면 그녀는 이 한마디로 대답할 터였다. 올라프.

그의 진짜 이름은 아니었다. 그의 진짜 이름을 아는 사람은 없었고, 그가 어디 출신인지 확실히 아는 사람도 없었을 것이다. 그는 학생도 아니었고, 교수도, 교직원도 아니었지만 캠퍼스 붙박이였다. 그는 눈에 띄지 않을 수가 없는 인물이었다. 195센티미터에 달하는 키에 마른 근육질의 몸, 길고 헝클어진 어두운 금발, 산속 호수처럼 차가운 푸른색 눈 — 그래서 〈올라프〉였다. 바이킹으로 알려져 있기도 했다. 나이 역시 수수

께끼였다. 서른 살은 확실히 넘었고 마흔 살에 더 가까웠다. 그에게 직접 물어볼 수는 있었지만 명확한 대답을 듣긴 어려웠다. 사실 올라프는 말이 많지 않았다. 미소도 많이 짓지 않았다.

소문에 따르면, 그는 의학 박사인데 면허를 박탈당했다고 했다. 그가 다른 캠퍼스 — 하버드 — 에 처음 등장했고, 거기서 티머시 리리[27]의 주변 인물들 가운데 하나였다는 것이다. 그 소문이 맞건 틀리건, 그도 리리처럼 향정신성 약물의 유익한 힘을 열렬히 신봉했으며, 그런 약물들의 오락적 인기로 인해 임상적 사용이 금지된 걸 비극으로 여겼다.

올라프는 누군가를 찍어 — 그 대상은 늘 눈이 크고, 영양실조 걸린 것처럼 야위고, 젊고, 예쁘고, 문제가 많아 보이고, 정서적으로 취약한 여성이었다 — 자신의 보호하에 두는 것으로 알려져 있었다. 그는 그런 여자의 친구가 되어 신뢰를 얻은 다음(그에겐 식은 죽 먹기보다 쉬운 일인 듯했다) 일정 기간 환각 버섯이나 메스칼린, LSD를 먹였다. 그 여자의 환각 체험을 세심하

27 미국의 심리학자이자 작가로 환각성 약물의 긍정적 잠재력을 지지하였다.

게 이끌어 주고 자신은 거의 말을 하지 않고 듣기만 하면서 그녀에게 마음껏 이야기하라고 격려했다. 릴리는 올라프를 통해 이제까지 진정으로 자신의 이야기를 들어 준 사람이 없었음을 알게 되었노라고 말했다.

릴리는 그가 특별히 현명하거나 멋진 말을 해준 기억은 없다고 했다. 하지만 안전하게 그의 방(캠퍼스에서 멀지 않은 반지하방)에서 그의 품에 안겨(알다시피 섹스는 그 과정 중 일부여야만 하니까) 있노라면 깊은 생각이라는 걸 하게 되고, 전에는 절대 이해하고 싶지 않았던 것들 — 이를테면 자신의 어린 시절, 정신적인 문제가 있는 엄마와 가족을 버리고 떠난 비겁한 아버지 — 을 이해하게 되면서 처음으로 그런 이야기를 꺼내 놓을 수 있었다는 것이었다.

「사실들에 대해서는 전에도 다른 사람들에게 이야기한 적이 많았지만, 내 감정들을 말로 옮길 수 있게 된 건 그때가 처음이었지.」 릴리가 말했다. 그리고 그녀는 아무것도 숨기지 않았노라고 했다.

그 모든 과정이 주술적인 요소가 강하긴 했지만, 그 결과는 진짜였다. 릴리는 올라프와 함께 지내면서 균형을 찾아 갔다. 기분이 안정되었다. 성적도 올라갔다.

심지어 기타 실력까지 향상되었다.

그렇다면 왜 모두들 이런 기적을 행하는 올라프에게 의지하지 않았을까? 많은 사람들이 그러고 싶었겠지만 아무리 큰 고통에 시달리고 있다 해도 무작정 올라프에게 갈 수는 없었다. 그의 선택을 받아야만 했다. 그가 선택을 해주어야만 했다.

마침내 찾아온 결별은 잔혹했다. 우리는 한동안 올라프가 릴리에게 행한 기적이 물거품이 될지도 모른다는 두려움에 젖었다. 하지만 이제 릴리는 다시 무너지기엔 너무 강해진 듯했다. 그녀는 슬퍼했지만 앞으로 나아갔다. 곧 도서관에서 만난 남자와 데이트를 시작했고, 이제 전보다 훨씬 집중력이 높아져서 진지하게 강의를 들으며 학업이 얼마나 큰 만족감을 줄 수 있는지 깨달았다.

릴리는 올라프에 대한 고마움이 너무도 커서 그가 다른 젊은 여자에게로 떠났을 때 배신감을 느끼지 않았노라고 말했다. 게다가 그녀는 올라프가 그런 사람임을 줄곧 알고 있었다. 그는 아무것도 약속하지 않았고, 그녀에게 사랑한다고 말한 적도 없었다. 그리고 이제 모든 게 끝나고 보니 사실 그녀도 그를 진짜로, 연

애 감정으로 사랑한 게 아니었다. 그렇다면 그건 어떤 종류의 관계였을까? 사랑이라고도, 우정이라고도, 사제 관계라고도 할 수 없었다. 「전혀 다른 종류의 유대 관계였지.」 릴리가 말했다. (내가 보기엔 매우 비정통적인 형태의 치료자와 환자 관계에 제일 가까운 듯했다.)

릴리에게 가장 큰 후회로 남은 건, 그와 연락이 끊긴 것이었다. 릴리는 그에 대한 생각을 자주 했고 수년에 걸쳐 몇 차례 그와 연락을 하거나 아니면 최소한 소식이라도 알아내려고 애썼지만 결국 운이 따르지 않았다.

「그는 사라져 버렸어.」 릴리가 말했다. 진짜로 존재하긴 했던 걸까? 올라프. 그의 진짜 이름이 아니었다. 바이킹. 세월이 흐르면서 그는 차츰 진짜 인물이 아닌 것처럼 여겨졌다. 릴리는 환각 체험 중에 본 환영 같다고 말했다.

그러던 어느 날, 그녀가 쉰 살이 되었을 즈음, 바닷가에서 홀로 해변을 따라 걷고 있는데, 바다에서 바람이 불어왔고, 그리고 —

「그걸 어떻게 설명해야 할지 모르겠지만, 그가 거기 있었어.」 릴리가 내게 말했다. 「그날 아침, 난 해변에

사람들이 없을 때 걷고 싶어서 동이 트기 직전에 일어
났어.」

가족여행 마지막 날이었고, 다른 식구들은 아직 자
고 있었다.

「해변뿐 아니라 바다 위에도 바람 한 점 없었는데,
갑작스럽게 차가운 포말을 가득 품은 돌풍이 불어온
거야. 그리고 그가 거기 있었지. 난 충격이 얼마나 컸
는지 그 자리에서 걸음을 멈추고 모래 위에 주저앉아
버렸어. 다음 순간, 우리가 함께했던 때의 모든 것들이
내게 경이로운 돌풍처럼 휘몰아쳤지. 그 모든 눈길,
말, 손길. 그리고 결별의 고통과 갈망 ─ 정말이지 견
딜 수가 없었어. 나는 창자가 찢어질 듯 격렬하게 울기
시작했어.

난 처음엔 플래시백 현상[28]인 모양이라고 생각했어.
올라프는 늘 그게 근거 없는 믿음이라고 말했지만. 난
뇌졸중 같은 건지도 모르고 이러다 죽을 수도 있다는
생각에 겁이 났지. 하지만 그런 순간은 금세 지나갔어.
고통이 멎고, 두려움도 잦아들고, 난 침착해졌어. 난

28 LSD를 남용한 경우 복용 중단 후 오랜 기간이 지나도 과거의 환
각 체험이 반복적으로 되살아나는 현상.

92

— 흔들리는 기분이었어. 누가 나를 흔들어 대고 있었
어. 파도 소리, 갈매기 소리도 더 이상 들을 수 없었지.
오로지 깊은 정적만이 내 주위를, 우리 주위를 감싸고
있었어.」

릴리는 올라프가 방금 죽었고 그의 혼령이 그걸 알
리기 위해 찾아온 거라고 확신했다. 그리고 모든 게 다
괜찮다고 그녀에게 알려 주기 위해.

「나에게 새롭지 않았던 건, 내가 너무도 잘 알고 있
었던 건, 그 끔찍한 상실감이었지.」 릴리가 말했다.
「다른 사람들을 잃었을 때도 바로 그런 감정을 느꼈으
니까. 바로 그 갈망, 바로 그 슬픔. 누군가 죽으면 느끼
는 감정.」

하지만 죽은 사람의 혼령이 찾아온 건 처음이었다
고 그녀는 말했다.

내 생각에 릴리는 그때 바닷가에서 올라프에 대해
서만이 아니라 삶의 그 시기에 대해서도 애도했던 듯
하다. 오래전 그날들, 잃어버린 청춘 시절.

그리고 다른 일도 있다. 또 다른 이상한 일. 나는 그
이야기를 들은 후 자꾸 그 일이 떠올랐다. 뜬금없이 그

해변의 릴리를 상상하며 그녀가 압도적인 상실감에 대해 묘사하고 올라프가 자신을 위로하기 위해 왔다는 이야기를 하던 기억을 되살리는 것이다. 나는 슬픔의 순간들에 — 얼마 전 가까운 사람이 예기치 못한 죽음을 맞이했을 때처럼 — 릴리의 말을 떠올리며 위안을 얻게 되었다.

릴리가 이런 이야기를 들었더라면 올라프의 혼령이 찾아온 거라고 말했을 것이다. 하지만 난 그를 알지도 못했는데 왜 그의 혼령이 나를 찾아왔겠는가?

난 미신을 믿지 않는다. 혼령도 믿지 않는다. 그런데도 진짜 위안을 얻었다.

처음 생긴 문제는 이랬다. 바이올렛이 아는 작가 아이리스가 남편과 함께 부모님을 만나러 캘리포니아주에 갔다. 아이리스의 시아버지가 일흔 살 생일을 맞이하여 큰 파티를 열기로 한 것이다. 그들은 일주일 정도 일정으로 떠났지만, 캘리포니아주에 도착하자마자 봉쇄가 시작되었다. 파티는 취소되었고 — 그들 모두 천만다행이었다고 말하게 된다. 큰 파티는 생각만 해도 끔찍한 것이 되었으니까 — 집으로 돌아가는 비행기 표도 취소되었다. 언제 돌아가게 될지 알 수가 없었다.

　　다행히 시부모님이 팰로앨토에 넓은 집을 갖고 있어서 그들 모두 편안한 격리 생활을 할 수 있었다. 하지만 아이리스는 되도록 빨리 집으로 돌아가고 싶어서

속을 태웠다. 중년의 문턱에서 천신만고 끝에 첫아이를 임신하게 된 그녀는 출산 예정일을 10주 앞두고 있었다.

아이리스 부부는 캘리포니아주로 떠나기 전 그들의 아파트에서 지낼 사람을 물색해 놓았다. 이틀 이상 혼자 두면 안 되는 새를 키우고 있었던 것이다. 지능이 매우 높고 사교적인 종의 앵무새 — 금강앵무 — 여서 많은 관심을 기울여야 했다. 아이리스의 설명에 따르면, 방치된 앵무새는 극단적인 성격 변화를 겪고 심지어 실성 상태에 이르기까지 하는 것으로 알려져 있다고 했다. (중학교 때 선생님 한 분이 구조된 앵무새들을 새장 가득 키우고 있었기에 나는 아이리스의 말이 과장이 아님을 알았다.)

새를 돌봐 주기로 한 사람은 아이리스의 친구 아들로, 뉴욕대 학생이었으며, 전에도 그 새를 돌본 적이 있었다. 하지만 이제 그도 거기 있고 싶어 하지 않았다. 사실은 이미 떠난 상태였다. 대학이 문을 닫고 친구들도 모두 뉴욕을 떠나자 치명적인 바이러스가 걷잡을 수 없이 퍼지고 있는 도시 안의 낯선 아파트에 혼자 갇혀 있고 싶은 마음이 사라진 것이다. 그는 버몬트에 있는 집으로 가고 싶었다. 마침 버몬트로 가는 다른 학생 차를 얻어 탈 수 있게 되자 그는 출발하기 직전에 아이리스에게 그 사실을 알렸다. 아이리스 말로는, 대면 수업이 시작될 때까지 돌아오지 않을 예정이라 새에게 비상식량과 물을 남기고 급히 떠났다는 것이었다.

아이리스는 동네 친구들에게 도움을 청할 수도 있었지만, 다른 많은 뉴요커들처럼 그들도 도시를 탈출하여 시골집으로 떠난 상태였다. 매디슨 스퀘어 파크 근처에 있는 아이리스의 아파트 열 가구가 모두 비어 있었다.

「아이리스는 교통수단을 이용해야 하는 사람에게는 부탁하고 싶지 않대.」바이올렛이 내게 설명했다.「걸어서 갈 수 있을 정도로 가까이에 사는 사람을 찾고 있대. 그래서 네가 생각났지.」

나는 그걸 남에게 호의를 베푸는 일이라기보다는 뜻밖의 행운으로 여겼다. 적어도 하루의 일부를 다른 공간에서 보낼 구실이 생긴 것이다. 그것도 굉장한 공간에서.

「위대한 상상력과 멋진 취향, 그리고 많은 돈의 충돌이라고 부를 수 있지.」바이올렛의 말이었다.

아이리스가 주택 디자인에 대해 쓴 커피 테이블 북[29]
의 편집을 바이올렛이 맡으면서 둘은 친구가 되었다.
아이리스와 건축가인 남편은 노매드에 있는 그 아파트
와 뉴욕주 북부의 옛 수도원을 개조한 주택을 포함, 몇
차례 공동 작업을 했다. 그리고 텍사스 마파에 집을 한
채 더 마련하여 작업 중에 있었다.

나는 바이올렛이 연 출간 기념 파티에서 아이리스
의 책에 담긴 그 세 집들의 사진을 보았기에 바이올렛
이 그 아파트에 대해, 거기서 영원히 나오고 싶지 않을
수도 있어, 하고 말한 이유를 알 수 있었다.

나에겐 무책임한 인간이라는 인상을 준 그 대학생
은 급히 떠나느라 아파트 열쇠를 두고 가는 걸 잊고 말
았다. 하지만 아이리스는 문제없다고 말했다. 아파트
관리인에게 연락해 뒀으니 그가 도어맨에게 다른 열쇠
를 맡길 거라는 것이었다. 입주자들이 집을 비우긴 했
지만 필수 인력으로 지정된 관리실 직원들은 매일 출
근했다. 고급 부티크 빌딩과 전체 직원이 오로지 작은
새 한 마리와 나를 위해 존재했고, 그건 봉쇄된 삶의
무수한 기괴함들 중 하나에 불과했다.

29 커피 테이블 위에 두는 그림이나 사진이 많은 큰 책.

「하루에 몇 시간씩 거기 있어 줄 수 있다면 이상적이 겠죠.」아이리스가 내게 말했다. 「계속 함께 있어 줄 필요는 없고 방치되지 않았다는 것만 알게 해주면 돼요. 그 새는 매일 신체적, 정신적 운동이 필요하고 감탄을 많이 받아야 해요. 자기 과시를 정말 좋아하죠. 거울에 비친 제 모습을 봐왔기 때문에 제가 얼마나 멋진지 알아요.」

(공작새 같은 앵무새였던 것이다.)

그 새 이름은 유레카였고, 다 자란 금강앵무의 절반 크기밖에 안 되는 아주 작은 품종이었다. 양쪽 어깨의 진홍색 얼룩과 눈 주위의 흰 부분을 제외하면 전체가 초록색이었다. 그 초록색은 어찌나 밝고 싱그러운지 열대 식물을 바라보는 것처럼 상쾌한 기분을 느끼게 해주었다. 사람의 말을 흉내 낼 수 있는 것으로 유명한 종들 가운데 하나였지만, 아이리스가 전해 주기론 수다쟁이는 아니었다.

「우린 그런 것에 관심이 없어요. 다른 대부분의 앵무새 주인들과는 다르죠. 새에게 욕을 가르치면서 짜릿한 쾌감을 얻는 사람들 말예요. 우린 유레카를 바라보고, 함께 놀아 주는 걸 좋아해요. 물론 말도 하죠. 하지만 우리 말을 따라하도록 훈련시킨 적은 없어요. 그래도 몇 가지 따라하긴 해요. 내가 아침마다 온라인 요가 강좌를 들은 적이 있었는데, 처음 유레카가 **옴**이라고 말하는 걸 듣고 정말이지 믿을 수가 없었죠.

우린 고양이도 키웠어요. 벵골고양이. 암컷이었는데 수다쟁이였죠. 고양이는 끊임없이 야옹거렸고 유레카도 따라서 야옹거렸어요. 유레카는 자기가 새장에 있고 고양이는 집 안 다른 곳에 있을 때 자기가 끈질기게 야옹거리면 결국 고양이가 나타난다는 걸 알게 됐죠. 유레카는 그 놀이를 좋아했어요. 둘이 함께 있을 때면 대화를 나누는 게 드물지 않은 일이었죠. 정말 귀여웠어요. 그 소리가 신경을 건드릴 때도 있었지만요. 유레카는 가끔 고양이의 골골 소리도 흉내 내는 것 같았는데 그보다는 마치 트릴링[30] 같았어요.」

유레카를 집에 들였을 때 고양이는 이미 꽤 나이를 먹어서 작년에 세상을 떠났다고 아이리스가 말했다. 고양이가 죽은 후에도 유레카는 한동안 야옹거리다가 끝내 고양이가 나타나지 않으면 조용해지면서 횃대 위에 힘없이 웅크리고 앉아 있었다.

30 고양이가 의사소통을 하기 위해 내는 높은 음의 꾸르륵 소리.

「유레카도 나처럼 고양이를 그리워하는구나, 하는 생각에 가슴이 미어졌어요.」아이리스가 말했다. 「심지어 지금도 가끔 야옹거리는데, 문득 고양이가 기억나서, 다시 한번 시도해 보자, 어쩌면 이번엔 고양이가 나타날 지도 몰라, 하는 생각으로 그러는 것 같아요.」

만일 내가 앵무새를 키운다면 앵무새에게 말을 가르치고 싶은 충동을 억제하지 못할 것이다. 중학교 때 우리가 선생님의 새장을 구경하면서 얼마나 흥분했었는지 기억난다. 어떤 새들은 믿을 수 없을 정도로 컸다. 무시무시한 새들도 몇 마리 있었다. 루시퍼가 그중 하나였는데, 앵무새가 아닌 거대한 까마귀인 루시퍼는 선생님 어깨에 앉아 우리를 내려다보았다. 선생님이 우리에게 루시퍼를 향해 손가락질조차 해서는 안 된다고 경고했다. 「내가 장담하는데, 루시퍼는 지금 너희 중 하나가 신나는 일을 만들어 주기를 기다리고 있을걸.」선생님이 말했다.

코카투[31]가 연신 고개를 앞뒤로 돌리며, 쓰레기장이네! 하고 말했다. 그리고, 말 좀 해봐! 말 좀 해봐! 하고

31 머리에 닭 볏 모양 깃털이 있고 부리가 굽은 앵무새.

외쳐 대는 진홍색 금강앵무도 있었다. 선생님은 온종일 사람들에게 그런 말을 듣는 것에 대한 좌절감의 표시일 수도 있다고 설명했다(그 앵무새가 전에 살던 곳이 혼잡한 쇼핑몰 안에 있는 이국적인 반려동물 가게였던 것이다).

그리고 물론, 전에 살던 집에서 욕을 배운 앵무새도 한두 마리가 아니었다. 그것 때문에 선생님은 민망해서 어쩔 줄 몰랐고 적지 않은 엄마들이 화를 냈지만, 우리들은 오줌을 지릴 정도로 웃어 댔다.

그중 제일 인상적인 앵무새는 오페라를 토막토막 부르는 피가로였다. 음정은 안 맞았지만 그래도. 물론 그 후로 나는 노래하고, 춤추고, 야옹거리고, 입이 험한 앵무새들이 드물지 않음을 알게 되었지만 말이다. (참고: 유튜브.)

앵무새들이 수명이 길다는 점을 고려하면 ― 심지어 1백 살까지 살기도 한다 ― 그 선생님의 앵무새들 중 일부는 아직도 이 세상에 남아 있을 거란 생각이 든다. 당시 그 선생님은 중년의 나이였던 것으로 기억된다. 선생님보다 오래 살아남은 앵무새들은 어떻게 되었을까? 구조된 새들이 그렇게 많은 이유 중 하나는 주인보다 오래 살아남는 경우가 많기 때문이라는 선생님의 설명이 떠오른다.

아이리스는 유레카가 다섯 살쯤 되었고 앞으로 25년은 더 살 거라고 말했다. (그럼 2045년쯤 된다. 그때쯤 세상은 어떻게 변해 있을까?)

「가끔 유레카는 혼잣말도 해요.」 아이리스가 말했다. 「적어도 그런 것처럼 들려요. 혼자 웅얼거릴 때는, 대화 상대가 있을 때와 발성이 완전히 다르죠. 주의를 끌고 싶을 땐 깍깍거리고 그래도 반응이 신통치 않으면 광분해요. 이따금 아주 소란스러워지기도 하지만 천만다행으로 시끄럽게 소리를 질러 대진 않죠.」

구조된 새들이 많은 또 하나의 중요한 이유는, 주인이 ─ 혹은 이웃이 ─ 그 소란을 견디지 못하는 것이다.

「우리가 지은 아파트에서 살고 있어서 다행이죠.」 아이리스가 말했다. (건물 자체가 탄탄하게 지어진 데다 한 층에 한 세대씩 들어 있었고, 천장이 높고, 층간 방음이 잘 되어 있었다.)

그래서 나는 유레카가 소리를 질렀을 때 더 놀라지 않을 수 없었다. 유레카는 나를 처음 봤을 때 소리를 질렀다. 앵무새가 소리를 지르는 건 고통의 표현이라는 점을 고려하면 우리의 첫 만남은 전도유망하다고 말하기 어려웠다.

나는 유레카가 놀라서 그런 것일 수도 있다고 받아들였다. 내가 오리란 걸 예상치 못했을 테니까(**야옹?**). 어쩌면 순전히 실망해서 그랬을 수도 있었다. 나는 낯선 존재인 데다 자신의 무리도 아니니까.

하지만 유레카는 앵무새답게 똑똑했다. 사태를 파악하는 데 그리 오래 걸리지 않았다. 나는 그 새를 돌보기 위해 거기 있었고, 그 새는 자신의 무리가 얼마나 그립든, 그 상황을 최대한 이용했다. 던지고 가져오기 놀이를 해줄 사람이 나뿐이라면 나와 놀 수밖에 없었다. 유레카를 얼마나 찬양하는지의 정도로 테스트가 이루어진다면, 나는 그 테스트를 쉽게 통과할 수 있었다. 유레카가 너무 예뻐서 볼 때마다 마치 처음 보는 것처럼 느껴졌던 것이다.

아무튼, 우리가 함께하는 시간에 대해 유레카가 느낀 고마움이 아무리 커도 나보다 더할 수는 없었다. 그 기이하고 불안했던 시기의 나에겐 유레카와 함께 있을 때 시간이 제일 빨리 지나갔다. 매일 아침 기대에 부풀어 눈을 뜰 수 있었던 건, 기괴하리만큼 인적 없는 거리를 몇 블록 걸어가서 나의 보살핌을 기다리는 깃털 달린 친구를 만나는 이 단순한 허드렛일 덕이었다. 그건 스스로에게 〈내가 왜 이걸 하고 있지?〉라는 질문을 던지지 않고 해낼 자신이 있는 몇 가지 안 되는 일들 가운데 하나였다.

도움을 베풀 대상을 찾아내는 것, 그게 많은 병들을
고치는 약이라고 한다. 그게 스트레스와 불안을 완화
시키고, 애도와 슬픔, 상실감을 어루만져 준다고 한다.
봉쇄 기간 동안 반려동물을 임시로 보호하거나 입
양한 건 혼자 사는 사람들만이 아니었다. 허구한 날 가
족들이 복닥거리는 집에 틀어박혀 프라이버시 없는 생
활에 진절머리를 내는 사람들도 동물을 돌보는 걸 짐
하나를 더 지는 게 아니라 위안을 얻고 기분을 전환시
킬 수 있는 일로 여겼다. 사정상 개나 고양이를 키울
수 없는 이들은 새나 기니피그 같은 다른 반려동물을
들였다. 내가 아는 어떤 사람은 쥐 한 쌍을 키웠다. 뱀
을 키우는 사람도 있었다. 어두운 밤을 견딜 수 있게

해주는 존재라면 무엇이든 상관없었다. 나는 직접 만난 적은 없지만 곤충이나 거미를 키우는 사람들도 있는 것으로 안다. 그중에서도 마다가스카르휘파람바퀴벌레와 타란툴라가 인기가 많다고 한다.

사람들의 사연을 들어보면 동물을 통해 시련의 시기를 견디거나, 희망을 얻거나, 온전한 정신을 지키게 되었다고 한다. 동물이 나오는 영상을 보면서 위안을 얻는 사람들도 있는데, 야생 동물과 동물원 동물들이 모두 해당된다. (내가 아는 정신과 의사는 지난 수년간 우울증 환자들에게 동물 영상을 보라는 처방을 내려왔다.) 인간 세상을 초토화시킨 위기에서 면제된 — 일부 동물들은 감염의 위험을 안고 있었지만 — 생명체들의 순수한 행동을 지켜보면서 힘을 얻거나 마음을 진정시킬 수 있었던 것이다. 봉쇄된 동물원에서 10년 만에 처음으로 짝짓기에 성공하는 판다, 이웃에 사는 고양이와 까꿍놀이를 하는 앵무새. 어떤 사람들은 이런 영상들을 몇 번이고 되풀이해서 보았노라고 고백했다.

그러고 보니 대다수의 동물 영상이 재미있게 노는 동물들을 담고 있다. 이를테면 까마귀가 눈 덮인 지붕에서 병뚜껑으로 썰매를 타고 노는 영상처럼 말이다.

나는 유레카 때문에 새를 키우고 싶은 갈망을 품게 되었다. 하지만 그건 내게 익숙한 감정이었다. 나는 차를 몰고 농장을 지나칠 때면 소를 키우는 꿈에 젖었다. 염소도 키우고 싶고, 돼지도 키우고 싶었다. 진짜 말은 아니더라도 조랑말이나 당나귀를 키우고 싶었다. 아무튼 나는 반려동물을 몇 마리 키우긴 했지만, 더 많은 동물들을 키우지 못한 게 일생일대의 후회로 남아 있다.

당신은 작가가 되지 않았더라면 무엇이 되었을까요? 나는 이 놀랍도록 흔한 질문에 어떻게 대답해야 할지 모르겠다. (그걸 왜 알고 싶어요?) 하지만 동물들과 함께 일했다면 만족감을 느낄 수 있었으리란 생각은 늘 갖고 있다. 수의사는 아니고 — 나는 어떤 종류의 의사로도 성공할 수 없었을 테니까 — 동물학자나 조련사 같은 것 말이다. (같은 인간에 대해서는 인내심이 부족하면서 동물들에게는 이 세상 시간을 다 가진 것처럼 여유로워지는 사람들이 많은데, 나도 그중 하나다.)

나는 젊었을 때 구직 면접을 보면서 내가 선망하는

삶을 사는 인물이 누구냐는 질문을 받고 즉시 제인 구달이라고 대답한 적이 있다. (지금도 마찬가지다. 어쩌면 그런 마음이 더 강해졌다고도 할 수 있는데, 제인 구달이 노령에 이른 현재까지도 여전히 환경 보호를 위해 왕성하게 활동하면서, 그 모든 무시무시한 전조들에도 불구하고 세상에 대한 희망을 버리지 않았음을 확고히 했기 때문이다.)

제인 구달과 침팬지들, 페니 패터슨과 고릴라 코코, 아이린 페퍼버그와 앵무새 앨릭스. 인간이 아닌 다른 종과 특별한 유대 관계를 맺는 사람들은 늘 나에게 선망의 대상이다. (이와 관련된 판타지: E. T.의 신뢰를 얻은 소년처럼 되고 싶지 않은 사람이 어디 있으랴?)

깊은 갈망들이 대부분 그러하듯, 이 갈망도 어린 시절에 시작되었다. 나는 『야성의 엘자*Born Free*』를 영화로 먼저 보고 그다음에 책으로 읽었다. 내가 커서 조이 애덤슨이 되어 케냐로 건너가 부모 잃은 암사자를 키우고 그 이야기를 담은 베스트셀러를 출간하지 못할 이유가 어디 있겠는가(나중에 작가가 되리란 걸 그때도 이미 알고 있었으니까).

그때 내가 결국 면접에서 탈락한 일자리는 경영 컨

설팅 회사 비서였으니 〈제인 구달〉은 최상의 답변은 아니었을 수도 있다. 게다가 면접관은 제인 구달을 알지도 못했다.

그보다 훨씬 전에는 나에게 어렸을 때 무엇이 되고 싶었느냐고 질문한 초등학교 선생님을 화나게 만드는 답변을 했었다. 그 선생님은 내가 학생들을 웃기기 위해 사자 조련사라고 대답했다고 생각했다. 공정을 기하자면, 내가 가끔 학생들을 웃기기 위해 엉뚱한 말을 했던 건 사실이다.

구달은 어렸을 때 『타잔』과 『닥터 두리틀』을 좋아했다. 침팬지 인형 주빌레를 가지고 놀며 나중에 아프리카에 가서 진짜 침팬지를 볼 기회가 생기기를 꿈꾸었다. 한편, 그녀는 조류 관찰자가 되었다.

코로나 시대에 조류 관찰은 가장 인기 있는 취미 중 하나로 부상했다. 코로나의 첫 물결이 철새들이 이동하는 봄에 찾아온 건 축복이었다. 자유로이 날아다니며 서로 교류하는 생명체들을 지켜보며 대리 만족을 얻을 수 있었으니까. 그동안 다른 데 정신이 팔려 보지 못했던 걸 자세히 들여다보는 즐거움도 빼놓을 수 없는 매력이었다. 평범하면서도 아름다운 것. 둥지를 만들고, 짝짓기를 하고, 티격태격하고, 먹이를 입에 넣어 주고. 이 모든 일들이 창밖 가까운 곳에서 일어나고 있었던 것이다. 인간의 활동이 내던 소음이 잦아들면서 새의 노랫소리를 감상하기는 또 얼마나 쉬워졌는지.

환경 보호 활동가들은 조류 관찰자들에게 죽은 새들에게도 주의를 기울여 보라고 권장했다. 죽은 새들 중에는 건물에 충돌한 경우가 많다. 한 여자가 세계 무역 센터 주위를 걷다가 한 시간에 2백 마리 이상의 사체들을 발견했다. 다친 새들도 많은데, 그런 새를 발견하면 야생 동물 병원으로 데려가면 된다. 한 구조자는 블로그에 이렇게 썼다. 〈야생 동물을 도와주는 건 세상에서 제일 멋진 일이다. 그 동물들을 손에 쥐고 있으면 마법과도 같은 기분을 느낀다.〉

봉쇄가 풀린 후 내가 극장에 가서 본 첫 영화인 프랑스 자연 다큐멘터리 예고편에는 이런 말이 나온다. 〈동물과의 만남은 삶의 활력소이다. 다른 세계로 통하는 문을 열어 준다. 말로 소통할 수 없는 세계.〉

〈지상에서 이보다 감동적인 것은 없다〉, 어느 자연주의자가 야생 동물과 유대감을 형성하는 체험에 대해 한 말이다. 그 야생 동물은 남아프리카공화국 웨스턴케이프의 바닷속 해초 숲에 사는 문어다. 그들의 만남은 크레이그 포스터가 삶의 위기를 맞이했을 때 찾아왔다. 2년 동안 우울증에 시달려 오던 크레이그 포스터는 더 이상 영화 만드는 일을 할 수 없음을 깨달았다. 자신이 자연계 바깥에 존재하고 있음을 한동안 고통스럽게 절감해 온 그는 자연계 안으로 들어가고 싶은 깊은 갈망이 마음의 병을 만든 한 요소라는 진단을 내린다. 그리하여 날마다 다이빙을 하기 시작한다.

포스터는 그 문어를 처음 본 직후부터 문어에게 배울 것이 있으리라 직감한다. 그래서 날마다 그 문어를 찾아가서 사는 모습을 지켜봐야겠다고 결심한다. 하지만 그건 문어의 믿음 없이는 이루어질 수 없는 일이었고, 문어가 그에게 믿음뿐 아니라 호기심까지도 보이면서 그에게 구원이 시작된다.

그 문어의 수명이기도 한 약 1년 동안, 인간과 연체동물은 친구로 지낸다. 그의 절망이 사라진다. 그는 다시 일할 수 있게 된다. 그는 둘의 이야기를 담은 다큐멘터리에 쓸 장면들을 찍기 시작한다. 문어가 처음으로 촉수를 내밀어 그의 손을 만지는 잊을 수 없는 장면이 만들어진다. 그리고 끝부분에서 문어가 포옹하듯 그의 가슴에 달라붙는 장면 역시 감동적이다.

어떤 과학자들은 그걸 의인화라고 불렀다. 투사(投射). 그건 진짜 우정이라기보다는 두려움의 장벽이 제거된 것, 더 큰 친밀감을 허용하는 친숙함이라는 것이다. (그게 한마디로 우정 아닌가?)

동물들은 재미있게 논다. 크레이그 포스터가 보기엔, 확실치는 않지만, 문어가 물고기 떼와 놀고 있는 것 같은 장면이 있다.

크레이그 포스터는 그 문어가 상징하는 야생성이 자신을 바꾸었다고 말한다. 문어는 그를 자기 세계로 받아들여 그의 친구가 되어 주었을 뿐만 아니라 선생님 역할까지 했다. 그는 수개월 동안 문어를 추적 관찰하면서 환경과 야생 동물들에게 감응하는 법을 배웠고 그 결과 인간관계까지 개선시킬 수 있었다.

그는 문어를 만나기 전에는 동물들에 대해 감상적인 편이 아니었다고 말한다. 그랬던 그가 이제 문어에게 애정을 갖게 되었을 뿐 아니라 문어의 생존 능력을 자랑스럽게 여기게까지 된 것이다. 그는 문어가 포식자들을 따돌리고, 먹이 사냥 전략을 세우고, 상어에게 공격당해서 상처를 입고도 고난을 극복해 내는 모습을 보며 정말 지능이 높다고, 천재적이라고, 임기응변이 뛰어나다고 감탄한다.

문어가 험난한 삶의 여정에서 고군분투하는 모습은 그에게 자신의 인생을 비추는 거울이 되어 다시 일어나서 깨진 조각들을 맞추고 자신감을 되찾는 자신을 보게 해준다. 이제 그는 신예 자연주의자로서 아버지와 함께 다이빙을 시작한 아들에게 그런 자신감을 불어넣을 준비가 되어 있다. 그리고 그는 어린 아들이 더 위대한 교훈을 체득하는 걸 지켜본다. 그것은 온화함이다.

온화함은 자연에서 많은 시간을 보내면서 배우게 되는 가장 중요한 것이라고 크레이그 포스터는 말한다.

그는 문어를 통해 야생의 장소들이 얼마나 소중한지 느끼게 되었다고 한다. 모든 동물들, 아주 작은 것들에게까지 마음을 쓰기 시작하면, 그 동물들이 얼마나 취약한 존재들인지, 모든 생명들이 얼마나 취약한지 깨닫게 된다. 그리고 자신의 취약성과 죽음에 대해 생각하기 시작한다.

그는 해초 숲을 탐사하면서 그가 숲의 정신이라고

부르는, 영겁의 세월에 걸쳐 발전되어 온 위대한 물속의 뇌가 지닌 지능 — 천재성 — 에, 그리고 그 정신이 만물의 균형을 유지하기 위해 행하는 일에 거듭 경탄한다.

아마도 영상에 담긴 증거가 없었더라면 대부분의 사람들이 야생의 문어와 인간의 다정한 상호 작용을 믿기 어려웠을 것이다. **나 역시** 그걸 쉽사리 믿지 못했을 것이다. 그도 그럴 것이 인간 이외의 생명체들이 지닌 생각하고 느끼는 능력에 대한 우리의 추정은 늘 크게 어긋났으며, 이제야 마침내 그걸 깨닫기 시작했으니까. 만일 우리가 처음부터 더 큰 관심을 기울였더라면 동물이 된다는 것의 의미에 대해, 우리 인간이라는 동물이 너무도 빈번히 파괴적 충돌을 일으켜 온 자연 안에서 살아가는 법에 대해 많은 배움을 얻을 수 있었을 것이다. (자신이 방문객이 아닌 자연계의 일부라고 느끼는 것, 거기 경이로운 차이가 있다고 크레이그 포스터는 말한다.) 그랬더라면 인간들 사이에 만연한 우울도 많이 줄었으리라. 그 모든 멸종들을 막을 수 있었을 테고 우리 종, 지구 전체가 구원될 수 있었을 것이다.

의인화, 우리는 그걸 종교로 삼았어야 했다 — 어느 환경 운동가의 말이다. 비이성적인 주장이긴 하나 세상에 이성적인 종교가 어디 있으랴. 그리고 사람들이 그보다 비이성적인 믿음들을 얼마나 많이 품는지 생각해보라.

물에서 떠나기 전에 바다 다이버이자 다큐멘터리 영화 제작자 한 사람을 더 소개하고자 한다. 여든다섯 살의 밸러리 테일러는 이렇게 말한다. 〈나는 늙은 게 싫다. 하지만 내가 늙었다는 건 오염되기 전의 바다에 들어갔었음을 의미하기도 한다. 이제는 바다에 들어가면 열대 우림이었던 곳에 가서 옥수수밭을 보는 것 같다.〉

이쯤에서 나는 인간 혐오를 방지하기 위해 — 요즘은 정말이지 인간 혐오증에 걸리기 십상이며 그건 우리가 반드시 피해야 할 덫이니까 — 크레이그 포스터에게는 문어가 스스로 무방비 상태가 되는 위험을 감수하도록 만들어 주는 무언가가 있었음을 상기한다. 결국 그는 다른 많은 사람들처럼 사냥꾼이나 포식자일 수도 있었다. (〈모든 동물들이 인간을 불신하며 그럴 만도 하다〉라고 루소는 말했다.) 문어가 늘 도망치고

숨어야 하는 대상인 상어만큼 위험할 수도 있었다.

질문: 문어가 그를 신뢰하도록 만든 건 무엇이었을까? 더 큰 질문: 문어가 그를 좋아하도록 만든 건 무엇이었을까?

크레이그 포스터는 문어의 높은 지능을 고려하면 문어 자신의 흥미와 자극에 대한 욕망이 동기가 되었을 거라고 했다. 설득력 있는 말이다. 하지만 그 외에도 문어가 그에게 어떤 인간적인 면, 선함을 느꼈기에 그 도무지 있을 법하지 않은 유대 관계가 가능했던 게 아닐까?

나는 인간의 바이오필리아[32]를 믿는다. 다른 생명체들에 대한 친밀감, 그들과 가까이하고 연결되고 싶은 갈망, 자연의 아름다움에 대한 사랑이 우리 DNA에 새겨져 있다고 믿는다. 하지만 오늘을 살아가는 사람이라면 누구나 볼 수 있는, 세상을 점점 더 흉물스럽게 만들고 종내는 완전히 망쳐 버리려는 인간의 욕구는 어떻게 설명해야 할까?

새로운 공포는, 성난 반(反)환경 운동가들과 지구 온난화 부정론자들이 자연 보호 활동을 좌파적이고 친

---

32 biophilia. 자연과 생명에 대한 본능적 사랑.

정부적인 적과 동일시하여 자연 그 자체에 증오심을 쏟아부으면서 생태계 파괴를 조장하는 것이다.

어느 비행기 승객이 입은 티셔츠에 이런 문구가 있었다. 〈늑대를 쏴라, 민주당원을 울려라.〉

밸러리 테일러의 열정은 상어들을 향했다. 밸러리는 가끔 상어에게 물리기도 했다. 그녀는 상어에게 물렸을 때 상어가 놓아줄 때까지 가만히 기다렸다고 한다. 실수로 문 거니까. (의인화?) 그렇다고 다른 사람들도 자신처럼 행동하기를 기대하는 건 아니라고 말했다. 그저 사람들이 더 이상 상어를 학살하지 않기를 바랄 뿐이라는 것이다.

마침내 「나의 문어 선생님My Octopus Teacher」이 개봉되었을 때 — 코로나 팬데믹이 시작되고 반년이 지났으며, 인종적, 사회적 불평등, 기후 위기, 증가하는 폭력 범죄, 민주주의의 쇠퇴 관련 뉴스들이 가차 없이 이어지는 가운데 — 많은 관객들이 그 영화를 은총으로 여겼다.

그 이야기는 나에게도, 삶의 방식을 바꿨어야 했다는 깨달음을 주었다. 그동안 나는 인생을 낭비했던 것이다.

두 번째 문제는 이랬다. 내가 새 돌보기를 시작한 지 일주일가량 되었을 때 또 한 친구에게 도움이 필요하다는 소식이 들려왔다. 엄밀히 말하면 내 친구가 아니라 그의 누이 일이었다. 내 친구 누이는 오리건주에서 일하다 은퇴한 호흡기 내과 전문의로, 나날이 증가하는 코로나 환자들을 치료하기 위해 자원봉사자로 뉴욕에 왔다. 내 친구는 가족과 함께 코네티컷주에 있는 시골집으로 옮긴 후라 그동안 누이에게 자신의 아파트에 들어와서 지내라고 했다. 하지만 그 아파트에 바이러스가 퍼질까 봐 겁에 질린 세입자들이 관리실에 압력을 넣었고, 결국 그 의사는 아파트에서 나가 달라는 요구를 받게 되었다.

그건 분명 몰상식한 짓이었다. 그나마 다행인 건 어떤 나라들에서처럼 주민들이 그녀에게 돌을 던지거나 표백제를 뿌리지는 않았다.

분명한 해결책은, 불확실한 당분간의 기간 동안(당시 우리 모두 신물 나게 들었던 말이, 〈확실한 건 오직 불확실성뿐〉이 아니었던가) 그녀가 내 집을 쓰게 하고 나는 아이리스의 집에서 지내는 것이었다.

「사실 우리로선 다행이에요.」 아이리스가 말했다. 그러잖아도 유레카가 홀로 남겨지는 것에 대한 걱정이 커져 가고 있었다는 것이었다.

내가 새를 키우고 싶었던 건 그때가 처음이 아니었을 뿐만 아니라 사실 앵무새는 정확히 내가 원하는 종류의 새이기도 했다. 선생님의 새장과 동물원에서 보았던 그런 멋지고 크고 아름다운 앵무새. 그게 과도한 욕심이라면 그보다 다루기 쉬운 잉꼬나 카나리아도 좋았다.

하지만 번번이 그 꿈을 포기한 건 새장 때문이었다. 날도록 태어난 동물을 새장에 가두는 게 마음에 걸렸고, 날개를 자르는 것도 끔찍했다. (다행히, 유레카의 날개 자르는 일은 내 임무가 아니었다. 아이리스는 방문 전문 미용사의 서비스를 이용했고, 얼굴 전체를 방진 마스크로 완벽하게 가리고 나와 말 한 마디 섞지 않는 남자가 왔다. 그가 유레카의 발톱도 정리했다.)

나는 유레카에 대한 궁금증을 느꼈다. 어디에서 왔을까? 아이리스는 그 이야긴 안 해줬지만, 나는 아이리스가 사육사를 통해 유레카를 들여왔으리라 생각했다. 그게 유일한 윤리적 방법이었고, 내가 알기론 유일하게 합법적이기도 했다. 대부분의 금강앵무들을 포함한 일부 야생 앵무새들은 멸종 위기에 처해 있고 이미 멸종된 종들도 있었는데, 서식지 상실도 문제였지만 반려동물로 팔기 위한 포획도 그 주된 원인으로 볼 수 있었다. 그리고 아직 멸종 위기종으로 지정되지 않은 많은 열대새들이 위기에 처해 있거나 취약한 상태였다.

유레카는 갇혀 사는 신세치고는 이례적으로 운이 좋았다. 그 새는 새장 이상의 걸 갖고 있었다. 자신만의 방이 있었다. 유명한 디자이너 팀인 아이리스 부부가 그 아파트 나머지 부분들처럼 유레카의 방에도 실력을 발휘하여 동물원 우리 같은 공간을 만들어 냈다. 그 방에는 양치류를 비롯한 식물들이 무성했고, 그 식물들 역시 당분간 나의 보살핌 아래 있었다.

「우린 미리 자료 조사를 해서 금강앵무에게 해를 끼칠 만한 건 모두 피했죠.」 아이리스가 나에게 말했다. 그들은 조사 결과에 따라 벽도 유레카의 종이 야생에서 서식하는 남미 열대 우림의 일부처럼 보이도록 칠했다. 유레카가 고향을 떠올릴 수 있도록 그렇게 한 듯했는데 사실 유레카는 알지도 못하는, 앞으로도 알 수 없을 고향이었다. 잎사귀들 사이로 밝은 색깔 나비들과 이국적인 꽃들, 다른 야생 새들이 선명한 색채로 정교하게 그려져 있었고, 표정이 풍부해서 실물 같은 느낌을 주는 원숭이 한 쌍도 보였다.

나는 그걸 보면서 앙리 루소의 정글 그림들을 떠올렸는데, 사실 그 벽화는 전문 작가가 직접 그린 것이었다.

유레카의 방은 그 아파트에 있는 세 개의 침실 중 제일 작았지만 그래도 거대한 돔 지붕이 달린 스테인리스 새장이 들어갈 수 있을 정도로 넓었으며, 새장이 방의 4분의 1 정도를 차지했다. (나는 몇 개월 후 신문에서 봉쇄 기간 동안 서로 거리를 유지하는 것이 불가능했던 사람들에 대한 기사를 읽게 되었을 때, 유레카의 방이 생각났다. 『타임스』에 따르면 홍콩의 특정 임대 주택의 경우 1인당 평균 주거 면적이 약 1.3평이라고 하는데 이는 뉴욕시 주차 면적의 3분의 1도 안 된다. 나는 시인 메리앤 무어가 엄마와 함께 살았던 반지하 방이 떠올랐다. 방이 너무 좁아서 그들은 욕조 가장자리에 앉아 식사를 했다고 한다. 그다음엔 또 다른 시인 조지프 브로드스키가 생각났는데, 그는 레닌그라드에서 부모님과 방이 하나뿐인 집에 살면서 자신만의 작은 공간을 마련했다. 〈이 3평은 내 공간이었고, 내가 아는 3평 중에서 최고였다.〉

새장 안에는 다양한 높이의 횃대들과 등반 밧줄, 흔들 밧줄 사다리가 있었다. 새장 밖에는 작은 나무처럼 생긴 목제 횃대를 갖춘 특별하게 꾸민 놀이 공간이 마련되어 있었고, 유레카는 그곳에서 하루의 대부분을 보내곤 했다. 그 나무에는 높이가 다른 여러 가지들이 있어서 유레카는 그 가지들을 오르내리며 놀 수 있었고 그 놀이를 좋아하는 듯했다. 하지만 유레카가 선호하는 장소는 맨 꼭대기 가지였으며, 거기 앉아 있으면 나와 눈높이가 얼추 비슷해졌다. 유레카는 가지를 따라 옆으로 조금씩 움직여 거의 한쪽 끝까지 갔다가 반대쪽 끝까지 돌아오면서 긴 시간을 보냈고 — 그건 일종의 게임이었을까? — 나도 그 모습을 지켜보며 긴 시간을 보낼 수 있었다. 사실은 나를 지켜보는 유레카를 지켜보는 것이었다. 유레카는 먼저 한쪽 눈으로, 그다음엔 반대쪽 눈으로 나를 보았고, 동공이 작아졌다가 중간 크기가 되었다가 커지고, 작아졌다가 중간 크기가 되었다가 커지는 식으로 수축과 확장을 반복했는데, 나는 그게 피닝[33]이라고 불린다는 걸 나중에 알게되었다. (유레카의 사료와 용품들이 보관된 캐비닛에서 앵무새 관련 책자를 발견하고 읽어 본 것이다.) 가끔 유레카는 너무 멀리 가서 가지 끝에서 기우뚱하기도 했는데, 그런 때면 걸음을 멈추고 날개를 펼치며 내 생각에는 그저 놀라는 시늉인 깍깍 소리를 냈다. 가지에서 떨어지기 직전까지 가면서도 결코 균형을 잃진 않는 것으로 보아 재미 삼아 그러는 게 분명했다.

그 방에는 커다란 창문이 두 개 있었고 볕이 잘 들었다. 앵무새에겐 햇빛이 필요해서 채광이 중요했다. 아이리스는 가끔 유레카를 데리고 공원에 나간다면서도

---

33 앵무새의 동공이 수축되고 확장되는 현상을 말하며 eye pinning 혹은 eye flashing등으로 불린다.

나에겐 그러지 말아 달라고 당부했는데, 날개를 자른 새도 조금은 날 수 있는 데다 바람이 불면 더 잘 날았던 것이다. 그리고 새는 실외에서 여러 가지 사고에 노출될 수 있었다. 바깥에는 자동차들이 있었다. 개들도 있었다. 앵무새의 값어치가 높다는 사실이 잘 알려져 있어서(과장된 경우가 많긴 해도) 도둑들도 늘고 있었다. 브루클린의 어느 집 뒤뜰 횃대에 묶여 있는 푸른색 히아신스금강앵무를 납치해서 5만 달러에 달하는 몸값을 요구한 사람도 있었다.

유레카는 훈련이 잘 되어 있어서 내가 새장에 넣거나 거기서 꺼내 줄 때 고분고분 내 팔로 껑충 뛰어올랐으나 그 종이 대개 그러하듯 변덕을 부릴 수도 있었고 낯선 사람들 앞에서 어떤 행동을 보일지 예측할 수도 없었다. 아이리스는 내게 유레카가 새장 밖에 있을 때는 반드시 방문을 닫아 두라고 당부했다. 아파트 나머지 부분은 새 보호 시설을 못 갖춘 데다 새똥이 사방에 널려 있는 건 곤란하지 않겠느냐는 것이었다. 유레카의 스탠드 횃대는 화장실 역할도 했고 유레카는 거기서 용변을 보도록 훈련이 되어 있었으나(새에게도 배변 훈련을 시킬 수 있다는 걸 그 누가 알았으랴!) 그래도 돌발 상황에 대비해야 했다.

아이리스는 유레카가 창밖을 보면 흥분한다고 말했다. 특히 비둘기를 보면 흥분을 잘 하고 비둘기 떼가 날아가거나 그중 한 마리가 바깥쪽 창턱에 앉으면 십중팔구 똥을 싼다는 것이었다. (오, 유레카, 다른 새들이 하늘을 자유로이 훨훨 날아가는 걸 보는 기분이 어떤 거니?)

나보다 앞서 유레카를 돌봤던 대학생은 아이리스의 지침에 따르지 않은 게 분명했다. 나는 거실 소파 뒤쪽에서 말라붙은 새똥을 발견했다. 그는 부부 침실에서 자면서 어질러진 걸 그대로 방치해서 침대 정리도 안 되어 있고, 돌돌 말린 양말 두 짝과 티셔츠가 바닥에 널브러져 있었다. 부엌 개수대에는 씻지 않은 시리얼 그릇이, 식탁에는 더러운 재떨이가 놓여 있었고, 대마초 냄새가 남아 있었다.

「우리 파출부가 퀸스에 살아요.」아이리스가 내게 말했다. 「원래 일주일에 두 번씩 오는데 아이들이 다시 학교에 다닐 수 있게 될 때까지 집에서 아이들을 돌보고 있죠. 아마 청소부는 필수 인력으로 인정될 거예요. 원하시면 거기서 지내는 동안 청소부를 불러 줄 수도 있어요.」

나는 그녀의 제안을 사양했다. 그렇다고 그렇게 큰 집을 내 손으로 관리하는 부담을 떠안고 싶지도 않았다. 해결책은 사용하는 공간을 제한하는 것이었다. 물론 주방은 필요했지만 집에서보다 요리를 더 많이 할 생각은 없었고 그건 곧 요리를 거의 하지 않는다는 의미였다.

그곳에는 화구 여섯 개와 철판 하나, 오븐 두 개, 그리고 여덟 가지 요리 모드를 갖춘 초대형 스토브가 있었다. 나는 〈베이크〉와 〈컨벡션 베이크〉, 〈트루 컨벡션〉의 차이와 〈프루프〉[34]의 뜻을 몰라서 구글 검색을 했다.

뜻을 알게 된 건 좋았지만, 나는 거기 머무는 동안 반죽을 발효시킬 일은 없을 터였다. 〈지금 우리 모두에게 필요한 솔 푸드〉라고 광고하는, 케이크와 쿠키를 만드는 바이럴 레시피의 유혹이 아무리 강해도 나는 베이킹 열풍 — 밀가루 품절을 불러올 정도로 널리 퍼진 — 의 영향을 받지 않을 터였다. (동시에 체중 증가 관련 뉴스들도 잇달아, 15파운드[35]가 금세 20파운드가

---

34 proof. 반죽의 발효를 의미하는 제빵 용어.
35 1파운드는 약 453그램이다.

되고, 급기야 전국 평균 증가치가 29파운드에 이르렀다. 어느 10대 소년은 그 두 배나 체중이 증가한 것으로 알려졌다.)

나는 그 아파트 주방에 처음 발을 들인 날 냉장고가 안 보여서 어리둥절했지만, 물론 초대형 스토브에 어울리는 초대형 냉장고가 장식 패널 뒤에 숨겨져 있었다. 또 다른 장식 패널 뒤에 그보다 훨씬 작은 냉장고가 하나 더 있었는데, 와인 저장고였다. 그리고 또 다른 장식 패널 뒤에 세탁기와 건조기도 있었다(나는 우승자에게 고가의 경품을 주는 「오늘은 여왕Queen for a Day」 같은 TV 프로그램을 떠올리지 않을 수 없었다.)

주방에는 타원형의 커다란 대리석 상판 아일랜드와 높은 패브릭 의자들이 있어서 굳이 식당을 사용할 필요가 없었다. 그리고 거실은 그 집에서 가장 아름다운 공간이라고 할 수 있었지만 나를 유혹하진 않았다. 사람들이 없다 보니 휑하고 딱딱한 느낌이라, 고급 호텔 라운지처럼 호사스럽긴 하나 공적인 공간에 가까운 듯했다.

식료품이나 기타 생활용품을 집으로 배달시키는 게

훨씬 안전하다고들 했다. (무슨 봉쇄? 어느 바이럴 트윗에서는 〈중산층은 숨고 노동자 계층이 그들에게 물건을 가져다준다〉고 표현했다. 조금 다른 표현으로는, 〈백인들은 숨고 비백인들이 그들에게 물건을 가져다준다〉가 있었다. 그건 불편한 진실이었고, 배달부에게 두둑한 팁으로 보상해 줌으로써 조금이나마 그 불편함이 누그러질 수 있기를 바랄 뿐이었다.) 하지만 나에겐 배달이 필요치 않았다. 동네 농산물 직거래 장터가 일주일에 나흘 열리고 근처 빵집도 매일 문을 열어서, 그 두 곳만 있으면 봉쇄 기간이 아무리 길어도 너끈히 버틸 수 있었다.

나는 전임자와는 달리 세 번째 침실에서 자기로 했다. 그 침실은 아기방으로 쓸 공간인 것 같았으나 아직 아기를 위해 꾸며 놓은 건 없었다. 아이리스 부부는 수천 킬로미터 떨어진 곳에서 발이 묶이게 될 줄은 꿈에도 모르고 출산일이 더 가까워질 때까지 기다리고 있었던 모양이었다.

그 방에는 내가 좋아하는 딱딱한 매트리스가 있는 더블베드와 암막 커튼, 그리고 화장실이 갖추어져 있었다. 그리고 TV도 한 대 있었는데, 화면 크기가 거실

TV의 4분의 1밖에 안 되었다. 유레카의 방에도 구석에 작은 TV가 놓여 있었다. (「앵무새들이 TV 보는 걸 좋아한다고 들었거든요.」 아이리스가 말했다. 하지만 처음엔 호기심을 보이더니 곧 흥미를 잃었다며 비둘기들을 보는 것과는 달랐다고 했다.) 음악을 좋아하는 앵무새들도 많은데, 유레카는 특별히 그런 것 같진 않았다.

유레카의 방 다른 구석에는 나를 위한 횃대가 있었으니, 코냑 색깔 가죽 안락의자와 발받침 세트였다. 두 아파트를 오가며 지내던 첫 주에, 나는 유레카의 시중을 들어 준 후 집에 돌아갈 시간이 될 때까지 노트북을 들고 그 의자에 앉아 있곤 했다. 나는 유레카가 새장 안으로 들어가는 걸 거부한 적은 없어도 내가 떠나는 것에 대해 불안해한다는 걸 알 수 있었다. 그 시간만 되면 고개를 숙이고 한 발씩 번갈아 깡충거리며 춤을 추는 걸 나는 그렇게 해석했다.

「떠날 때 꼭, **반드시** 작별 인사를 해야만 해요.」 아이리스가 나에게 경고하며 만약 작별 인사를 잊으면 어떤 끔찍한 결과가 뒤따를지에 대해선 내 상상에 맡겼다. 어쨌거나 나는 작별 인사를 잊은 적이 없었고, 집에 돌아와서도 가끔 그 새가 어두워져 가는 조용한 방 안의 새장에 홀로 갇혀 있을 생각을 하면 마음이 괴로워졌다. 나는 유레카가 잠을 얼마나 자는지 궁금했다. 꿈은 꿀까? (나 자신은 유레카가 등장하는 꿈을 꾼 적이 있었다. 그 새가 비행기에서 내 옆 좌석에 앉아 있었고, 실물보다 훨씬 컸다.)

유레카에겐 장난감이 잔뜩 있었는데 앵무새들이 야생에서 하는 활동들 — 먹이 찾아다니기, 기어오르기, 씹기, 갈가리 찢기 — 에 맞게 고안된 것들과 소음을 내는 단순한 즐거움을 위한 종, 딸랑이, 1달러 동전 크기 탬버린 같은 것들이었다. 아이리스가 다양한 놀이들 — 던지고 가져오기, 숨바꼭질 — 을 위한 설명을 남겨 놓았다. 유레카에겐 볼링 세트도 있었는데, 매번 작은 고무공으로 작은 핀 세 개를 능숙하게 쓰러뜨리곤 했다. 미니어처 쇼핑 카트도 하나 있었고, 거기 장난감 식료품을 가득 채워 이리저리 끌고 다니는 걸 좋아했다. (도대체 누가 새를 위해 그런 장난감을 만들 생각을 해낸 걸까?) 유레카는 캐슈너트 컵 찾기 놀이 — 내가 캐슈너트가 숨겨진 컵을 포함한 컵 세 개를 앞에 놓고 빠른 동작으로 컵들의 위치를 바꾼 후 유레카에게 캐슈너트 컵을 찾게 하는 — 를 제일 좋아했는데, 난이도

가 높아서라기보다는 캐슈너트를 먹을 수 있기 때문인 것 같았다.

「유레카와 매일 놀아 주는 게 지루할 수도 있다는 건 알지만 유레카의 건강을 위해 정말로 중요한 일이에요.」 아이리스가 내게 말했다. 「유레카가 무언가를 잘해 냈을 때는, 예를 들어 볼링공으로 핀들을 쓰러뜨리면, 좀 요란스럽게 칭찬해 주는 게 좋아요. 〈잘했어〉라고 말하며 박수를 치거나 엄지손가락으로 머리나 목을 쓰다듬어 주는 거죠. 이런 말 우스꽝스럽게 들린다는 거 아는데, 그러면 유레카가 얼마나 행복해하는지 볼 수 있을 거예요. 아마도 유레카가 〈잘했어〉라고 대답하는 걸 들을 수도 있을 거고요.」

나는 그걸 보았다. 그리고 들었다. 처음엔 유레카처럼 똑똑한 동물이 그런 단순하고 반복적인 놀이들에 질리지 않는 것이나, 내 눈에는 꼴사납게 보이는 쇼핑 카트를 밀고 다니는 걸 우스꽝스럽게 느끼지 않는 게 믿기 어려웠다. (나는 그 후로 새들이 장난감 총에 맞고 쓰러져 죽는 시늉을 하는 것 같은 더 수준 높은 놀이들을 하는 영상들을 보게 되었다. 다양한 방법으로 고양이의 화를 돋우는 새들의 모습이 담긴 영상들도 많이 보았다.) 하지만 유레카는 그 놀이들을 즐기는 듯했다. 눈을 깜빡이며 — 진짜로 눈을 깜짝였다 — 부리를 살짝 벌리고 미소를 지었다. 아니, 과학에 따르면 새들은 실제로 미소를 지을 수가 없다고 하니 그냥 행복한 얼굴이었다고 말하겠다.

생각해 보니, 유레카가 보인 행복감은 나의 반응에 대한 반응일 수도 있었지만, 다른 말로 하면 그 새는 **나**를 행복하게 만드는 데 성공해서 행복했던 거라고도 할 수 있었다. 나는 〈잘했어〉라고 말할 때 물론 기쁜 목소리를 냈다. 그리고 유레카는 나를 더 기쁘게 해주려고 그 말을 따라했다. 사람들과의 교류에 익숙한 말하는 새들은 사람들 말을 그대로 흉내 내면 그들이 얼마나 열광하는지 알 터였다.

「제발 부탁인데 너무 복잡하게 생각하지 마.」 바이올렛이 말했다. 「유레카가 행복하면 됐지 그게 뭐가 중요해?」

하지만 나에겐 그게 중요했다. 이런 얘기는 바이올렛에게도, 아이리스에게도, 그 누구에게도 할 생각이 없었지만, 유레카와의 놀이 시간은 나를 우울하게 만들 수도 있었다. 즐거워하는 동물들의 모습은 가슴 아픈 광경이 될 수도 있으며, 나는 그 이유 중 하나가 그 모습이 우리 인간들과 동물들 사이의 간격을 좁혀 주기 때문이라고 생각한다. 동물이 어떤 기분을 느낄지, 그 기분이 인간의(말하자면 우리 자신의) 감정과 얼마나 가까울지, 구별이 불가능할 정도는 아닐지에 대해 너무 깊이 생각하게 되면 우울에 빠질 수도 있다.

그럼에도, 동물의 순수한 행복을 목격하는 건, 누구나 알다시피, 우리 인간의 커다란 기쁨들 중 하나다.

「저 미소 보이죠?」 밸러리 테일러가 자신이 찍은 사진 속 상어에 대해 한 말이다. 그녀는 상어가 미소를 짓지 않는다는 걸 잘 알면서도 애정을 담아 그렇게 말한 것이다.

나는 유레카가 나와 놀고 있지 않을 때, 내가 거기 있다는 사실조차 잊었을 때 그 새를 지켜보는 게 좋았다. 새들은 세상에 유일하게 살아남은 공룡이다. 나는 그 경이로운 사실을 마음에 담고 유레카를 지켜보는 게 좋았다. 어린 시절 한때 나는 공룡들에게 빠져서 살았다. 그땐 나중에 브론토사우루스가 내 마음속에서 느릿느릿 돌아다니지 않는 날이 몇 해씩 계속 되리라는 걸 상상조차 할 수 없었다.

날지 못하는 유레카는 다리 운동에 공을 들여 방 안을 원을 그리며 행진하기도 했고 — 그보다 자주 — 같은 자리에서 몇 센티미터 걸어갔다 도로 걸어왔다 하는 동작을 반복하기도 했다. 그럴 때 그의 자세는 위풍당당했고, 신중한 걸음걸이와 아래로 숙인 머리가 사상가의 분위기를 풍겼다.

아이리스가 그럴 거라고 말했듯이, 나는 가끔 유레카가 혼잣말을 하는 모습을 포착했다. 그 새는 대개 걸어 다닐 때 조용히 웅얼거리며 혀 차는 소리를 냈다. (아이리스는 그 새가 방정식을 풀고 있는 것 같다고 했다.) 하지만 어느 날 안락의자에 앉아 졸다가 깨어 보니 유레카가 횃대에 앉아 허공에 대고 연설하고 있었다. 명확한 단어는 들리지 않았지만 말의 리듬과 어조에서 제법 진지한 노력이 느껴졌는데, 수학 문제를 푼다기보다는 강한 변증법적 주장을 펼치는 듯했다.

내가 무심코 이름을 부르자 유레카는 화들짝 놀라며 균형을 잃고 비틀거렸다. 그러더니 목을 길게 빼고 나에게 시선을 박았다. 행복한 표정이 아니었다. 나를 질책하듯 의미심장한 침묵이 이어졌다. 유레카에게 멋진 아이디어가 떠오르려는 찰나, 내가 부르는 바람에

방해가 된 건지도 모르는 일 아닐까? 유레카는 천천히 내게 등을 돌리고 꽁지깃을 들었다. 다음 순간 철퍼덕 바닥에 떨어진 똥은 상징적으로 나를 겨냥한 것이 분명했다.

세 번째 문제는 어느 날 밤 내가 자는 동안 예고도 없이 찾아왔다. 나는 그가 들어오는 소리를 듣지 못했다. 이튿날 아침, 그는 회색 트레이닝팬츠와 얼룩진 흰 티셔츠 차림에 맨발로 하품을 하며 주방으로 들어왔다.

나는 하마터면 오렌지주스를 떨어뜨릴 뻔했지만 겁에 질리진 않았다. 그가 나의 전임자, 버몬트로 떠나면서 아파트 열쇠를 두고 가는 걸 잊은 그 학생이 분명하다는 걸 즉시 알 수 있었으니까. 도어맨과 안면이 있고 아파트 출입이 허가된 사람들 명단에 올라 있는 인물일 테니까.

그 역시 나를 보고 놀라지 않았다. 브루클린으로 오

는 친구 차를 얻어 타고 이곳에 도착했을 때 이미 내 존재의 흔적들을 보았기 때문이었다. 물론 그 전에는 아파트가, 적어도 밤에는, 비어 있는 줄 알고 있었다고 했다. 아이리스가 앵무새 돌보미를 새로 구했다는 건 그도 알고 있었으나 내가 그곳에 들어와서 살게 된 소식까지 듣진 못했던 것이다.

「그럼 아이리스는 학생이 여기 온 걸 모른다는 건가요?」

「아직은요.」 나는 그 태평함에 짜증이 치밀었다.

「이해가 안 되네요.」 내가 말했다.

그는 건조대에서 유리잔을 집어 수돗물을 받고 있었다. 아직 잠이 안 깬 듯 연신 하품을 하며 머리를 흔들었다. 그는 물을 마지막 한 방울까지 다 마신 후에야 내 말에 대답했다. 「즉흥적인 결정이라서요. 비상 상황이죠.」

「뭐가요?」

「그냥 마음이 바뀌었다고요.」 그가 말했다.

「그러니까, 여기서 지내려고 돌아왔다는 건가요? 아무한테도 물어보거나 알리지 않고?」

「아니, 별것도 아니잖아요.」 이번엔 그쪽에서 좀 짜

증스러운 목소리로 말했다. 「난 여기서 지냈어요. 아이리스는 우리 부모님과 아주 친해요. 어쨌든, 이제 내가 유레카를 다시 돌봐 줄 수 있어요. 사실 여기 돌아온 건 그것 때문이기도 해요. 그 조그만 녀석이 그리웠거든요.」

즉흥적인 결정이었다. 비상 상황이다. 그냥 마음이 바뀌었다. 그 조그만 녀석이 그리웠다. **그중에서 진짜 이유가 뭔데?** 나는 그에게 그렇게 소리치고 싶었다. 나는 그에게 내 아파트는 아직 호흡기내과 전문의가 쓰고 있다고, 병원에서 그 의사의 역할이 빠른 시일 내에 끝날 것 같진 않다고, 내 아파트는 두 사람이 안전한 거리를 유지하며 함께 살기엔 너무 작다고, 게다가 그 의사는 매일 코로나 환자들에게 과도하게 노출되기 때문에 그녀와 한 공간에서 거주하는 건 상당한 위험이 따르는 일이라고 구구하게 설명하고 싶진 않았다.

나는 그와 아무것도 의논하고 싶지 않았다. 내가 원하는 건, 아이리스가 그에게 더 이상 그의 도움이 필요치 않으니 버몬트로든 어디로든 당장 돌아가라고 말하는 것이었다.

「아이리스와 얘기해 봐야겠네요.」 나는 딱딱하게 말

했다.

「그러세요.」 그가 대꾸했다. 그는 산만하게 주방을 두리번거리고 있었다. 「뭐 좀 만들어 먹어도 돼요? 배고파 죽겠어요.」

그는 이미 냉장고 안을 뒤지고 있었다.

내가 주방에서 나가기 전에 그가 내 이름을 물었다. 나는 이름을 말해 줬지만 그가 내 이름을 기억해 두지 않아서 몇 시간 뒤에 다시 말해 줘야 했다. 하지만 그는 또 내 이름을 잊었고 저녁때 다시 말해 줘야 했다. 다음 날 아침에 그는 내 이름의 두 번째 음절만 기억하고 첫 음절은 잘못 말했다. (사실 나에겐 그런 일이 자주 일어난다.) 나는 이번에는 틀린 부분을 고쳐 주지 않았다.

그는 특이한 이름을 갖고 있었고 V로 시작한다. 이제부터 그를 베치라고 부르겠다.

나는 먼저 바이올렛과 이야기해 보기로 했다. 그리고 그 통화에서 네 번째 문제에 대해 알게 되었다.

「가여운 아이리스! 나도 어젯밤에 아이리스한테 들었어.」 바이올렛이 말했다. 「코로나 난리통에 집에서 멀리 떨어진 곳에서 오도 가도 못하는 신세로 첫아기의 출산을 기다리는 것만도 끔찍한 일인데. 게다가 시아버지와 함께 격리되어 있고, 알고 보니 아이리스가 평소에 시아버지 때문에 스트레스를 받았던 것 같더라고. 그런데 그분이 코로나에 걸렸다지 뭐야! 증상이 가볍긴 하다는데, 그래도 그렇지. 그분은 일흔 살이고, 다들 한집에 모여 살고 있는데. 뭐, 아직 다른 가족들 중에는 양성 나온 사람이 없다지만. 시아버지가 어떻게 코로나에 걸린 건지 다들 모른다더군. 거의 집에서 나간 적이 없대. 가족들이 다. 우린 정말이지 이 바이러스에 대해 모르는 게 너무 많아. 어떻게 퍼지는지도 모르고.

보아하니, 아이리스는 거기서 아기를 낳아야 할 것 같아. 여행도 안전하지 않고, 뉴욕에 있는 것도 안전하지 않고, 이제 곧 출산이 가까워져서 비행기를 타는 건 무리가 될 테니까. 아이리스가 그런 생각을 받아들이기 시작하던 참에 시아버지가 코로나에 걸린 거지. 집이 큰 데다, 물론 시아버지는 격리되었지만, 아이리스가 겁에 질린 건 당연한 일이야. 아이리스는 아주 건강하지만 그 나이의 임신은 고위험으로 간주되지. 지금

혈압이 올랐는데, 그게 위험 신호가 될 수도 있고. 가여운 아이리스.」

솔직히 고백하건대, 나는 그 이야기를 듣고 아이리스의 심정이 이해는 되었지만 그때는 가여운 나에게 더 골몰해 있었다.

「아이리스에게 지금 당장 알려야겠어.」 내가 말했다. 「아이리스가 그 애한테 상황을 설명하고 여기서 내보내야 해. 그러니까 내 말은, 그 애랑 여기서 함께 지낼 수는 없다는 거야. 더구나 이 사태가 얼마나 더 길어질 지도 모르잖아. 그리고 내가 그 애를 어떻게 믿을 수 있겠어? 보아하니 책임감 있는 타입도 아닌 것 같은데. 요즘 몰래 광란의 파티 같은 데 가는 사람들이 있다던데 — 특히 젊은 애들 — 그 애도 밖에 나가서 그런 데 돌아다닐지 어떻게 알아?」

바이올렛이 내 아파트에 사는 의사가 다른 데로 나가는 건 어떨지 제안했고, 나는 목소리를 높였다.

「그게 어떻게 공정한 일이야? 아니 — 약속도 안 지키고 멋대로 구는 애 하나 때문에 우리 모두가 계획을 바꿔야 한다고? 그 의사는 뉴욕에 와서 이미 한 번 쫓겨났고, 난 그녀가 또 다른 데로 옮기게 만들진 않을 거야. 난 그 의사에게 편의를 제공하면서 의료인들에게 작게나마 도움이 되고 있다는 자부심을 느끼고 있고, 밤마다 창밖으로 프라이팬을 내밀고 두드려 대는 우스꽝스러운 짓보다는 그게 훨씬 더 도움이 된다고 생각해. 게다가 난 여기 적응했어. 여기서 지내는 게 좋아. 유레카와 함께 시간을 보내는 게 좋아.」

「텃세 부리지 마.」 바이올렛이 말했다. 「난 그렇게 넓은 공간을 왜 둘이 나누지 못하는지 모르겠어. 서로 마주치지 않도록 일정을 잘 짜면 되잖아.」

「지금 농담해? 알지도 못하는 사람하고 한집에 격리되고 싶어 할 사람이 어디 있어?」

「전혀 모르는 사람은 아니지. 너보다 먼저 그 아파트에서 지내 달라는 부탁을 받은 친구 아들이잖아. 그러니까 길에서 굴러 들어온 낯선 사람은 아니지.」

「글쎄, 나한텐 차라리 그게 나은데.」 내가 말했다. 「우리가 같이 살 거라고 기대하는 건 미친 짓이야.」

「미친 시기잖아.」 바이올렛이 말했다. 「다른 사람들도 온갖 하고 싶지 않은 일들을 억지로 하고 있어. 다들 적응하고, 상황에 맞게 대처할 수밖에 없어.」

「너야 그런 말이 쉽게 나오겠지. 시골 저택에서 완

벽한 안전과 프라이버시를 누리고 있으니까.」(나는
전에는 그런 생각을 해본 적이 없었는데, 코로나 팬데
믹이 시작된 후 내가 아는 사람들 중에 세컨드 하우스
를 가진 이들이 얼마나 많은지 깨닫게 되었다.)「그 애
가 너희 집 문 앞에 나타났다면 어땠겠어?」

「잘 생각해 봐.」 바이올렛이 말했다. 「그 애가 너한
테 도움이 될 수도 있어. 앞으로 상황이 얼마나 심각해
질지 모르잖아. 봉쇄 중에 우울증에 제일 취약한 사람
들이 혼자 사는 이들이라잖아. 너한테도 주위에 누가
있는 게 좋을 수도 있어. 특히 젊은 사람이. 둘이 나이
차이가 많이 나지 않으면 진짜 어색할 수도 있지만一」

「그 앤 열쇠를 두고 가는 걸 깜빡 잊은 게 아냐.」 내
가 말했다.

「그 애가 그렇게 말했어?」

「아니. 내가 하는 말이야. 내 생각엔 그 애가 다시 오
고 싶을 수도 있어서 열쇠를 갖고 간 것 같아.」

「어쨌거나, 이건 흥분할 일도 아냐.」 바이올렛이 말
했다. 「그냥 그 애한테 나가라고 해. 거기서 둘이 같이
지내는 거 불편하다고. 그리고 그 애가 뭐라고 말하는
지 들어 봐.」

「난 아이리스나 그 남편이 그 애한테 말해야 한다고
생각해. 그 사람들 집이니까.」

「좋아. 내가 부탁하고 싶은 건, 아이리스랑 통화할
때 부담 주지 않게 조심해 달라는 거야. 아이리스는 나
랑 통화하면서 울었어.」

나는 아이리스에게 전화를 거는 대신 이메일을 보
내기로 결정했다. 이틀이 지나서야 아이리스에게 전화
가 왔다. 베치도 아이리스에게 연락을 취하겠다고 말
했지만 아이리스는 그에게서 아무 연락도 받지 못했다
고 했다.

「하지만 그 애 엄마랑은 연락했어요.」 아이리스가
말했다. 「당신에게 전화하기 전에 자초지종을 듣고 싶
었거든요.

안 좋은 일이 있었대요.」 그녀가 말했다.

그 애는 부모에게 쫓겨난 것이었다.

「그리 놀라운 일도 아니에요. 그 앤 꽤 오랫동안 부
모와 불화가 심했거든요. 그것에 대해선 바이올렛한테
물어봐도 돼요.」

바이올렛은 내게 그 얘기를 안 해줬지만, 이제 나는

베치의 엄마 ― 나는 그녀가 시를 쓴다는 말을 들은 기억이 어렴풋이 떠올랐다 ― 가 회고록을 써서 바이올렛에게 보냈고 바이올렛이 출간을 거절한 사실이 있음을 알게 되었다.

「이런 일 겪게 해서 정말 미안해요.」 아이리스가 말했다. 「그런데 혹시 당분간 그 애를 좀 참아 주실 순 없을까요? 물론 그 애가 우리에게 미리 알려 줬으면 좋았겠지만, 사실 요즘 다들 상황이 정상적이지가 않잖아요. 하지만 이건 자신 있게 말할 수 있는데, 그 앤 좋은 아이예요. 전에 우린 같은 건물에 살았었죠. 그 애 부모님은 아직도 거기 살고 있고요.」

「잠깐만요, 뭐라고요?」 내가 물었다. 「그들이 뉴욕에 집이 있다고요?」

「예, 트라이베카에. 버몬트는 시골집이고요.」

「그런데 도대체 갠 왜 거기서 지내지 않는 거죠?」

아이리스는 잠시 뜸을 들인 후 대답했다. 「문제가 좀 복잡해요. 갠 그 아파트를 싫어해요. 감정을 자극하는 물건들이 너무 많은 것 같아요. 심리 치료사도 그 아파트를 피하는 게 좋겠다고 생각했을 정도죠. 그래서 기숙사에 들어간 거예요. 그리고 솔직히 말하면 그 애 부모도 아들이 그 아파트에서 혼자 지내는 걸 편안하게 받아들이지 못해요. 그래서 얼마 전에 그 애 열쇠를 빼앗았죠.」

「왜요?」

「한번은 부부가 휴가를 가면서 그 애 혼자 남았는데 아파트를 엉망진창으로 만들어 놨대요.」

「정말로요?」

「아니, 그 말은 취소할게요. **엉망진창**은 너무 센 표현이네요. 하지만 좀 손상을 입힌 건 사실이에요. 물건들을 파손했죠. 술이나 마약에 취해서 그랬던 것 같아요. 무언가에 화가 나서 — 분노 조절 장애가 있거든요 — 물건들을 파손한 거죠. 그중에는 귀중품들도 있었고요. 그 후로 그 애 엄마가 아들을 좀 두려워하게 됐죠. 아, 정확히 말하면 아들이 두려운 게 아니라 무슨 짓을 할지 몰라서.」

나는 결국 그게 그거 아니냐고 지적하고 싶었다.

「걘 좋은 애에요.」 아이리스가 다시 주장했다. 「어렸을 땐 문제가 좀 있었지만 아주 많이 좋아졌었죠. 이 빌어먹을 코로나가 터지기 전에는. 걘 뉴욕에서 벗어나고 싶어 했어요. 부모님과 함께 있고 싶어 했어요.

하지만 그들에겐 작은 산동네에 함께 갇혀 지내는 게 너무 힘들었던 것 같아요. 우선, 그 애가 원격 수업을 듣지 않으려 했어요. 그것 때문에 부모님과 계속 싸우다가 어느 날 학교를 자퇴할 거니까 더 이상 수업을 들을 필요가 없다고 선언했어요. 마지막 학기가 반밖에 안 남았는데 그런 결정을 내린 거죠. 그 후의 일은 상상이 될 거예요.

하지만 그 애 엄마 말로는, 아들이 처음 거기 온 날부터 함께 살 수가 없었대요. 예고도 없이 왔대요. 원래 그런 식인가 봐요. (그러면서 아이리스는 웃었지만, 나는 웃지 않았다.) 불쑥 나타났대요. 그 애 엄마가 호소하기를, 아들이 시무룩하고 적대적인 태도를 보였고, 엄마한테 계속해서 끔찍하기 짝이 없는 말들을 해 댔대요. 아들이 정확히 무슨 말들을 했는지는 밝히지 않았지만요. 아무튼 아들의 행동 때문에 부부 간에도 긴장이 고조됐대요. 아들과 매일 적어도 한 번은 폭발이 일어났고, 일에 집중하기가 어려워지기 시작했대요. 그러다 진짜 심각하게 한바탕 싸운 후, 아들에게 집에서 나가 달라고 말할 수밖에 없다는 결론에 이르렀대요.

당신에게 이 모든 이야기를 하게 되어 유감이에요. 그 애가 끔찍해 보이게 만드는 이야기니까. 하지만 난 오래전부터 그 애를 알았고, 그 애를 믿지 못했다면 우리 집에서 지내게 하지 않았을 거예요. 그 앤 부모랑만 — 사실, 그 앤 늘 부모에게 심각한 골칫덩어리였어요.」

그리고 이제 나에게 심각한 골칫덩어리가 되어 있었다.

통화가 끝난 후 나는 아이리스가 유레카에 대해 한마디도 묻지 않았음을 깨달았다.

「지금 다른 걱정거리가 너무 많아서 그런 걸 거야.」 바이올렛이 말했다. 유레카는 아이리스에게 가장 우선적인 존재는 아니었다.

간헐적 폭발 장애. 의학 용어로 그렇게 부른다고 바이올렛이 말했다. 사춘기쯤 시작되었다는 것이었다.

「그 애 엄마 책에 들어 있어?」

「응.」

「그 애 엄마가 그것에 관한 책을 썼다고?」

「아니. 그녀 자신에 대한 책이었어. 자신의 어린 시

149

절 — 아버지가 외교관이라 전 세계를 돌아다니며 자라서 남들과 다른 어린 시절을 보냈지 — 그리고 시인이 된 사연. 알다시피, 작가의 시작에 관한 회고록이지. 하지만 아내이자 엄마로서의 삶에 대한 이야기도 있었어. 남편은 정치 컨설팅 회사 연구원인데, 반쯤 은퇴한 상태고 그녀보다 나이가 훨씬 많아. 그녀는 40대에 임신을 했고, 남편은 이미 다른 결혼에서 얻은 자식들과 손자들이 있었지. 그들은 까다로운 아이는 고사하고 정상적인 아이도 키우기가 벅찼을 거야. 사실 그들은 원래 아이를 가질 계획이 없었어. 그런데 뜻밖에도 임신이 되었고, 그녀에겐 그게 기적과도 같은 일로 여겨졌지. 그래서 엄마가 될 기회를 절대 놓치고 싶지 않다는 결정을 내렸고. 하지만 그걸 후회하게 되었다는 사실을 아주 솔직하게 털어놓았지.」

바이올렛이 계속해서 이야기했다. 「내 기억으로는, 그 애가 학교에 들어갈 때까지 보모가 따로 있었어. 그리고 학교에 다니면서 문제가 시작되었지. 그 애는 수줍음을 타는 데다 뚱뚱하고 키도 작아서 괴롭힘을 많이 당했어. 늘 울보였는데 — 징징거리는 게 아니라 늘 눈물을 보였지.」

「릴리처럼.」 내가 말했다.

「그래, 릴리처럼. 릴리 같은 남자애라면 외톨이가
될 위험이 다분하지. 표적이 되기도 쉽고. 그 애가 그
랬어. 아주 예민하고 감성적인 외동. 친구도 없고. 그
런 애, 너도 알잖아.」

나는 어떤 애인지 알았다. 그리고 초등학교 때 철 수
세미 머리를 한 왜소한 아이를 여학생들까지 밀고 발
로 차며 즐거워하던 기억이 떠올라 나도 모르게 움츠
러들었다.

「그러다 마침내 중학교 때 간신히 친구를 한 명 사귀
게 되었지.」 바이올렛이 말했다. 「그 둘은 1년 내내 붙
어 다녔어. 그런데 어떻게 됐는지 알아? 그 친구 가족
은 매년 여름 친척이 사는 하와이에 놀러 갔어. 그해
여름에 친구는 서핑을 배웠고 ─ 난 그렇게 어린 애들
한테 서핑이 허용되는지 몰랐는데 허용이 되더군 ─
결국 익사했어. 넌 같은 반 아이들이 친구를 잃은 그
불쌍한 애한테 너그러워졌을 수도 있다고 생각하겠지
만 ─」

「괴롭힘은 오히려 더 심해졌겠지.」 내가 끼어들었
다. (인간의 몰인정함보다 예측하기 쉬운 게 있을까?

그게 얼마나 이른 나이에 시작되는지 목격하는 것보다 섬뜩한 일이 있을까?)

「그 애 부모는 아들이 몇 주 동안 학교에 결석할 수 있게 해줬지만, 아들이 전문 상담사의 도움을 받으면서도 노상 눈물을 흘리며 슬픔에서 헤어나지 못하는 것에 조바심이 났지. 사실 그 애 아버지 자신도 아들의 감정 표출에 정나미가 떨어져서 아들에게 괴로움을 준 것 같아. 그는 그저 아들이 철이 들기만을 원했지.」

바이올렛이 계속해서 말했다. 「그 애는 성적은 나빴어도 사실 머리는 아주 좋았던 게 분명해. 고등학교에 들어가면서 두각을 나타내기 시작했지. 전에는 성적에 신경을 안 쓰다가 이제 자기가 얼마나 똑똑한지 증명하고 싶어진 거야. 사람들에게 보여 주고 싶어진 거지. 그 애는 다른 모든 학생들을 능가하고 싶었고, 전부 A를 받고 싶었어. 결국 그 목표에 거의 도달하게 되었고. 그와 동시에 자신의 외모, 자신의 몸, 체중과 몸매에 집착하게 되었지.

나도 그 애를 한 번 만났어. 아이리스가 연 크리스마스 파티에서 웨이터 노릇을 하고 있었는데, 눈에 띄는 장발의 근육남이었지. 열네 살인가 열다섯 살 때부터 보디빌딩을 시작해서 광적으로 운동에 매달렸거든. 그 애 엄마 말로는, 하루 여덟 시간씩 운동하는 날들도 있었대. 그다음엔 식이 요법에 대해 알게 되었고. 그 애 부모가 아들에게 무슨 일이 일어나고 있는 건지 깨달았을 땐, 이미 식이 장애가 심각했지. 다들 그건 여자들 문제라고 생각하는데 — 너도 겪어 봤고, 나도 그랬고, 릴리도 그랬지 — 남자들에게도 해당될 수 있어. 실제로 내가 듣기론 남성들 사이에서 식이 장애가 증가하고 있대. 아무튼, 그 애는 2학년에서 3학년으로 올라가기 전 여름에 뉴저지 어딘가에 있는 정신 병원에 입원했어. 그 애 부모는 아들이 대학에 못 들어갈까 봐 걱정했지. 하지만 보다시피 그 애는 대학에 들어갔고, 올해 졸업반이야. 그런데 왜 중퇴 이야기를 하는지 나도 모르겠어. 어쩌면 말로만 그러는 건지도 모르지. 하지만 난 상황 탓이라고 생각해. 지금 우리가 살고 있는 완전히 뒤틀린 시대. 요즘은 생각이 똑바르고 행동이 정상적인 사람을 볼 수가 없어.

코로나 사태가 터졌을 때 다들 얼마나 겁에 질렸는지 너도 알잖아. 사람들은 무작정 안전하다고 생각되는 곳으로 가고 싶어 했지. 내가 보기엔, 다른 대부분의 학생들처럼 그 애도 엄마가 있는 집으로 가야 한다고 생각했던 것 같아.」

(하지만 많은 대학생들이 경악하여 비명을 질렀다. **기숙사에서 내쫓으면 안 돼요. 난 집에 가기 싫단 말예요. 난 집에서 갇혀 사는 게 안전하지 않아요!**)

「그녀의 책을 출간하는 걸 왜 거절한 거야?」 내가 바이올렛에게 물었다. 「책이 별로였어?」

「부분적으로는 아주 훌륭했지.」 바이올렛이 말했다. 「자식이 행복한 부부 사이를 갈라놓고 결혼 생활을 위태롭게 할 때, 그리고 엄마가 자식보다 남편을 더 사랑할 때 어떤 일이 일어나는지에 대한 내용이 있었거든. 난 흥미롭다고 느꼈고, 그 솔직함에 감탄했지. 모성을 주제로 한 글에서 흔히 볼 수 있는 경건한 감상주의를 찾아볼 수 없었으니까. 하지만 그 책의 나머지 부분은 몰입도가 떨어졌어. 개인적 회고록은 잘 안 팔려. 작가들의 회고록도 마찬가지지. 게다가 그녀는 유명 작가도 아니었으니까. 결국 그 책은 회고록보다는 자서전에 가까웠고 잘 팔릴 책은 아니었지. 게다가 난 그 책을 읽으며 거북하기도 했어.」

「왜?」

「엄마가 자식에 대해 그런 글을 쓰는 게 ─ 아들에 대해, 아들의 문제들을 까발리는 게, 옳은 일이 아닌 것 같았어.」

「자식이 부모에 대한 글을 쓰는 건?」

「그건 다르지.」

「왜?」

「글쎄, 내가 정해 놓은 한도라고 해두지. 난 이런 생각을 하지 않을 수 없으니까. 그녀는 엄마니까 아들을 보호해야지.」

「하지만 그 책이 1백만 부쯤 팔릴 거라고 예상했다면 거절하지 않았겠지.」

「그야 당연하지. 네 얘기로 돌아가서, 난 네가 아이리스의 판단을 믿어도 된다고 생각해. 아이리스는 그 애가 어렸을 때부터 알았어. 사실 그 애가 아이리스의 아파트에서 살다시피 했던 적도 있었지. 아이리스가 자기 아이를 가질 수 있을지 몰랐던 때였는데, 그 애가 그녀의 모성애를 자극했지. 아이리스는 그 애 부모와 친구였지만, 그들이 아들을 키우는 일에 얼마나 무능한지, 얼마나 조바심을 치고 얼마나 비판적인지 보면서 늘 끔찍하게 여겼어. 어쨌든, 아이리스가 유레카에게 어떤 마음인지를 고려하면, 정신적으로 불안정한 사람 손에 절대 안 맡겼으리란 걸 알 수 있잖아.

그렇다고 그 애가 지금은 아무 문제도 없을 거라는 말은 아냐.」 바이올렛이 덧붙였다. 「그런 과거를 가진 사람이라면 누구든 늘 취약한 상태로 남아 있게 마련이지. 그 구절이 어떻게 되더라? 언젠가 그 벨 자[36]가 다시 나를 덮치지 않을 거라고 어떻게 장담할 수 있겠어?」

그 구절은 정확히 이랬다. 〈언젠가 ── 대학에서, 유럽에서, 어딘가에서, 어디에서든 ── 그 벨 자가 다시 나를 덮쳐 숨 막히고 뒤틀린 세계에 갇히지 않을 거라고 어떻게 장담할 수 있겠어?〉[37]

「그리고 그 애가 다시 분노 조절 장애를 일으키지 않을 거라고 어떻게 장담할 수 있겠어? 그 애가 다시 물건을 파손하지 않을 거라고.」 내가 말했다.

바이올렛이 웃음을 터뜨렸다. 그녀는 내가 그럴까 봐 더 걱정이라고 말했다.

36 종 모양 유리 덮개.
37 실비아 플라스의 소설 『벨 자』에서 인용.

156

바이올렛 말이 옳았다(바이올렛의 말은 대개 옳았다). 베치와 나는 서로를 피하기 어렵지 않았다. 우리에겐 각자의 방이 있었고 그 방들에는 — 다행히 — 화장실이 딸려 있었다. 그리고 일과도 달랐다. 나는 아침 일찍 일어났고, 그는 늦게 일어났으며, 그 시간쯤이면 나는 이미 밖에 나가 있었다. 날씨가 풀리면서 나의 외출은 점점 더 길어졌다. 나는 점점 더 먼 데까지 가보는 모험을 하면서 도중에 공원이 나오면 들렀다. 휴대 전화는 절대 안 가지고 나갔지만, 읽을거리는 꼭 챙겼다.

지금 돌아보면 코로나의 직격탄을 맞은 도시의 모습이 기억이라기보다는 꿈처럼 느껴진다. 그러잖아도 오래전부터 도시가 훼손되어 가는 모습을 지켜보며 낙심을 거듭해 온 나였다. 무자비하게 솟은 고층 빌딩들, 지저분한 쓰레기 더미와 지긋지긋한 소음, 사방팔방 안 보이는 데가 없는 현란한 광고물.

〈나는 도시에서는 자유를 느껴 본 적이 없었다.〉은둔자가 된 한 남자의 말이다. 도시에는 항상 걸리적거리는 사람이 있다는 것이다. 그는 20년 동안 동굴에서 살면서 만족스러웠다고 말했다. (그는 기자에게 자신의 유일한 친구인 암돼지에 대해 이렇게 말했다. 〈나는 그녀를 사랑해요. 그녀는 내 말에 귀 기울여 주죠.〉)

이제 나는 활기 없는 거리들에서 얻는 즐거움에 대해 죄책감을 느끼지 않을 수 없었다. 블록마다 보행자는 나 혼자였고, 센트럴파크 1에이커[38]를 독차지할 수 있었다. (아, 붉은꼬리말똥가리들과 사람 발밑 가까이에 내려앉는 흰머리수리도 함께 있었다.) 과거에는 다른 곳으로 가고 싶을 때가 많았고 잠시나마 뉴욕을 벗어날 구실이 생기면 고마워했는데, 일단 코로나 팬데믹이 시작되자 떠나고 싶은 마음이 사라졌다. 나는 이곳에 남은 사람들 사이에 널리 퍼진, 시골집으로 피신한 이들을 향한 분노는 느끼지 않았지만, 뉴욕을

38 약4,046제곱미터.

떠난 많은 이들이 ─ 그리고 발길이 끊긴 수백만 명의 관광객들 역시 ─ 돌아오지 않으리라는 흔한 환상은 이해할 수 있었다.

휴대 전화를 든 사람이라면 사진을 찍어 공유하고 싶은 충동을 느낄 만한 장면들이 눈에 띄었다.

어느 집 현관 계단에 붙어 앉아 마스크를 쓴 채 열정적으로 애무하고 있는 젊은 연인들.

표범 무늬 레인코트에 장화를 신고 마스크까지 쓴 검정색 스탠더드푸들. (개들은 인간에게 무슨 짓을 당하더라도 다 참고 견뎌 낼 수 있는 걸까?)

셔터가 내려진 꽃집 창문에 주인이 남긴 쪽지: **직원 구함. 센스 있는 분.**

영화관 차양의 글귀: **다른 세상에서 만나요.**

그 역시 매일 나갔는데, 산책이 아니라 자전거를 타기 위해서였다. (나는 사이클용 셔츠와 타이츠 차림의 액션 스타 같은 그를 처음 봤을 때 숨이 턱 막혔다.) 그는 대개 내가 외출했다가 돌아오기 전에 나갔다. 우리는 같은 시간에 주방을 사용하는 경우가 드물었고, 나와 마주쳤을 때 그는 거의 항상 이어폰을 끼고 있었다. 한번은 그가 아일랜드 식탁에 앉아 있었는데, 내가 그의 뒤에 있는 냉장고에서 원하는 걸 꺼낸 다음 주방에서 나갈 때까지 전혀 알아채지 못하는 것 같았다. 나는 그가 늘 뒷정리를 잘하는 것에 놀랐고, 그가 사온 식료품들을 보고 더 놀랐다. 그는 나보다 다양하고 건강한 (채식) 식생활을 유지하고 있었다.

그는 나에게 말도 없이 유레카 돌보는 일을 떠맡았다 (하지만 식물들은 내 몫으로 남겨 주었다). 나는 여전히 매일 유레카와 시간을 보냈으나 베치와 그 방에 함께 있는 건 견딜 수 없었다. 그들이 내 의자에서 함께 있는 모습을 보는 게 너무 마음이 아팠다. 그리고 질투심을 느끼는 게 수치스러웠다. 아이리스는 내게 유레카를 방 밖으로 내보내지 말아 달라고 특별히 부탁했는데, 베치는 유레카를 어깨에 얹고 아파트 안을 돌아다닐 때가 많았다.

〈우린 형제예요〉라고 그가 설명했고, 나는 더욱 소외감이 들었다.

하루는 내가 유레카와 놀고 있는데 베치가 방으로 들어왔다. 그는 그 방을 처음 보기라도 하듯 날카롭게 둘러보더니 이렇게 말했다. 「이 방 존나 구려요.」

나는 그와 대화를 나누고 싶진 않았지만 호기심이 동했다. 무슨 뜻으로 한 말이지?

「무슨 뜻이냐 하면, 이 방을 보세요.」 그가 팔을 들어 방 전체를 가리키며 말했다. 「애초에 여기 있어서는 안 되는 새를 위해 가짜 정글을 꾸며 놨어요. 이 그림이 유레카를 야생에서 떼어 내서 감방에 가둔 걸 보상할 수 있는 것처럼. 새장은 제아무리 커봐야 새장이에요. 유레카에겐 이 방 전체가 새장 속의 새장 속의 새장일 뿐이에요.」

나는 화들짝 놀랐다. 그가 아이리스에게도 그런 반감을 표현한 적이 있는지 궁금했다.

「아이리스는 그 새를 야생에서 떼어 내지 않았어요.」 내가 말했다. 「사육사한테 산 거지.」

그가 경멸 어린 시선으로 나를 흘끗 보았다.

「인공적으로 번식된 야생 동물도 야생 동물이에요.」 그가 말했다. 「야생에서 살지 못할 앵무새들을 왜 번식시킬까요? 그 새들이 결국 어떤 사람들 손에 들어갈지 알지도 못하면서요. 돈을 벌기 위해서, 그뿐이에요. 그게 유일한 이유죠. 감방에 들어가야 하는 건 새들이 아니라 바로 그들이에요.」

「정당하게 야생 새를 키울 수 있는 방법은 단 하나뿐이에요.」그가 계속해서 말했다. 「구조된 새. 그런 새들은 많아요.」

그러더니 내가 모르고 있던 사실을 알려 주었다. 유레카는 아이리스가 남편에게 받은 생일 선물이었다.

「아이리스의 남편은 앵무새를 입양했어야 했어요.」베치가 말했다. 「하지만 구조된 동물들이 다 그렇듯 구조된 새들도 문제를 갖고 있는 경우가 많아서 입양하기가 두려웠던 거죠. 동물들이 애초에 버려지는 건 문제가 있어서고, 대개 그 문제는 그 동물들을 내다 버린 주인들 때문에 생긴 거죠. 그는 소중한 자기 아내에게 그런 문제를 떠안기고 싶지 않았던 거예요.」

나는 베치가 그런 식으로 아이리스를 공격하는 게 귀에 거슬렸다. 그에게 그토록 애정이 많고, 관대하고, 너그러운 아이리스 아니던가.

「이거 보여요?」그가 캐비닛에 한 무더기 쌓여 있는 새 관련 책들 중에서 페이퍼백 한 권을 꺼내며 말했다. 「이 책[39] 처음 나왔을 때 인기가 대단했죠. 알다시피 다

---

39 앞서 언급된 동물 심리학자 아이린 페퍼버그가 앨릭스라는 회색 앵무에 대해 쓴 『앨릭스와 나Alex & Me』.

들 좋은 사람과 동물의 사랑 이야기를 얼마나 좋아해요, 예? 그래서 어떻게 될까요? 이 책을 읽은 사람들은 자기도 그런 마법적인 체험을 하고 싶다는 생각을 품게 되죠. 자기 삶에도 앨릭스가 존재하기를 원하는 거죠! 그런데 막상 키워 보니 그 앨릭스들이 전부 생각보다 손이 많이 가는 거예요. 자신의 앨릭스는 저 유명한 앨릭스가 아니라는 걸, 그만큼 똑똑하거나 재미가 있질 않다는 걸 깨닫게 되고요. 사람들은 이런저런 이유로 자기 앨릭스에게 실망하거나 어쩌면 그냥 싫증이 날 수도 있죠. 그리고 이제 집 없는 회색앵무들이 〈존나〉 늘어나는 거예요. 대부분 수명이 수십 년이나 남은.

이런 일이 해마다 크리스마스 때만 되면 일어나요. 사람들은 결국 끝까지 키우지도 못할 강아지를 사는 거죠. 부활절에 아이들에게 병아리나 토끼를 사 주는 것도 마찬가지고요. 사람들은 이런 식이죠. 아니, 그 귀여운 새끼들이 그 모습 그대로 남아 있지 않단 말이야? 자란단 말이야?」

나는 새끼 고양이들에 관해 시인 오그던 내시가 했던 유명한 불평이 생각났다.

나는 언젠가 우울증 가족 치료사에게서 아기는 나중

에 자라서 성인이 된다는 뻔한 계산을 하지 못하는 사람들을 너무 많이 만났다는 한탄을 들은 기억이 났다.

코로나와 함께 찾아온 반려동물 열풍이 떠올랐다.

하지만 나는 아무 말도 하지 않았다. 그는 나의 침묵에 마음이 불편했는지 사과했다.

「그럴 생각은 없었는데 나도 모르게 폭발했네요. 유레카와 노는 걸 방해할 생각도 없었어요.」(베치가 방에 들어온 순간부터 유레카는 그의 주의를 끌기 위해 그의 신발 앞부리로 뛰어올랐다 내려갔다 하고 부리로 그의 바지 끝을 잡아당겼다.) 마침내 다행히 그가 방에서 나갔다.

하지만 며칠도 안 지나서 그는 다시 폭발했다. 이번엔 그 대상이 주방이었다. 나는 그때 점심을 먹고 있었는데 그가 주방으로 들어왔다. 그는 자신의 점심을 준비하면서 장식 패널로 가려진 가전제품들에 대해 비꼬았다. 그 스토브와 냉장고는 각각 2만 달러쯤 된다는 것이었다. 그가 그걸 어떻게 알까? 그의 부모님 로프트 아파트에 있는 것들과 같은 브랜드라고 했다. 그리고 아이리스 부부처럼 그의 부모님도 집이 세 채라는 것이었다.

그는 집을 여러 채 소유하는 걸 법으로 금해야 한다고 말했다. 그건 세상에 집 없는 사람들이 너무 많아서가 아니라 — 물론 사실 그렇긴 하지만 — 그런 생활 방식은 지속 가능하지 않기 때문이라는 것이었다. 그는 모두가 그걸 안다고 말했다. 그런데도 축소를 선택하지 않고 핑곗거리만 찾는다는 것이었다. 집을 두 채씩 갖는 게 경제에 도움이 된다는 식으로 말이다!

「여행도 마찬가지예요.」 그가 말했다. 「비행기를 타는 건 인간이 환경에 끼칠 수 있는 가장 큰 해악 중 하나지만, 여행을 줄이라고 제안하면 사람들은 여행업 이야기를 꺼내죠. 관광객의 발길이 끊기면 관광지들의 경제에 얼마나 타격이 크겠느냐고.」

그가 계속해서 말했다. 「그게 진실이 아니라는 말은 아니에요. 하지만 더 큰 진실은 어쩌죠? 우리에게 유일한 희망은, 전 세계 수백만 인구가 어쩔 수 없이 받아들인 삶, 즉 최대한 적게 소비하며 사는 삶에 지금 당장 모든 사람들이 동의하는 거예요. 더 평등한 사회를 만들자, 진보주의자들은 그런 주장을 하고 물론 멋진 말이죠. 하지만 더 많은 사람들을 우리의 부유한 수준으로 끌어올려 봐야 생태계만 더 파괴될 뿐이에요. 수

백만 종의 식물과 동물만 더 죽여 없애고 지구상에서
살 만한 곳만 더 줄어드는 거죠. 우리가 진짜 할 일은,
모두가 더 가난하게 사는 거예요. 하지만 그런 얘기는
아무도 듣고 싶어 하지 않죠.」

　나는 그 자리에서 그에게 그런 얘기를 듣고 싶지 않
다고 말하진 않았다. 나도 다 알고 있으니 나한테 그런
설교는 필요 없다는 말도 하지 않았다. 그가 집을 여러
채 소유하는 걸 법으로 금해야 한다고 주장했을 때 토
를 달지도 않았다. 나는 그저 주방이 원체 커서 그와
내가 2미터쯤 떨어져 앉아 점심을 먹을 수 있는 게 다
행스러울 뿐이었다.

　나는 그의 부모님이 아들과 함께 사는 걸 견딜 수 없
게 된 데 이런 장광설도 한몫 했으리라 생각했다. (실
제로 그가 나중에 나에게 말하기를, 버몬트로 돌아간
진짜 이유는 엄마와 함께 지내기 위해서가 아니었다고
했다. 그들이 키우는 개들 중에 베치가 어렸을 때 집에
온 나이 많은 보더콜리가 죽음을 앞두고 있었고, 그 개
에게 마지막 작별 인사도 못하고 떠나보내는 걸 견딜
수 없었다는 것이었다.)

그가 말한 가전제품 가격은 정확했을까? 그랬다. 하지만 구글 검색을 해보니 가격이 50만 달러에 이르는 스토브도 있었다. 클릭 몇 번 더 하면 분명 그보다 높은 가격도 볼 수 있었을 것이다. 50만 달러짜리 스토브를 살 여유가 있는 사람들에게도 갖고 싶어 애쓸 만한 것이 주어져야만 하니까.

그가 물었다. 「구운치즈샌드위치랑 아보카도토스트 말고는 아무것도 안 드세요?」

그건 나의 단순한 삶의 방식이었다. 매일 같은 음식을 먹는 것. 코로나 봉쇄 훨씬 전부터 몸에 밴 습관이었고 내 삶에서 변하지 않는 부분이었다. 내가 단순하게 사는 건 요리를 좋아하지 않아서이기도 했다. 그리고 요리를 좋아하지 않는 이유 중 하나는 요리를 하게 되면 과식하기 쉽고 세 끼니를 먹는 것보다는 조금씩 자주 먹는 게 더 만족스럽기 때문이었다. 하지만 내가 요리를 좋아하지 않는 주된 이유는 요리를 못하기 때문이다. 나 역시 지금까지 살아오면서 요리 솜씨가 뛰어나진 못해도 최소한 능숙하게는 할 수 있도록 많은 시간과 에너지를 투자한 기간들이 있었지만, 결국 요리를 잘해 본 적이 없었다. 그 기간들은 내가 이런저런 방식의 가족 관계를 유지하려고 시도했던 시기들과 늘 일치했으며, 그런 관계들이 끝난 게 내 요리 솜씨나 살림 실력 부족 때문이었다고 말하긴 어려웠지만, 그 두 가지 실패는 내 마음속에서 연결될 상태로 남아 있었다. 나에게 그 두 가지 실패는 여자로서의 실패를 나타냈다. 물론 출산 실패보다는 여러 단계 아래에 위치했지만 말이다 — 어머니 노릇을 거부하는 행위는 너무도 많은 사람들에게 경멸의 대상이 되고 있으며, 교황 같은 높은 권위를 지닌 인물도 최근 **모피**가 자녀보다 선호되는 것에 대해 〈문화적 타락의 징조〉라고 규탄했다.

어째서 내 요리는 레시피를 보고 내가 기대한 만큼, 혹은 다른 사람이 한 요리만큼 맛이 좋았던 적이 없었던 걸까? 어쩌면 그건 주방을 난장판으로 만들어 놓으며 요리를 하다가 (〈그때그때 치우면서 요리하는〉 기본기를 끝내 익히지 못해서) 미리 꺼내 놓고도 용케 깜빡 잊고 안 넣은 재료가 있다는 걸 뒤늦게 발견하는 일이 다반사였기 때문일 수도 있었다.

(나는 빠르고 쉬운 요리를 표방하면서 상당수의 재료들과 만능 조리기가 필요한 레시피를 보면 늘 아연실색한다. 식재료 쇼핑과 식사 후 설거지에 대해선 더

말할 것도 없다.)

안 쓰는 물건 정리 열풍이 불었을 때, 내가 제일 우선적으로 처분한 물건들 중 하나는 책꽂이 가득한 요리책들이었는데, 그 책들을 마지막으로 펼쳐 본 게 언제였는지 기억도 안 났다. 나는 오븐이 고장 났을 때도 2년이 넘게 지나서야 새로 장만할 결심을 했다.

식이 장애 집단 치료에서 ── 모두 젊은 여자였다 ── 어떤 사람은 정성껏 만든 음식을 포크로 떠서 변기에 버리고 물을 내릴 때의 강렬한 만족감에 대해 이야기했고, 또 한 사람은 혀에 호랑이 연고를 발라 식욕을 없앤다고 했다. 또 한 사람은 세상에 죄 없는 음식 같은 건 없다는 사실에 대해 한탄했다. 우리의 접시에 놓이는 건 전부 도중에, 들에서건 농장에서건 공장에서건 인간 노동자들을 착취하거나 동물을 혹사 또는 도살하거나 아니면 그 모든 악들이 합쳐진 과정을 거칠 수밖에 없다는 것이었다.

서로를 해치지 않고는 살아갈 방법이 없는 것일까? 세상은 왜 그렇게 만들어졌을까? 그런 세상을 어떻게 **사랑의** 하느님이 만든 창조물이라고 할 수 있을까?

시몬 베유는 서른네 살에 결핵에 걸린 몸으로 2차

세계 대전에 참전한 프랑스 병사들에게 배급된 식량만큼만 먹기를 고집하다가 굶어 죽었는데, 그녀는 그때 죽으려고 했던 게 아니라(그녀에겐 아직 해야 할 일들이 너무 많았으니까) 좋은 사람이 되고자 했던 것이었다.

폭식증 관련 인터넷 대화방에 올라온 불만 글: ⟨사람들은 우리가 스스로 건강을 해치고 있다고, 외모를 망치고 있다고 거듭 말하면서도, 죽는 날까지 늘 완벽하게 보였던 장기 폭식증 환자 다이애나 왕세자비의 모습들을 보여 준다.⟩

나와는 달리, 베치는 요리를 즐겼다. 그는 정신 병원에 입원했던 여름에 치료의 일환으로 채식 요리에 관련된 모든 걸 배웠다고 했다. 그는 주로 야채와 콩, 혹은 야채와 두부로 이루어진 간단한 요리를 했고, 타코와 커리를 만들기도 했으며, 양념을 아끼지 않았고, 스무디도 많이 만들었다. 그리고 요리를 너무 많이 해서 냉장고에 남은 음식이 가득했는데, 그는 계속해서 나한테 그 음식을 먹으라고 권했지만 나는 한사코 거부했다.

그는 최근에 술을 끊었다고 했다. 기숙사에서 나오

기 전에는 술 — 맥주나 보드카 — 을 많이 마셨다. 몇 번 필름이 끊긴 적도 있었다. 한번은 친구 아파트에서 열린 파티에서 필름이 끊겼는데, 거기서 성폭행 사건 이 벌어졌다. 사건 당시 그는 그 방에 없었지만, 경찰 조사를 받으면서 그날 밤 자신이 그 아파트에서 일어 난 많은 일들에 대해 전혀 기억이 없다는 걸 시인하지 않을 수 없었다. 그 아파트에서 언제, 어떻게 나왔는지 도 기억이 안 났다. 그것 때문에 겁이 났다. 하지만 매 일 대마초를 피우며 자기 치료를 했다. 그리고 우유가 들어가지 않은 아이스크림을 게걸스럽게 먹어 댔다.

「인간 혐오자야. 맨스플레인[40]도 하고. 새싹 단계의 에코 테러리스트[41]라고 할 수도 있지.」 나는 친구들과 의 줌 칵테일파티에서 그에 대해 그렇게 말했다. 「난 그 애가 여기서 나가기를 바랄 뿐이야.」

내가 베치 같은 부류를 처음 만난 건 대학에 들어가 서였다. 특권층으로 태어나 특권층으로 길러졌으면서 도 특권층 비판에 열을 올리는 젊은이들. 하지만 결국

40 주로 상대가 여성일 때 자신이 아는 것에 대해 잘난 체하며 설명 하는 남자들의 행동을 의미한다.
41 과격한 환경 보호 운동가를 뜻한다.

내가 아는 그런 부류는 그들의 부모와 거의 다를 바 없는 특권층의 삶을 누리고 있었다. 엘리트 전문직, 투자 포트폴리오, 해외여행, 별장.

한때 같이 살던 남자가 나중에 우리가 갖게 될 시골집 이야기를 자주 해서 짜증이 치밀곤 했던 기억이 난다. 내가 우리에겐 전자레인지가 두 개씩이나 필요치 않으니 하나는 처분하자고 말하면 그는 이렇게 반대했다. 「아니, 우리에게 시골집이 생길 경우에 대비해서 그냥 갖고 있자.」 내가 짜증이 났던 건 당시 우리는 생계유지도 힘들 정도로 형편이 몹시 안 좋았기 때문이었다. 빚(거의 그의 것이었다)에 허덕였고, 집세도 제때 낸 적이 없었으며, 브루클린의 황량한 공장 지대에서 싸구려 음식으로 연명해야 했다. 게다가 우리는 돈벌이가 안 되는 예술 활동에 인생을 바치겠다는 선택을 한 사람들이라 시골집을 갖는다는 건 순전히 환상이라고 할 수밖에 없을 정도로 허황된 생각이었다. 그런 악전고투 속에서 — 사실 악전고투는 우리의 결별에 적지 않은 역할을 하게 되었다 — 나는 환상을 참아줄 인내심이 거의 없었다.

이윽고 시골집이 환상이 아닌 현실이 되었다. 그때

이미 우리는 헤어진 지 오래였다. 코로나 팬데믹이 시작되자 그는 아내와 함께 시골집으로 떠났다.

또 하나의 아이러니는, 브루클린의 그 황량했던 지역에 이제 뉴욕에서 가장 비싼 부동산들이 자리하고 있다는 사실이다. 뻔한 얘기지만 말이다.

하루는 외출하는 길에 고함 소리가 들렸다. 베치가 통화하면서 소리를 지르고 있었는데, 나는 처음엔 그의 부모 중 한 사람인가보다 생각했지만 알고 보니 그의 여자 친구였다. 그와 같은 과 친구였고, 코로나를 피해 시카고에서 가족들과 함께 지내고 있었다.

도대체 몇 번을 말해야 해? 내가 뭘 원하는지 너도 알잖아. 이미 백 번쯤 말했으니까. 널 사랑해. 널 사랑하지만, 더 이상 이렇게 지낼 순 없어. 이제 우린 통화할 때마다 싸우잖아. 난 힘들어 죽겠어. 넌 내가 네 말을 안 들어 준다고 하지만, 너야말로 내 말을 안 들으려고 하잖아. 제발 그냥 마음을 정해. 너 하고 싶은 대로 하고, 딱 하나 부탁하는데, 제발, 제발 나 좀 괴롭히지 마.

에드나 오브라이언의 소설[42]에 등장하는 인물이 한

42 『성자와 죄인 *Saints and Sinners*』.

말: 〈사랑이 그토록 고통스러운 이유는 늘 두 사람이 서로가 줄 수 있는 것보다 더 많은 걸 원하게 되기 때문이지.〉 이 말의 의미는 경험을 통해 깨달아야 한다.

나는 어렸을 때, 나중에 크면 어린이들을 위한 책을 쓰겠노라 생각했다. 조금 더 자라서는 사랑 이야기를 쓰겠노라 생각했다. 멋지고 로맨틱한 사랑 이야기. 하지만 나중에 이제 그런 이야기는 쓸 수 없다는 걸 알게 되었다. 내가 소설을 쓰고 싶다는 생각을 갖게 만든 고전 소설들의 핵심을 이루는 결혼 이야기 말이다. 연애에서 결혼으로 이어지는 이야기는 더 이상 매력적인 줄거리가 아니었다. 이제는 마지막에 결혼에 골인한다고 해서 만사형통이 될 수는 없었다. 간음이 반드시 파멸로 이어지는 길은 아니었고, 간통이 누군가가 죽어야 한다는 의미도 아니었으며, 사랑에 빠지는 것이 자아를 이해하는 열쇠도 아니었다. 문학은 그런 것들에 종지부를 찍었다.

그런데도 나는 왜 여전히 이따금 구식 사랑 이야기가 쓰고 싶어지는 것일까? 내 경험을 바탕으로 한 것이 아닌 순수한 허구.

바그너는 자신이 한 번도 체험해 보지 못한 위대한 사랑에 대해 쓰고 싶어서 오페라 「트리스탄과 이졸데」를 작곡했다고 한다. 그에게 위대한 사랑은 두 연인이 고통에 시달리다 결국 죽음을 맞이하는 통렬한 비극의 대서사시를 의미했다.

우리가 결혼하여 가정을 꾸리기를 원하는 건 다른 사람들처럼 정상적으로 살기를 바라는 마음 때문이다. 우리가 성장하면서 올바른 길 — 행복만이 아니라 존중, 수용, 공동체로 이르는 — 이라고 믿게 된 길로 들어서기를 원하는 마음 말이다. 그리고 사랑의 묘약 같은 강력한 로맨스를 원하는 건 미치고 싶은 마음 때문이다.

나는 그동안 만난 남자들을 모두 똑같이 사랑하진 않았고 가끔 이런 궁금증에 젖는다. 내가 제일 사랑한 남자는 그 사실을 알았을까? 아니면 다들 자신이 내가 제일 사랑한 남자라고 생각할까?

나는 내 체험들에 대해 쓰긴 하지만 그중 많은 부분이 허구다. 실패한 사랑의 기억보다 왜곡되기 쉬운 서사는 없다.

1960년대에 히트한 노래 가사에, 한 남자가 자동차

와 〈예쁜 선물들〉을 살 수 있도록 일자리를 구해서 연
인과 함께 역사에 남는 사랑을 하고 싶다는 — 로미오
와 줄리엣처럼 — 내용이 있다. 그는 일자리를 얻지 못
하면 자신의 사랑은 로미오와 줄리엣처럼 비극으로 끝
날 거라고 말한다.

　내 첫사랑의 기억에는 어두운 그림자가 드리워져
있다. 그 사랑이 시작되었을 때 나는 줄리엣 나이쯤 되
었고 그는 나보다 두 살 많았다. 우리는 같은 고등학교
에 다녔는데, 그 학교 학생들은 거의 백인이었다. 그는
나와는 완전히 다른 세계 사람이었다. 언덕 위의 저택,
컨트리클럽, WASP.[43] 그의 아버지에게 우리의 관계는
수치였다. 그래서 계속 우리를 갈라놓으려 했다. 다른
방법들이 안 통하자, 그의 아버지는 아들의 자동차 열
쇠를 빼앗겠다고 으름장을 놓았다. 그 방법은 거의 성
공할 뻔했다. 하지만 우리는 헤어지지 않았고, 사랑이
모든 걸 이겼다. 우리의 삶은 로큰롤 노래 같았다. 결
국 우리 이야기의 마지막 줄을 쓴 건 사회적 편견이 아
니었다. 베트남이었다.

---

43 White Anglo-Saxon Protestant. 앵글로색슨계 백인 신교도.

막간

루소는 자서전 첫 문장을 과거에도 없었고 앞으로도 다시는 없을 일을 하고자 한다는 선언으로 시작했고, 나는 그 말이 마음에 든다.

조앤 디디온은, 첫 문장의 문제점은 작가가 그것에 얽매이게 된다는 것이라고 말했다. 그 문장으로부터 나머지 전부가 흘러나온다. 그리고 첫 **두** 문장까지 작성하게 되면, 모든 선택지가 사라진다.

시작 **전에는** 선택지가 너무 많다. 그러다 다음 순간에는 아무런 선택지가 남지 않는 것이다.

밤에 잠이 안 오면 오래전부터 전해져 내려오는 불면증 치료법에 따라 자신의 인생 이야기를 시작하라. 무슨 까닭인지 나에겐 작가의 슬럼프가 일종의 불면증처럼 느껴진다.

노먼 메일러는 작가는 매일 글을 쓰면서 약간의 슬럼프를 겪는다고 했는데, 내가 좋아하는 말이다.

불면증은 망각 불능에서 온다는 말도 있는데, 누가 한 말인지는 기억이 안 난다.

글이 잘 안 써지면 일어나서 밖으로 나가 거리를 산책하라. 특정 거리들은 바로 이런 목적을 위해 존재한다는 사실을 발견하게 될 것이다. 언젠가 나는 한 남자 ―노숙자 행색을 한― 가 쓰레기통을 뒤지는 걸 보았다. 그는 신문 두어 장을 꺼내 자세히 들여다보더니 쓰레기통에 도로 던졌다. 그는 쓰레기통 속으로 더 깊이 손을 넣어 잡지 한 권을 낚아 올렸지만, 실눈을 뜨고 표지를 보더니 도로 던졌다. 「젠장, 이제 이 빌어먹을 통들에는 더 이상 읽을 만한 게 없어.」 그가 자리를 뜨며 말했다.

루소는 자신이 인생 이야기를 윤색한 건 그저 기억의 구멍을 메우기 위해서였다는 말도 했다. 하지만 물론 그는 그런 데가 어딘지 미리 알려 주진 않았다.

편집자는 〈기억나지 않는다〉는 말은 절대 쓰지 말라고 한다. 작가의 권위가 손상되니까.

하지만 모든 걸 기억하는 것처럼 쓰면 독자는 낌새를 챌 것이다.

내가 맡고 있는 대학원 과정 소설 창작 수업에서 한 학생이 내게 말했다. 〈선생님 소설들을 읽어 봤는데 질문하고 싶은 게 하나 있습니다. 그중 일부는 지어내신 건가요?〉 나는 그 학생이 마음에 든다.

앨런 긴즈버그는 무엇에 대해 써야 하는지 알고 싶다는 10대에게 친구들에 대한 사랑을 글로 쓰라고 말했다. 나는 그 말이 마음에 든다.

나는 사랑이 끝난 후 너무 일찍 그 사랑에 대한 글을 쓰는 실수를 범한 적이 있다. 마음이 얼음처럼 차갑게 식은 후에야 글을 쓰라는 체호프의 권고를 잊은 것이다.

〈사랑에 대해 아무것도 모르는 사람이 어떻게 위대한 소설가가 될 수 있겠어?〉 J. M. 쿳시의 소설[1] 속 인물이 존 쿳시라는 이름을 가진 인물에 대해 한 말이다.

버지니아 울프는 〈요즘 내가 읽은 책들은 내 작품을 포함해서 전부 나에겐 너무 긴 것 같다〉라고 말했다. 나는 그 말이 좋다.

---

1 『서머타임 Summertime』.

보르헤스는, 장편소설과는 달리 단편소설은 모든 면에서 본질적일 수 있다고 했는데, 나는 그 말도 좋다.

하지만, 〈나는 긴 책들은 무례하다고 생각한다〉는 지넷 윈터슨의 말은 마음에 들지 않는다.

〈장편소설은 레이스처럼, 수녀원과 함께 유행이 지난 예술이다〉라는 루이 페르디낭 셀린의 말도 마음에 안 든다.

나는 필명이라는 것에 갈수록 마음이 끌린다.

컴퓨터로 내 이름(Sigrid Nunez)의 맞춤법 검사를 실행하면 〈달콤한 명사들 Sugared Nouns〉로 고쳐 준다.

어떤 작가들은 더 진실할 수 있도록 필명을 사용하는 한편, 어떤 작가들은 더 많은 거짓말을 할 수 있도록 필명을 쓴다.

릴리 톰린은 자신의 작품에 대해 이렇게 소개했다. 〈다음에 이어질 콩트는 제 부모님 이야깁니다. 신원 보호 차원에서 이름은 바꿨습니다.〉 마음에 든다.

장뤼크 고다르는 이렇게 말했다. 〈픽션으로 시작할 수도 있고, 다큐멘터리로 시작할 수도 있다. 어느 것부터 시작하건, 결국 나머지 걸 발견할 수밖에 없다.〉

그레이엄 그린은 모든 작가들이 가슴에 얼음 한 조각을 지녀야만 한다고 생각했는데, 나는 그 생각이 좋다. 나도 그걸 지니고 있다.

그리고 플래너리 오코너는 소설 작가에게 어리석음이라는 기질은 없어서는 안 될 것이라고 말했다. 나도 그걸 갖고 있다.

앨런 베넷은 작가에게는 그 어떤 일도 다른 사람들에게 나쁜 만큼 나쁘지는 않다고, 아무리 끔찍한 일이라도 작가에겐 유용하게 쓰일 수 있기 때문이라고 했다. 마음에 드는 말이다.

종양학자는 말한다. 〈내가 아는 작가들은 그런 것 같지 않다.〉

존 밴빌은 앨런 베넷의 말을 이렇게 바꾸어 설명한다. 〈작가들은 다른 사람들만큼 고통받지는 않는다.〉 나는 이 말이 좋다.

가르시아 마르케스는 자신이 암 진단을 받은 걸 뜻밖의 엄청난 행운이었다고 말했다. 자서전을 쓰는 원동력이 되었으니까.

H. L. 멩켄은 이렇게 썼다. 〈종이는 늘 있다. 펜도 늘 있다. 출구는 늘 있다.〉 그럼에도 그는 자신이 너무 오

래 살지 않기를 바랐다.

〈**써야 해······ 종이······ 연필.**〉시인 하이네가 임종의 자리에서 남긴 말이라고 한다. 그리고 이런 말도 했다고 한다. 〈물론 하느님은 나를 용서하실 거야. 그게 그분의 일이니까.〉

다윈은 말년에 시를 더 많이 읽으며 살았더라면 좋았을 거라고 말했다는데, 나는 그 말이 좋다.

케인스는 샴페인을 더 많이 마시며 살았더라면 좋았을 거라고 말했다. 그 말도 좋다.

체호프는, 〈오랜만에 샴페인을 마시는군〉하고 말한 뒤 잔을 비우고 죽었다고 한다. 나는 그 말도 좋다.

나는 마지막 말이 좋다. 베토벤: 〈천국에서는 들을 수 있겠지.〉

케테 콜비츠: 〈모두에게 행운을 빌어요.〉

〈사다리를 가져와. 빨리, 사다리!〉(고골)

재치 있는 묘비명: 〈모두가 내 죽음을 슬퍼하지는 않는다는 걸 나도 안다.〉

나는 코믹한 소설을 쓰고 싶었고, 내 인생에 대해 쓰면 된다는 걸 깨달았다.

달콤한 명사들Sugared Nouns: 작가로서의 나의 삶과

죽음.

이탈로 칼비노는 이렇게 조바심쳤다. 〈일단 자서전의 여정에 오르면, 어디서 멈춰야 할까?〉

내 인생 이야기는 네 단어로 요약될 수 있다. 좋은 시간들, 나쁜 시간들.

레이스 짜는 사람들은 앞으로도 영원히 존재할 것이다. 수녀원도 영원히 존재할 것이다.

하지만 내 사랑, 당신에 대한 내 마음은 영원히 얼음처럼 차가워지지 않을 거야.

2부

공원에 들어가자마자 그 다이어리가 보였다. 누가 벤치에 두고 간 모양이었는데, 그 새빨간 표지가 내 시선을 끌었다. 중간 사이즈 가죽 장정 몰스킨 다이어리였다(마침 나에게도 똑같은 게 있었다). 일부러 놓고 간 건 아니리란 생각이 들었다. 누군가 거기 앉아서 다이어리에 무언가를 적은 후 옆에 내려놨다가 깜빡 잊고 그냥 간 모양이었다. 요즘 그런 실수가 여기저기서 일어나고 있다고 했다. 비정상적인 방심 상태에서 저지르는 실수들. 코로나 팬데믹 브레인 포그[1] 증상. (나도 ATM에서 현금을 뽑은 뒤 카드를 빼는 걸 두 번이나 잊었다.) 나는 주위를 둘러보았지만 앞쪽에서 쓰레기

1 brain fog. 뇌에 안개가 낀 것처럼 멍한 상태.

를 수거하는 공원 관리인밖에 안 보였다.

나는 다이어리를 집어 들고 첫 장을 펼쳤다. 다이어
리를 주인에게 돌려주는 데 필요한 정보가 — 심지어
사례금 액수를 적는 공란까지 — 거기 있으리란 걸 알
고 있었던 것이다. 하지만 그런 정보는 제공되어 있지
않았다.

바로 그때 그 여자가 나타났는데, 그녀는 내 쪽으로
빠르게 걸어오고 있었다. 그녀는 다이어리와 똑같은
새빨간 코트를 입었고, 펠트 베레모도 그보다 옅긴 했
지만 역시 빨강이었다. 내가 서 있는 곳에서도 그녀의
불안감이 읽혔다. 걸음걸이가 그랬고, 그녀가 가까이
다가오자 표정에서도 읽을 수 있었다. 그녀는 다이어
리를 놓고 온 걸 깨닫고 황급히 가지러 온 게 분명했고,
다이어리가 사라졌을까 봐 걱정하는 것 같았다.

하지만 그녀는 내가 다이어리를 들고 서 있는 걸 보
고 그 자리에 얼어붙었다. 그녀의 얼굴에는 기쁨이나
다행스러움, 안도감보다는 낭패감이 어려 있었다.

나는 당황스러웠지만 그녀를 안심시키기 위해 사
뭇 밝은 표정을 지으며 다이어리를 건넸다. 「당신 건
가요?」

그녀는 내 시선을 피하며 고개를 젓고는 ─ 한 번이었지만 더없이 확고한 동작이었다 ─ 부리나케 나를 지나쳐 아까보다 더 빨리, 마치 조깅을 하듯 걸어갔다.

방금 무슨 일이 있었던 걸까? 나는 그 다이어리가 그 여자 거라고 확신했다. 그런데 왜 가져가지 않았을까?

나는 알 것 같았다. 그녀는 내가 다이어리를 펼쳐 봤을 거라고 ─ 첫 장까지만이 아니라 더 안쪽까지 ─ 의심했음에 분명했다. 그 다이어리가 그녀의 은밀한 생각들을 기록하고 마음과 영혼을 드러내는 비밀 일기장이었다고 하자. 모르는 사람이 자신의 프라이버시를 침해하고 아무에게도 들키고 싶지 않은 비밀을 보았을 수도 있다는 생각이 그녀에게 괴로움을 주었을 것이다. 수치스럽게 만들었을 것이다. 그녀는 곤혹스러운 상황에 직면하느니 차라리 그 다이어리를 영원히 잃는 게 낫다고 생각했을 것이다. 애초에 다이어리를 분실할 경우에 대비해 연락처를 적어 놓는 란도 비워 두지 않았던가.

(만일 이게 추리 소설이라면, 우리의 이야기는 여기서 섬뜩한 전환점을 맞이할 수도 있다. 다이어리 안에

이미 저질러졌거나 앞으로 저지를 범죄의 증거나 단서가⋯⋯.)

나는 어찌해야 좋을지 몰라 그 다이어리를 원래 있던 곳에 내려놓았다. 그 즉시 다람쥐 한 마리가 땅에서 벤치 위로 깡충 뛰어오르더니 다이어리에 반듯이 앉았다. 그 모습이 마치 다이어리를 지키는 임무를 띤 동화 속 동물 같았다. 하지만 먹을 걸 구걸하는 다람쥐에게 내가 빈손을 보이자 녀석은 가버렸다.

나는 그 여자가 다이어리를 찾으러 다시 올 수도 있다는 생각으로 그 자리를 떴다. 그리고 여느 날처럼 긴 산책을 이어가다가 돌아오는 길에 다이어리가 아직 거기 있는지 확인해 보았다. 없었다. 나는 이제 그 다이어리가 안전하게 주인 손에 들어갔다고 생각하려고 애썼다. 하지만 근처에 쓰레기 수거하는 사람이 있었던 기억이 떠오르자 다이어리가 그의 쓰레기차로 들어갔을 가능성이 더 크다는 걸 알 수 있었다.

그 에피소드는 내게 과도한 영향을 미쳤다. 그 생각이 너무 자주 떠올랐고 그때마다 후회의 물결이 밀려들었다. 만일 내가 그 공원에 5분만 늦게 도착했더라면! 물론 이성적으로는 내 잘못이 없다는 걸 알았다.

하지만 자신의 탓이 아닌 일에 죄책감을 느끼는 건 얼마든지 가능한, 아니 사실 흔한 일이다. 사이코패스를 제외하면 사람들은 그런 식으로 생겨 먹었나. 다른 사람이 망가지는 걸 막을 수 없었다는 이유로 스스로 망가지는 사람들도 있다. 생존자의 죄책감이라는 현상도 있다.

나는 그때 고개를 숙이고 어깨를 움츠린 채 황급히 멀어지던 그 여자의 모습이 자꾸 떠올랐다. 패배자의 모습. 온통 빨간색이던 그녀의 코트와 다이어리, 베레모를 회상하며 빨간색을 좋아하나 보다고 생각했다. 나도 빨간색을 좋아한다.

집으로 돌아간 여자는 혼자 사는 아파트 계단을 오른다. 지친 걸음으로 천천히 올라간다. 집에 들어가자 모자를 벗지만 코트는 벗지 않는다. 코트 단추를 푼 뒤 벗지는 않고 식탁 의자에 풀썩 앉는다. 겨울 코트를 입은 채 식탁에 앉아 창밖을 내다본다. 보이는 건 다른 창문들 — 맞은편도 아파트다 — 어둠이 내려 불빛 밝혀진 창들이 많고, 몇몇 창문들 너머로는 TV 화면이 보이는데 그중 일부는 같은 채널에 맞추어져 있다. 매일 하는 코로나바이러스 언론 브리핑. 닥터 벅스. 트럼프 대통령. 그녀는 TV를 켜야겠다고 마음먹는다. 위기 상황이니 정보에 밝아야 한다. 하지만 그녀는 움직이지 않는다.

여자는 코트를 벗거나 일어나서 불을 켤 생각도 없이 TV 화면들의 깜빡거림에 최면이라도 걸린 양 앞을 바라보며 앉아 있다. 그녀는 어스름과 정적 속에 앉아 있고, 정적을 깨는 건 이제 너무 익숙해져서 나중에도 코로나 팬데믹의 중심에서 살았던 이들의 기억에 오래도록 남게 될 사이렌 소리뿐이다.

에드워드 호퍼의 그림 속 인물 같다. 그의 그림에 담긴 평범한 사람들, 그들은 고립되고 약한 모습이다. 보는 이로 하여금, 무슨 슬픈 일을 당한 모양이야, 라고 생각하게 만든다.

「코로나에 감염될까 봐 두려워서 그랬는지도 모르지.」 내 친구 하나는 그 여자의 행동에 대해 그렇게 말한다. 「요즘 다들 그러잖아.」

「하지만 난 장갑을 끼고 있었어.」

「그래서, 네가 어떻게 했어야 했는데?」 다른 친구가 말한다. 「그 여자를 쫓아가서 그 빌어먹을 걸 억지로 줘버려? 게다가 그게 일기장인지 아닌지도 모르잖아.」

「아니, 난 그게 일기장이라는 걸 알았어. 확신했어.」

「요즘은 사람들의 행동을 이해한다는 게 불가능한 일이야. 이해하려는 시도도 하지 마.」

「어쩌면 내가 그 여자에게 미소를 보낸 게 문제였는 지도 몰라. 그 여자가 그걸 오해했을 수도 있어.」

그 일을 도무지 떨쳐 낼 수가 없고, 비이성적인 죄책 감이 들고, 자신에게 화가 났다. 나는 이 징조들을 알 았다.

잘못된 생각. 심리학자들은 그걸 중단시킬 수 있는 방법들이 있다고 말한다. 그리고 정신 건강을 위해선 중단시켜야 한다. 작가에겐 딜레마가 아닐 수 없다. 작 가에게 강박적인 되새김질은 필수적인 요소이기 때문 이다. 상상력은 어두운 생각을 따라 어두운 곳으로 가 야만 하며, 작가는 상상력에게, 멈춰, 거긴 가지 마, 하 고 말할 수가 없다. 타인들의 삶을, 그들이 어떤 일들 을 겪는지를 상상하는 것, 그게 작가의 일이 아닐까?

나는 그 몰스킨 다이어리에서 소설 한 권을 지어낼 수도 있었다. (걱정 마시라. 그러진 않을 테니까.)

그렇다고 해서 그 여자와의 우연한 만남이 기뻤다는 말은 아니다.

나에겐 이런 두려움이 있다. 나는 지독한 근시라 안경을 안 쓰면 내 팔 끝에 달린 손도 흐릿하게 보인다. 그런데 만일 어느 날 교도소에 갇히거나 수용소 같은 데 들어가거나 아니면 목숨을 건지기 위해 도망쳐야만 하는 상황에 처했는데 안경을 잃어버리거나 깨뜨리거나 빼앗기게 된다면? 그러면 어쩌지?

한번은 파티에서 사람들에게 그런 얘기를 꺼냈다가 주변을 웃음바다로 만들었다. 모두들 그런 상황은 일어날 수 없다고 여겼다!

하지만 세상에는 이미 그런 일을 당한 사람들이 있었고 그들 가운데 다수는 그런 일이 절대 없을 거라고 생각한 이들이었다.

파국화. 최악의 결과가 불가피하다고 믿는 성향. 이런 잘못된 생각은 불안감과 우울증으로 이어질 수 있다.

세상이 불타고 시스템이 여기저기서, 도처에서 무너지고 있는데, 희망을 품고 또 품어 봐야 결국 헛된 희망이 되고 마는데, 그런 진단이 더 이상 무슨 소용인가?

또 하나의 징조 — 카푸치노를 포장 주문하고 기다
리면서 무심코 카운터에 손을 올렸는데, 바리스타가
나를 어린애처럼 나무란다. 그가 카운터 위에 테이프
로 붙여 놓은 종이를 탁 치며 말한다. 「여기 〈만지지 마
시오〉라고 쓰여 있잖아요.」 그의 목소리는 그의 동료
와 내 뒤에 줄지어 기다리고 있는 손님들 귀에 다 들릴
정도로 크다.

나는 그 바리스타를 안다. 여러 해 전부터 알았고,
그를 — 다정하고, 잘생겼으며, 구불거리는 턱수염을
길렀고, 나이를 가늠하기가 어려우며, 어디 사투리를
쓰는 건지 나로선 알 수가 없는 — 만나는 게 늘 즐거
웠다. 사실 사회적 접촉이 엄격히 제한된 시기이다보
니 그와의 짧은 소통이 특히 더 고마웠고, 이제껏 그는
나에게 친절하지 않았던 적이 없었다.

물론 나는 즉시 카운터에서 손을 치운다. 그리고 물
론 사과한다. 하지만 그는 나에게 눈길도 주지 않는다.
그는 찌푸린 얼굴을 펴지 않고, 내가 카푸치노를 받으
며 고맙다고 인사해도 대꾸도 안 한다.

밖으로 나온 나는 울기 직전인 자신에게 경악한다.
커피를 마시고 싶은 생각이 사라져서 가까운 쓰레기통

에 던져 버린다. 그저 집에 돌아가고 싶은 마음뿐이다. 그는 나를 어린애처럼 꾸짖었고, 나는 어린애가 되었다. 그는 나에게 소리를 지를 필요까진 없었다! 이제 다시는 거기 안 가야지. (하지만 오랜 시간이 지난 후 다시 간다. 그리고 여전히 친절한 그를 보며 우리 사이에 그런 불상사가 일어나지 않았던 것 같은 기분을 느낀다.)

그는 왜 그런 사소한 일에 그토록 화를 냈던 걸까?

나는 왜 그런 사소한 일에 그토록 마음의 상처를 입었던 걸까?

어쩌면 다른 사람들은 안전하게 집에서 머무는 동안 매일 일터로 나가야 하는 처지가 그의 감정을 건드린 것일 수도 있다.

요즘은 사람들의 행동을 이해한다는 게 불가능하다. 이해하려는 시도조차 하지 말아야 한다.

날씨가 포근해지자 베치는 지붕에서 자기 시작했다. 알고 보니 지붕에 차양 달린 테라스가 있었고, 거기 야외용 가구 몇 점이 놓여 있었다. 그는 자신의 침실에서 베개와 이불을 가지고 지붕으로 올라가서 푹신한 리클라이너에서 잤다.

「난 원래 바깥에서 잘 자요.」 그가 말했다. 「왜 바깥에서 자는 사람들이 많지 않은지 모르겠어요. 에어컨이 나오기 전에는 도시 사람들도 열대야에 이웃과 함께 지붕이나 비상계단 같은 데서 잤었죠. 밤에 지붕에 올라가면 진짜 평화로워요. 별이 잘 보이면 좋겠지만, 적어도 달은 볼 수 있죠. 그리고 새벽에 일찍 깨서 해 뜨는 걸 보는 기분은 단연 최고죠.」

나는 바깥 잠을 자고 싶진 않았다. 그런데도 부러움이 가슴을 후벼 팠다. 내가 무언가를 놓치고 있는 것만 같은 기분이 들었던 것이다. 그런 걸 엄두도 못 내는 자신이 늙어 보이기도 했다. 또, 내가 그와 나이 차이가 덜 났더라면 그와 함께 지붕에서 잤을 것임에 의심의 여지가 많지 않다는 생각도 들었다.

내 기상 시간은 빨라져 갔다. 그래서 아직 어둑어둑할 때 밖으로 나가는 날도 흔했다. 어느 일요일 아침엔 걸어도 걸어도 사람이 보이지 않았고, 2001년 새해 아침이 떠올랐다. 그때 나는 로마에 있었다. 나는 새해 전야제 행사들을 다 빼먹고 일찍 잠자리에 들어 동이 트기 전에 일어났다. 내가 묵고 있던 빌라에서는 아침 시간에 아무도 잠에서 깨지 않았는데 아마 그날은 어디에서나 그랬을 것이다. 날씨가 유난히 포근해서 1월이 아닌 10월 같았다. 나는 그 **영원의 도시**를 혼자 독차지하고서 길을 나섰고, 그건 내 삶에서 가장 아름다운 산책이라고 할 수 있었다.

지금, 유니언 스퀘어를 지나는데 뒤에서 고함 소리가 들려왔다. **어이! 비켜!**

자전거를 탄 남자였다. 비키라고? 하지만 그곳은 보행자용 광장이었다. 주위에 빈 공간이 많은데 나를 향해 돌진하는 이유가 뭘까?

미친 인간이었다. 검은 고글과 검은 바라클라바에 가려져 얼굴이 없었다. 그가 나를 지나쳐 달려가며 말했다. 「아줌마, 겁도 없어?」

나는 그때 왜 겁이 안 났는지 잘 모르겠다. 머릿속으로는 아직 로마에 있기도 했고, 그의 느긋하고 심지어 장난스럽기까지 한 태도 때문이기도 했던 것 같다. 아니, 어쩌면 코로나 팬데믹 시기에 사람들의 기행에 익숙해졌기 때문일 수도 있었다. 이제 일상 자체가 기괴해졌으니까. 그는 내 주위를 천천히 한 바퀴 돌면서 나를 꼼짝 못 하고 서 있게 만들더니 미치광이의 웃음소리로 근처 비둘기 몇 마리를 날려 보내면서 가버렸다.

나는 다시 걸음을 옮겼다. 이제 사람들 몇 명이 시야에 들어왔다. 자전거 타는 또 한 사람, 조깅하는 사람, 원반던지기를 하는 여자와 남자아이, 그리고 그 사이에서 뛰어다니는 강아지.

몇 분 후 그가 다시 보였다. 그가 자전거의 방향을 돌려 나를 향해 달려오고 있었다. 속도가 빨랐고 나와 가까워져도 거의 속도를 늦추지 않았다.

그때 난 어떻게 해야 했을까? 도망쳐야 했을까? 비명을 질러야 했을까?

아줌마, 겁도 없어?

그가 나를 향해 몸을 기울이며 바라클라바를 턱까지 홱 끌어 내리더니 내 얼굴에 대고 기침을 했다. 그리곤 양팔을 들고 고개를 뒤로 젖힌 채 코요테 울음 같은 캥캥 소리를 흘리며 달려갔다.

광장 건너편에서 여자와 남자아이, 그리고 개가 동작을 멈추고 내 쪽을 잠시 보더니 다시 놀이를 시작했다.

경솔하게도, 나는 울면서 뒤를 돌아보며 걸어가려고 했다. 다행히 넘어지진 않았고, 발을 접질리긴 했지만 다행히 절룩거리며 집까지 걸어갈 수 있었다. 하지만 하루가 지나자 오른쪽 발목이 부어올라 뻐근했고, 얼룩덜룩한 멍이 보였다.

나는 그 사건과 그 후 시작된 어지럼증이 관련이 있으리라 생각했다. 발목의 부기가 가라앉은 후에도 어지럼증 때문에 외출이 어려웠다. 옷을 차려입고 나갈 채비를 마친 후 문가에만 가면 현기증이 났다. 가끔은 어지럼증이 심해서 구역질이 났고, 그러다 가끔은 실제로 토하기까지 했다. 물론, 코로나에 걸린 게 아닌지 의심했지만 — 그 남자한테 감염되었을 수도 있었다. 그가 일부러 바이러스를 옮기려고 그런 행동을 한 것일지도 몰랐다 — 코로나는 아니었다. 나중에 나는 그 사건과 어지럼증은 아무 관련도 없으리라 결론지었다. 어지럼증은 65세가 넘은 사람들에겐 흔한 증상이니까.

하지만 조앤 디디온이 1968년 6월에 정신과 의사를 찾아가도록 만든 증상들에 대해 한 말이 떠올랐다. 당시 그녀는 서른세 살이었다. 그녀는 몇 년 후 그때를 돌아보며 이렇게 썼다. 〈지금 나에겐 어지럼증과 구역질 증상이 1968년 여름에 대한 부적절한 반응으로 보이지 않는다.〉

과장된 느낌이다. 그녀는 그 증상이 1968년 여름에 대한 반응이 아니었을 것임을 알고 있었다.

디디온이 공개한 당시 정신과 의사의 진단은 이렇다. 〈근본적으로 비관적이고, 숙명론적이며, 우울한 시각으로 주위 세상을 보고 있음. (……) 그녀의 관점에서 그녀가 사는 세상은 필연적으로 갈등과 실패를 낳는 이상하고, 모순적이며, 제대로 이해되지 않고, 무엇

보다도, 그릇된 동기들에 따라 움직이는 사람들로 이루어져 있음.〉

이 진단은 내가 아는 대부분의 미국인들이 현재 갖고 있는 관점에 해당된다고 볼 수 있다. 나라면 거기에 압도적인 수치심을 덧붙일 테지만.

미래에 대한 대처 능력이 없는 것도 정신 장애의 일종이라면, 지금 장애를 갖고 있지 않은 사람이, 혹은 한동안 그래 오지 않은 사람이 어디 있겠는가.

2016년, 도널드 트럼프의 당선은 저명한 SF 작가 윌리엄 깁슨의 집필 작업을 중단시켰다. 그 선거 결과는 그를 포함한 많은 사람들을 경악시켰다(완전히 빗나간 여론 조사 때문에 놀라움은 더 컸다). 윌리엄 깁슨은 이렇게 말했다. 〈모든 게 변했다. 작품 속 등장인물들의 행동을 뒷받침하는 감정들과 이성들이 더 이상 통하지 않게 되었다.〉

근미래에 펼쳐질 일들을 예견하는 데 천재적인 재능을 지닌 윌리엄 깁슨은 미국이 이렇게 될 줄 상상도 못 했다고 한다. 고쳐 쓴 소설을 출간한 후, 그는 인터뷰를 통해 지독한 슬럼프를 겪었다고 고백했다. 이제 그는 문명의 미래를 바라볼 때 비범한 예지적 상상력을 발휘할 수 없게 되었다. 우리가 자초한 혼란에서 벗어날 출구가 그에게도 보이지 않는 것이다.

나는 기억한다, 1968년을. 〈미국을 산산조각 낸 해.〉 나는 디디온이 그 전해인 1967년에 발표한 60년대에 관한 유명한 에세이 제목을 왜 〈베들레헴을 향해 웅크리다〉라고 지었는지, 그리고 왜 예이츠의 시를 인용하면서 글을 시작했는지 안다. 세상이 무너져 가고, 중심이 흔들리고, 무질서가 만연하다.[2] **여기 무슨 일이 벌어지고 있다**라는 노래[3] 가사도 있다. 정말 나쁜 일, 심지어 그 정확한 본질을 정확히 알 수도 없다. 지금과 마찬가지로 불안감, 피해망상, 종말론적 공포가 팽배하다. 환경 보호주의자들이 이미 경종을 울리기 시작했지만, 문명의 종말은 핵전쟁, 혹은 핵 사고의 결과일 가능성이 농후한 것으로 보인다. 기후 변화가 아니라. 팬데믹이 아니라.

디디온 역시 슬럼프에 빠졌다. 〈글을 쓴다는 게 엉뚱한 짓이고 내가 알던 세상은 더 이상 존재하지 않는

2 예이츠의 시 「재림 The Second Coming」에서 인용.
3 버펄로 스프링필드의 노래 「여기 무슨 일이 벌어지고 있다 Something's Happening Here」.

다는 확신에 아무것도 할 수 없었다. 다시 일을 하려면 무질서를 받아들여야만 할 것이다.〉그때 「베들레헴을 향해 웅크리다」가 그녀의 삶에서 형체를 갖추었다.

디디온은 무질서와의 타협을 통해 희망의 이유들을 발견할 수 있으리라고 생각하지 않았다. 물론 더 이상 존재하지 않는 세상이 더 정당하고 평화로우며 아름다운 세상으로 대체되는 게 1960년대의 원대한 꿈이었지만 말이다. 그녀는 시가 행진이나 휴업 같은 항의 시위는 부질없는 짓이라고 믿었다. 〈암흑의 심연은 사회 조직의 결함이 아니라 인간의 핏속에 있으니까.〉그녀는 그게 자신이 속한 (이른바 침묵의) 세대가 공통적으로 지닌 믿음이었다고 보았다. 그들은 일해야 했다. 더 열심히 일해야 했다. 어지러운 시대에 대처할 더 나은 방법이 없었으니까. 그렇다고 희망이 있었던 건 아니었다.

내가 판도라의 상자 관련 신화를 처음 접한 건 이디스 해밀턴의 『신화』를 통해서였는데, 그 기념비적인 글은 삶을 이해하는 데 이야기가 중심적인 역할을 할 수 있음을 깨닫게 해주었다. 나는 초등학교 때 읽은 그 책을 평생 사랑하게 되었다. 나는 그 이야기를 읽고 무척이나 혼란스러웠던 기억이 나며, 오랜 세월에 걸쳐 많은 학자들이 그런 감정을 느꼈음을 나중에 알게 되었다.

사실, 해밀턴은 판도라의 상자에 대해 두 가지 다른 이야기를 하고 있다.

첫 번째 이야기에는 판도라라는 여자는 등장하지만 상자는 없다. 티탄족 프로메테우스가 인간들에 대한 사랑으로 그들에게 신성한 불을 훔쳐다 주고 신에게 동물을 제물로 바칠 때 그들이 먹을 부분은 따로 빼놓도록 요령을 알려 주자, 격노한 제우스는 〈아름다운 재앙〉 판도라를 창조해 낸다. 여러 신들이 부여한 매력들을 지닌 판도라는 남자들을 파괴하는 임무를 맡게 된다(당시 — 인류의 황금시대 — 에는 남자 인간들만 존재했다). **최초의 여자인 판도라로부터 여자라는 종족이 시작되며, 악을 행하는 본성을 지닌 여자들은 남자들에게 악이다.** (그리하여, 여자들이 창조되면서 황금시대는 막을 내린다.)

두 번째 이야기에서는, 신들이 인간에게 닥칠 수 있는 모든 고통과 질병, 슬픔을 상자에 담는다. 그다음에, 판도라에게 상자를 주면서 그 안에 무엇이 들어 있는지 밝히지 않고 절대 상자를 열지 말라고 경고한다. 하지만 판도라는 호기심에 못 이겨 상자 뚜껑을 열고, 세상에 모든 악이 풀린다(신들은 그렇게 될 걸 예견했으며, 그건 프로메테우스가 인간들에게 은혜를 베푼 것에 대한 제우스의 복수였다). 판도라는 놀라서 급히 상자 뚜껑을 닫지만, 상자 안에 남은 건 희망뿐이다.

뭐라고? 제우스가 내린 벌 때문에 희망이 늘 보류된다고? 그런데 애초에 악으로 가득한 상자에 희망이 왜 들어 있었던 거지?

사람들은 그 신화를 읽으며 **희망이 남아 있다**고 해석한다. 어떤 악이 우리를 덮친다 해도, 우리가 아무리 끔찍한 고통에 시달린다 해도, 그걸 이겨 내도록 도와줄 희망이라는 축복과 위안이 늘 존재하는 것이다.

하지만 그 악들이 상자 안에 남아 있었더라면 우리를 해할 위력을 갖지 못했을 것이다. 그렇다면 희망 역시 그 선한 역할을 수행하려면 상자 밖으로 나와야 하지 않을까?

니체는 말했다. 〈**물론 희망은 악이다.** 사실 희망은 모든 악들 중에 가장 나쁘며, 그건 인간의 고통을 연장시키기 때문이다.〉 그리고 물론 이 역시 신들과 인간들의 아버지가 염두에 둔 벌의 일부다.

우리는 니체가 겪은 많은 고통들에 갖가지 육체적 질병들이 포함된다는 걸 알고 있으며, 그가 그런 생각을 한 날 끔찍한 편두통에 시달리고 있었음을 알게 된다고 해도 놀랍지 않을 것이다.

공교롭게도 디디온 역시 지독한 편두통을 앓았다. 사실 그녀는「베들레헴을 향해 웅크리다」를 쓰는 동안 〈그 어느 때보다 아팠으며, 통증을 가라앉히기 위해 뜨거운 물에 진을 타서 마시고 (……) 진의 부작용을 가라앉히려고 덱세드린[4]을 복용했다〉고 한다. 그녀는 또한 자신에겐 그토록 중요한 그 에세이의 의미가 많은 독자들에게 제대로 전달되지 못한 것처럼 보인다고 말한다. 〈나는 그토록 전반적으로 요점에서 벗어난 피드백을 받아 본 적이 없었다.〉

〈상자〉는 오역이라고 한다. 판도라의 항아리라고 번역해야 한다는 것이다. 그 용기(容器)는 커다란 저장용 항아리였을 것으로 추정된다. 해밀턴의 책에는 한 요부가 발치에 놓인 뚜껑 열린 커다란 상자에서 유령의

---

4 암페타민 계열의 중추 신경계 자극제.

모습으로 의인화된 저주들이 연기처럼 피어오르는 걸 보며 고통스럽게 두 팔을 내젓는 그림이 들어 있는데, 그 상자는 보물 상자처럼 보인다.

나는 맨 처음 『더 새터데이 이브닝 포스트』 잡지에 〈히피 세대: 베들레헴을 향해 웅크리다〉라는 제목의 커버스토리로 발표된 디디온의 에세이가 사실 관계 확인을 마쳤는지의 여부가 늘 궁금했다. 특히 거의 끝부분에 소개된, 헤이트애시베리 거리의 어느 집에 손님으로 간 디디온이 애시드[5]에 취한 다섯 살짜리 아이를 만나는 일화가 그런 의구심을 불러일으킨다. 디디온은 그 아이 — 수전 — 가 만화책에 몰두해 있었고, 자신이 말을 걸자 아주 또렷하게 대답했다고 전한다. 디디온의 표현에 따르면, 〈그 아이에게 단 하나 이상한 점이 있다면 흰 립스틱을 칠했다는 것이다.〉 다시 말해, 수전은 강력한 환각제를 복용한 사람의 모습이나 행동을 보이지 않았다는 것이다.

〈수전은 엄마가 1년간 자신에게 애시드와 페요테[6]

5 LSD라고도 부르는 강력한 환각제.
6 페요테선인장에서 추출한 환각제.

를 줬다고 했다.) 디디온은 수전의 말을 간접적으로 인용하는 방식으로 썼지만, 마약에 취한 유치원생이 한 말 같지는 않다. 아무튼 디디온은 그 말을 사실로 받아들인 듯하고, 우리는 그렇게 어린아이가 1년간 향정신성 약물을 복용한 것이 어떤 부작용을 낳았는지에 대해 디디온이 더 깊이 파헤치지 않은 이유를 알 수가 없다.

디디온은 오토라는 사람을 통해 수전을 만난다(나는 에세이에 등장하는 인물들 이름이 진짜인지 아니면 가명인지도 궁금하다). 오토는 디디온이 기사를 쓰는 동안 헤이트에서 함께 지낸 몇 명의 히피들 가운데 하나다. 〈우리 집에 당신이 기절초풍할 만한 게 있어요.〉 오토가 디디온에게 그렇게 말하는데, 알고 보니 수전을 두고 한 말이다. 무슨 사정인지는 몰라도 수전 엄마의 친구가 수전을 오토의 집에 데려다 놓은 것이다.

내가 처음 디디온의 에세이를 읽은 건 대학 때 과제를 하면서였는데, 나와 친구들은 그 말들과 수전이 전혀 약에 취한 것처럼 보이지 않은 점을 근거로 오토가 — 수전 엄마의 친구와 함께 — 디디온을 농락한 것일 수도 있다고 생각했다. 우리가 그런 생각을 한 건, 사람들 — 특히 기득권층, 그리고 그중에서도 히피에 대한 글을 쓰는 부류(어느 시점에서 디디온은 자신이 히피들이 상종도 안 하는 〈언론계의 독살자〉로 보이고 있다고 인정한다) — 을 농락하는 것이 그 세대의 유명한 특성이었음을 알고 있었기 때문이었다. 짓궂은 장난기: 반문화적 행동 방식.

우리는 그 장면을 어렵지 않게 상상할 수 있었다. 숙녀다운 치마와 블라우스, 스토킹과 구두 차림의 유행에 둔감한 공화당원이 보수적인 중산층을 대상으로 한 잡지에 글을 쓰기 위해 취재 수첩을 들고 〈실종된 아이들이 모여 스스로를《히피》라고 부르는〉 샌프란시스코로 간다. (서른 살 넘은 사람은 절대 믿지 말라는 게 히피 운동의 모토였고, 디디온 자신도 10대 여성들인 취재 대상에게 커다란 괴리감을 느끼며 그들을 〈어린 소녀들〉이라고 부른다.)

히피들에게 국가적 관심이 쏠려 있고 그들에 대한 흉흉한 소문들(특히 섹스와 마약 관련)이 무성하다는 걸 히피들도 잘 알고 있었다. (《우린 야생적인 사람들을 구경하고 싶어요. 집시들 말예요.〉 나는 관광객들이 뉴욕 경찰관에서 그렇게 말하는 걸 들은 적이 있다.

경찰관은 고개를 끄덕이더니 그들에게 워싱턴스퀘어 공원을 가리켰다.)

섹스에 관심이 많고 무슨 말이든 쉽게 믿는 사람들에게 그 소문들이 사실이라고 확인해 주는 건 재미난 일이었을 것이다. **그래, 물론 우리는 노상 발가벗고 돌아다니지. 목욕은 절대 안 하고. 다들 온종일 섹스만 해.** 히피들이 어린 자녀에게 LSD를 먹인다는 이야기는 사람들 사이에 떠도는 괴담들 가운데 하나였다. 애시드를 먹고 태양을 바라보며 앉아 있다가 모두 눈이 먼 무리에 대한 이야기도 마찬가지였다. 그리고 해마다 등장하는 핼러윈 마약 캔디에 얽힌 다양한 버전의 헛소문들 역시 다를 바 없었다.

〈우리 집에 당신이 기절초풍할 만한 게 있어요.〉

그때 히피라면 누구나 반드시 따랐을 안전 수칙이 하나 있었다면, 그건 경찰의 주의를 끌지 않는 것이었을 터였다. 그런데 오토는 외부인이며 보수적인 탐사 기자인 디디온이 그의 거실에서 목격한 일을 신고할 수도 있다는 두려움이 전혀 없었다니, 얼마나 이상한 일인가? 그리고 사실 디디온은 아동 복지법에 따라 신고할 의무가 있지 않았나?

디디온은 환각제에 대해 너무 무지한 나머지 어떤 남자(그녀는 남자들은 절대 〈어린 소년들〉이라고 부르지 않는다)가 자기 발가락만 응시하고 있는 걸 보고 완전히 약에 취했다고 결론짓는다. 오토가 수전에 대해 해준 말을 디디온이 그대로 믿은 건 놀랍지도 않다. 하지만 후속 취재가 없었던 건 놀랍지 않을 수 없다.

그 이전에 오토는 디디온에게 또 다른 괴담을 들려줬는데, 아무 죄 없는 열네 살 소녀가 골든게이트 공원을 걷다가 경찰에 체포되어 입건되고 〈골반 검사〉를 받았다는 것이었다. 오토는 디디온에게, 애시드 약기운이 떨어져 가고 있을 때 그런 일을 당했다면 정말이지 끔찍했을 거라더니 그 소녀가 애시드 약기운이 떨어져 가는 상태였을 거라고 생각할 만한 이유는 없다는 헷갈리는 말을 한다.

디디온이 그 소녀와 연락할 수 있는지 묻자 오토는 그 소녀가 중학교 연극 연습 때문에 바쁘다고 말한다. 뭐라고요? 매일 하루 온종일 연습을 한다고요? 그 아이 부모님이나 선생님은요? 여기서도 기자라면 마땅히 열어 보고 싶어 할 진실의 문은 조금도 열리지 않는다. 우리는 그 연극이 「오즈의 마법사」라는 걸 제외하면 그 소녀에 대해, 불법 체포나 〈골반 검사〉에 대해 더 이상 아무것도 듣지 못한다.

수십 년 뒤에 출시된 다큐멘터리[7]에서 디디온은 지 유명한 수전과의 만남에 대한 소감을 밝히는데, 디디 온의 팬들조차도 그녀의 말을 듣고 당황했다고 고백하 게 된다. 다큐멘터리에서 디디온은 흡족하게 그 순간 을 회고하며 그건 기자에게 찾아오는 기막힌 행운의 한 사례였다고, 〈황금〉의 순간이었다고 말한다. 〈기자 라면 그런 순간들을 위해 살죠.〉

「베들레헴을 향해 웅크리다」는 미성년자 방치와 학 대가 다른 불법적이고 퇴폐적인 행위의 사례들과 함께 〈히피 세대〉의 주된 특징을 이룬다는 명백한 인상을 남겼다. 어디에든 하나의 세대를 이룰 수 있을 정도로 히피들이 많았던 건 아니지만, 만일 디디온이 그려 낸 히피들의 선정적 초상이 진실이었다면, 그 전대미문의 역사적 집회 — 그 에세이가 출간되고 2년쯤 지난 후 뉴욕주 북부의 한 농장에서 열린 사흘간의 평화와 음 악 축제 — 는 아비규환의 사흘이 되었을 것이다.

7 OTT 플랫폼 넷플릭스에서 소개된 「조앤 디디온의 초상 Joan Didion: The Center Will Not Hold」.

우리가 교수님께 그런 말을 하면서 디디온이 속은 걸 수도 있다는 의견을 피력하자, 교수님은 디디온이 그런 일을 당하기엔 너무 똑똑한 사람이라고 주장했다. 우리는 히피가 어린아이에게 애시드를 준다는 얘기는 들어 본 적도 없다고, 디디온의 에세이는 모욕적이라고, 그녀가 만난 히피는 전부 타락했거나 정신 장애인이거나 바보로 보인다고 말했고, 교수님은 어깨를 으쓱하며 말했다. 「어쩌면 서부 히피들은 다른 지도 모르지.」

내가 2015년경에 어딘가에서 읽은 글에 따르면, 심리 치료사에게 도널드 트럼프에 대한 꿈 이야기를 하는 사람들이 생겨나기 시작했다. 그 꿈들 다수가 비슷했다. 어떤 사람들은 자신의 엄마가 트럼프와 데이트를 시작하는 꿈을 꾸었다고 했고, 어떤 사람들은 꿈에서 트럼프가 자신의 선생님으로 등장했다고 했다. 그 꿈들 가운데 일부는 폭력적이었고, 성폭행이 포함된 것들도 있었다. 어떤 꿈들에서는 트럼프가 구세주로, 어떤 꿈들에서는 세상의 파괴자로 등장했다. 그는 무시무시한 인물(괴물이나 외계의 침입자처럼)일 수도,

공감을 불러일으키는 인물, 사랑과 연민이 필요한 고통받는 남자일 수도 있었다.

그가 누구로, 어떤 모습으로 등장하든, 미국인들의 뇌리 깊숙이, 아주 깊숙이 박힌 건 분명했다.

나는 폭력적인 꿈, 성폭행 꿈을 꾸는 사람들에 속했다.

트럼프가 아주 천박하고 위협적인 여성 혐오를 드러낸 그의 세 번째 대선 토론 다음 날 내 수업을 듣는 젊은 여학생들 일부가 몹시 동요된 반응을 보였다. 소리 죽여 속삭이던 그들의 떨리는 목소리, 도저히 믿을 수 없어 하던 모습이 아직도 기억난다.

나는 트럼프 꿈을 꾸는 사람들 중 하나였을 뿐 아니라 말하기도 민망한 환상에 빠진 사람들에게도 속해 있었다. 우리가 가장 두려워하는 일들은 일어나지 않을 거라는 환상. 트럼프는 일단 대통령이 되면 변화된 모습을 보일 테니까. 크리스마스를 훔친 그린치[8]나 스크루지 영감처럼 그도 삶의 깨달음을 얻을 테니까. 그는 세상에서 가장 막강한 권력자로서 자신의 모든 권

---

8 1957년에 미국에서 출간된 동화 『그린치는 어떻게 크리스마스를 훔쳤나How the Grinch Stole Christmas!』의 주인공.

력을 좋은 일에 사용한다면 모두가 ─ 그 자신을 포함해서! ─ 얼마나 더 행복해질 수 있는지 알게 될 터였다. (《모두가 아름다운 의료 보험을, 여러분이 도저히 믿을 수 없을 정도로 아름다운 의료 보험을 갖게 될 것입니다.》)

그렇다, 딱한 노릇이다. 하지만 두려움은 사람들을 어린애로 만든다.

선거가 끝난 후, 어떻게 받아들여야 할지 막막하기만 한 현실이 눈에 들어왔다. 한 흑인 기자는 자신의 **엄마가 이제 백인 미국인들이 자신들의 실체와 마주하게 되었다며** 트럼프의 승리를 몹시 기뻐했다고 전했다. 한 중국계 미국인 남성은 **민주당이 아시아계 사람들에게 신경을 안 써줘서** 트럼프를 찍었다고 말했다. 힐러리 클린턴에 대한 증오가 극에 달해 **그 여자가 떨어지기만 하면 된다는** 젊은 좌파 형제들도 있었다. 한 밀레니엄 세대 청년은 자기가 아는 밀레니얼 세대는 전부 트럼프를 싫어하지만 **트럼프가 되면 정치가 더 재미있어질 것 같아서** 그가 힐러리를 이기기를 바랐다고 내게 말했다.

그 사람들 모두가 분명 자신이 멀쩡한 제정신이라고 믿을 터였다.

날마다 두 가지 수치가 나왔다. 코로나바이러스로 생명을 잃은 미국인의 수: 봄이 끝나 갈 무렵엔 총 11만 5,500명 정도였다가 연말이 되자 거의 세 배로 증가한다. 트럼프가 대통령에 취임한 뒤로 한 거짓말 개수: 1만 5,000개 정도로, 선거일까지 2배 이상 증가한다.

그는 다시 이길 것이고, 만일 이기지 못한다면 권력을 취해 평생 대통령이 될 것이다. **미국 절반이 그 말에 열광했다.** 《아주 많은 사람들이 나를 사랑합니다. 아주 아주 많은 사람들이. 그건 분명한 진실입니다.》 역사상 최초로, 미국의 대통령직이 국민들의 정신 건강에 위협이 될 수 있다는 관점에서 평가가 이루어지게 된다.

나는 사람들이 악보다 선을 더 많이 가졌다고 믿는다. 오바마가 한 이 말은 이미 여러 사람들이 한 말을 되풀이한 것일 뿐이다. 약간 다른 버전으로는, **나는 세상에 악한 사람들보다 선한 사람들이 더 많다고 믿는다.** 하지만 수적으로 우세하다고 해서 반드시 선이 승리한다고 말할 수는 없다. 우리가 반드시 고려에 넣어야 할 점은, 특정 상황에서는 악이 선으로 하여금 악을 행하게 만들 수 있으며, 더 나아가 특정 목적 — 이를테면 전쟁에서의 승리 — 을 이루기 위해서는 그것이 꼭 필요한 일이 된다는 것이다.

그런 이유로 조앤 디디온은, 시위가 인간의 운명을 조금이라도 바꿀 수 있으리라고 믿지 않는다고 말했다.

플래너리 오코너에 따르면, 희망이 없는 사람들은 소설을 쓰지 않는다.

희망이 없는 사람들은 소설을 쓰지 않는다. 나는 소설을 쓰고 있다. 따라서 나는 희망을 가져야만 한다.

말이 되나?

캘리포니아주에서 희소식이 왔다. 코로나에 걸렸던 아이리스의 시아버지가 회복되었고, 다른 가족은 아무도 감염되지 않았으며, 아이리스의 혈압도 내려갔다는 것이었다. 하지만 이미 만삭에 이른 아이리스는 팰로앨토에 그대로 머물며 그곳에서 출산하는 것이 가장 안전한 방법이라는 결정이 내려졌다고 했다.

나는 뉴욕 집은 아무 문제도 없다고 아이리스를 안심시켰다. 베치와 나는 잘 지내고 있고, 유레카도 다정한 보살핌을 받고 있으며, 아이리스가 걱정할 일은 아무것도 없다고 말했다.

내 아파트에서 지내는 의사가 코로나에 걸려 그곳에서 격리 중이라는 소식을 들었지만, 나는 전혀 놀랍지 않았다. 그녀는 회복되고 나면 다시 병원에 나가 자원봉사를 할지 아니면 오리건주의 집으로 돌아갈지 결정하겠다고 했다. (이제 코로나가 널리 확산되어 오리건주에서도 그녀가 많이 필요할 터였다.) 나는 그녀가 떠나기를 바라고 있었다. 베치와 떨어져 살고 싶어서만은 아니었다. 내 집으로 돌아가면 다시 일을 시작할 수도 있을 것 같았다.

그때를 돌이켜 보면 어떻게 시간을 보냈는지 모르겠다는 생각이 든다. 나는 다리를 최대한 높이 올린 채 뉴스를 많이 읽었다. 하지만 다른 읽기 — 즐거움을 위한 읽기 — 는 너무 어려워졌다. 책을 진득하게 오래 읽을 수 있을 정도의 집중력이 없었다. 그래서 처음부터 다시 읽기를 반복해야 했다. 나는 뉴스도 많이 봤고, 영화와 TV 쇼도 많이 봤다. 뉴스는 너무 무서워서 눈을 뗄 수가 없었고, 영화나 TV 쇼는 책보다는 집중력이 덜 요구되었지만 자꾸 채널을 돌리다 보니 이야기 줄거리를 놓치게 되었다.

나는 무엇에 전념하든 항상 잡생각에 시달렸다. 지금 나는 그 생각들에 대해 이야기할 것인지 말 것인지 고민하고 있다. 그 생각들에 대해 이야기하고 싶지 않긴 한데 게을러서 그런 거라는 오해를 사는 것도 원하지 않기 때문이다. 진실을 말하자면, 구체적으로 쓰는 게 도움이 되지 않는 드문 경우가 지금 같은 때다. 아무 때나 떠오르는 생각들, 가끔은 한 시간에 여남은 번씩 떠오르기도 하는 생각들이 내 마음을 어지럽혔다고 밝히는 정도로도 충분하지 않을까? 깨어 있는 상태에서의 짧은 악몽들. 내가 실제로 체험한 일에 대한 회상은 아니었으며, 사실 나 자신은 거의 등장하지 않았다. 그보단 폭력적이고 비인간적인 가능성들이 수록된 방대한 카탈로그가 내 마음속에 박혀 있고, 내 의지와는 관계없이 그 카탈로그의 페이지가 넘어간다고 볼 수 있었다. 그건 일종의 판도라의 **책**이었다.

밤에는 달랐다. 나는 밤에 곤혹감에 차서 잠이 깰 때가 많았다. 뭔가 대단히 중요한 걸 잊어버리기라도 한 것 같았다. 하지만 오랫동안 잠을 이루지 못하며 기억을 더듬어도 그게 뭔지 알 수가 없었다. 미래에 대한 두려움이 마음을 뒤흔들었는데, 그 두려움에는 다른 사람들과 공유한 거창한 것들 — 이를테면 바이러스에 감염되거나 어쩌면 죽을 수도 있다는 두려움, 악화 일로에 있는 미국의 암울하고 무질서한 정치의 결과에 대한 두려움 ─ 도 있었지만 내 삶의 평범하기 짝이 없는 문제들이 유발한 사소한 것들도 있었다.

나는 일상적인 일들을 수행할 자신감을 완전히 상실하고 말았다. 침대에 누워 있으면 해야 할 일들의 목록이 강박적으로 떠올랐고, 그 목록이 내 마음속에서 끊임없이 생성되는 장애물들 때문에 할 수 없는 일들의 목록으로 바뀌어 가는 걸 무력하게 지켜보았다. 이를테면, 가구를 주문하려다가 아무래도 그걸 제대로 조립할 수 있을 것 같지가 않아서 아예 시도조차 하지 않는 편이 낫겠다고 생각했다. (나는 어떤 제품이든 〈조립 필요 혹은 부분 조립 필요〉라는 문구가 있으면 늘 구입을 포기했다.)

물론 그해 봄으로 계획된 여행들은 모두 취소될 수밖에 없었기에 나는 당분간은 어디로도 가지 않을 게 분명했다. 그런데도 왜 나는 외국에서 여권이나 짐, 지갑을 잃어버리거나 도난당하는 것에 대한 걱정으로 잠을 이루지 못한 걸까? 나 자신이 길을 잃을지도 모른다는 두려움은 말할 것도 없었다. (이건 내가 평생 안고 사는 공포증이긴 했다.) 어째서 그런 작은 사고들의 가능성이, 현실에서 해결책이 없는 것도 아닌데, 진짜 재난에나 어울리는 공포로 다가온 것일까?

그중에서도 특히 내 노트북이 박살 나거나 인터넷 연결이 끊길지도 모른다는 불안감은 도무지 수그러들 줄을 몰랐다. 차라리 지하 감옥에 갇히는 게 나았다.

낮에는 건망증이 심해서 아침에 뭘 먹었는지도 기억이 안 나다가 밤에 어둠이 찾아오면 기억력 천재가 되었다. 내 삶의 모든 후회스러운 순간들이 떠올랐다. 내가 저지른 모든 실수, 굴욕, 실패, 죄, 고의였든 사고였든 다른 사람에게 끼친 해, 나쁘거나 어리석은 말과 행동.

나는 지금 위험할 정도로 자기 연민에 가까워지고 있다. 이런 건 좋지 않다.

「방에서 우는 소리가 들리던데요.」 베치가 말했다.

물을 가지러 주방에 들어간 나는 대꾸도 않고 물 한 잔을 들고 내 방으로 들어갔다.

이제 나는 침대에서 대부분의 시간을 보내고 있었다. 똑바로 서면 아직도 어지럼증과 구역질이 밀려들었다. 구역질 때문에 식욕도 없었다. 나는 편의상 베치가 요리한 음식을 받아먹기 시작했지만 대개는 몇 입

먹지도 않았고 그와 함께 앉아서 먹은 적은 단 한 번도 없었다. 한동안 대부분의 음식이 아무 맛도 안 나서 코로나 증상 중 하나로 알려진 미각 상실을 겪고 있는 건 아닐까 걱정스러웠다.

〈동굴 증후군〉은 코로나 팬데믹에 대한 하나의 반응으로 조만간 많은 관심을 받을 터였지만, 사실 나는 과거에 그게 광장 공포증이라고 불릴 때 이미 체험한 적이 있었다.

〈알다시피 집 밖에 나가 봐야 좋은 일은 안 생기고 문제만 일어날 뿐입니다.〉래리 데이비드[9]가 자가 격리 공익 광고에 나와서 한 말이다.

나는 그 자전거 괴한과 다시 마주칠지도 모른다는 두려움도 있었다.

그래도 아직은 래리 데이비드나 다른 사람들의 멋진 농담에 웃을 수 있었고, 유레카와도 즐거운 시간을 보낼 수 있었다. 하루는 아침에 깨어 보니 시력에 문제가 생긴 것 같았다. 사물들의 색깔이 다 빠져나간 듯했다. 회색이나 베이지, 검은색만 보였다. 내가 아는 한 코로나 증세는 아니었지만, 발작적인 공포가 밀려들었

9 미국의 희극인이자 작가, 배우.

다. 나는 침대에서 일어나 유레카의 방으로 갔고, 그 새의 화려한 깃털을 보며 안도했다.

나는 여전히 날마다 유레카와 놀았다. 베치가 알려준 놀이가 있었는데, 아파트 안의 긴 복도에서 공을 던져 통통 튀어 가게 하면 유레카는 그 뒤를 따라가며 공과 완벽하게 박자를 맞추어 폴짝폴짝 뛰었다. (많은 새들이 음악을 만들지만 앵무새만큼 리듬감이 뛰어난 동물이 있을까?) 나는 그 우스운 동작을 볼 때마다 큰 소리로 웃었고, 그러면 유레카도 웃었다! 하지만 나는 유레카를 그리워하게 되리란 걸 알면서도 그곳을 떠나고 싶었다. 빠른 시일 내에 글을 쓰지 않으면 다시는 못 쓰게 될 것만 같아서 두려웠던 것이다.

글에 집중이 잘 안 되면 아주 짧은 글을 써보라는 권고가 있다. 내가 아는 한 작가는 제목과 한 문장만 써보는 실험을 제안한다.

유명 소설가

그는 인터뷰에서, 유명 시인 존 애시베리가 하루에 한 시간씩만 글을 썼다는 걸 알게 된 후로 소설

대신 시를 쓰게 되었노라고 설명했다.

그해 봄에 코로나로 목숨을 잃은 내 지인들 중에 몇
해 전 작가 총회에서 처음 만난 사람이 있었는데, 그때
우리는 일주일 동안 워크숍에서 수강생들을 함께 가르
쳤다. 그리고 몇 년 후 문학상 시상식에서 두 번째로
만났다. 그는 상을 수여하는 재단 이사회에 소속되어
있었다. 그가 교수로 있는 대학 영문과 학과장이 그의
종신 재직 심사 때 내게 그의 일부 작품에 대한 평가를
의뢰한 일도 있었다. 그는 예순 살을 앞두고 코로나 합
병증으로 세상을 떠났다.

그리고 한 달 후 우리가 알던 그가 가짜였음이 밝혀
졌다. 디트로이트 출신의 아프리카계 미국인이었던 그
가 일곱 살 때 가족과 함께 쿠바에서 미국으로 도피한
라틴계 이민자로 자신을 둔갑시켰던 것이다. 그는 가
까운 사람들까지도 속을 만큼 감쪽같이 위장된 신분을
유지했다. 쿠바계 미국인으로서의 체험들에 기반을 둔
책도 한 권 써냈고, 모국어가 아닌 영어를 배우던 체험
도 거기 포함되었다. 학계와 문단에서의 그의 지위는
완전히 거짓 이력에 근거한 것이었다.

진실이 밝혀지자 사람들의 반응은 엇갈렸다. 많은 이들이 그걸 신뢰에 대한 배신이자 용서할 수 없는 문화적 도용 행위라며 분노했다. 다른 이들은 그의 기만이 잘못이긴 하나 그가 대단히 훌륭한 스승으로 알려져 있었던 점을 감안하면 용서될 수도 있다고 믿었다.

　작가들은 늘 스스로를 재창조한다고 어떤 이들은 말했다. 사실 그가 한 일은 필명을 쓰는 것과 마찬가지로 범죄가 아니라는 것이었다. 그가, 무슨 불가사의한 이유에서든, 마음속으로 늘 자신을 라틴계로 느끼고 있었다고 가정해 보자. (그러고 보니 거짓으로 홀로코스트 회고록을 쓴 작가가 생각난다. 그 여자는 유대인이 아니었는데 자신이 늘 유대인으로 **느껴졌다**고 변명했다.) 사람들이 스스로 성별을 선택할 권리가 있다면 인종이나 민족을 선택할 권리도 있어야 하지 않겠느냐고 주장하는 이들도 있었다.

　나는 그의 작품을 지지하는 글을 쓴 적이 있었기에 그에게 속은 것에 화가 나느냐는 질문을 받았다. 화는 안 났다. 나는 주로 슬픔과 당혹감을 느낀 사람들에 속했다. 그토록 오랜 세월 가면을 쓰고 살면서 어떤 대가를 치러야 했을지 생각하면 마음이 아팠다. 우리는 그가 어느 정도의 이중성을 보였는지, 그의 정체와 과거가 어디까지 진실이고 어디까지 거짓인지 알 수 없었다. 우리는 그의 진짜 삶을 알 수 없었다. 그리고, 그의 삶에 대해 모른다면 어찌 그의 죽음에 대해 알 수 있을까? 우리는 정확히 누구의 죽음을 애도하고 있는 걸까?

아니, 나는 화가 안 났다. 그리고 대단히 놀랍지도 않았던 게, 그 일화는 우리의 시대에, 언제라도 모종의 불가해한 새 이야기가 펼쳐질 수 있다는 것을 우리 모두 알고 있는 이 시대에 너무도 감쪽같이 녹아들었다.

내가 바로 어제 들은 이야기를 전하고 싶다. 버스를 타고 가는데 그 버스에 함께 탄 여자 둘이 핵전쟁의 위협에 대해 이야기하고 있었다. 「있잖아, 이건 신의 계획일 수도 있어.」 한 여자가 말했다. 「지구 온난화를 해결하기 위한 핵겨울.」 그 여자의 어조에는 그게 신의 천재적인 발상이라는 암시가 들어 있었다. 다른 여자가 고개를 끄덕이며 말했다. 「그랬으면 좋겠네.」 그러더니 이렇게 물었다. 「너 발진 때문에 병원에 간 거, 의사가 뭐래?」

자부심 강한 작가

L 트레인 열차 안에서 젊고 아름다운 여자가 자신의 소설을 읽고 있는 걸 보고 기뻐하던 그는 그 여자가 입술을 움직이고 있다는 사실에 좀 김이 빠졌다.

어느 날 밤, 베치가 지붕에 올라간 후, 나는 그가 내 저녁거리로 스튜를 좀 남겨 놓은 걸 보았다. 두부와 시금치로 만든 스튜였다. 나는 시장기를 느꼈지만 두부와 시금치를 먹고 싶진 않았다. 냉동고에 베치가 좋아하는 디저트인 캐러멜오트밀크아이스크림이 한 통 있었다. 나는 제품 원재료명을 읽으며 짜증이 치밀었다. **유제품이 아니면 아이스크림도 아냐.** 나는 아이스크림이 녹을 때까지 기다릴 수가 없어서 전자레인지에 넣고 돌렸다. 전자레인지에 아이스크림을 녹이면 맛이 떨어진다는 말을 들은 기억이 났지만, 우유가 들어가지 않은 아이스크림에도 해당이 되는지에 대해선 알지 못했고 관심도 없었다. 나는 앉은자리에서 그걸 다 먹어 치웠다. 아니, 앉아서는 아니고 서서 먹었다.

「어젯밤에 가벼운 분노의 폭발이 있었나 보네요.」

베치가 말했다.

「그게 무슨 소리지?」 내가 대꾸했다.

「글쎄요, 자기 게 아닌 걸 먹는다는 건 —」

「무례한 짓이죠.」 내가 시인했다. 「이기적인 짓이고. 절제력을 완전히 잃었다는 뜻이고. 수치스러운 일이에요, 됐어요? **그렇다고 분노의 폭발이라고 말할 순 없지.**」

「흥분하지 마세요.」 베치가 말했다. 그는 빙글거리고 있었다. 나의 약점이 그에겐 일종의 승리라도 되는 모양이었다. 「뭐라도 드시는 걸 보니 기뻐요. 나중에 다 토하지만 않았다면.」 그가 말했다.

「뻔뻔하게 나한테 그런 식으로 손가락질을 하다니.」 내가 바이올렛에게 씩씩거리며 말했다.

「그 앤 너한테 잘하려고 그렇게 애쓰는데, 넌 왜 그런 마음을 받아 주지 못하는 거야.」 바이올렛이 말했다.

나는 그가 예상만큼 못되게 굴지도 않았고, 뭐, 대체로 친절했다는 걸 인정했다. 그래도 나는 여전히 그가 떠나기를 바랐다.

「그 애의 **행동** 때문이 아냐.」 내가 말했다. 「그 아파트가 우리 둘이 살기에 충분히 크지 않다는 말도 아니고. 하지만 그 애와 함께 지내는 건 너무 달라. 그 애도 어쩔 수 없다는 건 나도 아는데, 아파트 전체를 테스토스테론으로 가득 채우고 있어.」

바이올렛이 웃으며 말했다. 「그게 진짜 문제지, 안 그래? 넌 아주 잘생기고 섹시한 청년이랑 너무 가까이에서 살고 있어. 그는 네가 가질 수 없는 것, 네가 잃어버린 걸 너무 또렷하게 상기시켜 주지. 이제 너의 과거가 되어 버린, 다시는 돌아갈 수 없는 짜릿한 젊음의 시기 말이야. 그건 그의 잘못이 아닌데도 너는 그를 탓하는 거지.」

「아주 자연스러운 일이야.」 바이올렛이 계속해서 말했다. 「누구든 특정 연령이 지나면 자신의 젊음을 애도하게 되지. 그가 그런 모습이 아니었다면, 넌 이렇게까지 분개하지 않았을 거야.」

나는 이 책의 앞부분에서 바이올렛의 말이 대개는 옳다고 했는데, 그 말을 취소할 생각은 없다.

나는 그때 바이올렛의 말을 듣고 화가 나서 그게 아니라고 부정했지만, 결국 그녀의 말 덕에 마음을 진정시킬 수 있었다. 나에게 다른 어떤 문제가 있건, 이 아픔, 이 슬픔은 정상적인 것이었다.

그날 베치는 밖에 나가서 캐러멜오트밀크아이스크림을 네 통 사 왔다.

「실컷 드세요.」 그가 말했다.

나는 그 말을 듣자 속이 울렁거렸다.

「물어보고 사올 걸 그랬네요. 다른 맛을 더 좋아할지도 모르는데.」 그가 말했다.

나는 그 말에 눈물이 고였다.

설상가상

밤새 어지러운 꿈을 꾸고 아침에 잠이 깬 그레고르 잠자는 거대한 바퀴벌레로 변한 아내를 발견했다.

나는 그가 나를 위해 접시에 남겨 둔 비식용으로 보이는 것 — 한 입 크기의 부패한 초코바처럼 보였다 — 이 사실 식용 마약임을 깨닫는 데 1분쯤 걸렸다.

그 옆에 쪽지가 있었다. 「구역질과 불안증 치료에 도움이 되고 식욕 증진제도 된대요.」

나는 마지막으로 약에 취했던 때가 언제인지 기억을 더듬어 보았지만, 도무지 생각이 나지 않았다.

무슨 이유에선지, 인터넷 알고리즘이 추천한 내가

좋아할 만한 책 중에 『토끼가 되는 건 쉽지 않아*It's Not Easy Being a Bunny*』가 있었다.

그 책에 등장하는 어린 P. J. 퍼니버니는 더 이상 토끼로 살고 싶지 않다. 그래서 다른 동물들을 하나씩 찾아가서 함께 살아 보지만 결국 자신에게는 토끼로 사는 게 최선임을 깨닫게 된다. 자기 수용, 자신을 편안하게 받아들이는 법에 대한 구체적인 본보기라고 할 수 있다.

어쩌면 부분적으로는 식용 마약 때문이었을 수도 있었지만, 이런 종류의 교육적 사고는 나를 혼란스럽게 만드는 경향이 있다. 어떤 아이들은 자신을 어떻게 받아들이든 그래도 토끼가 되는 게 더 나을 것 같다고 생각하지 않을까? 내가 어릴 때 그 책을 읽었더라면 분명 그랬을 것이다.

어떤 교사에게 들은 이야기인데, 그 교사는 자신이 가르치는 3학년 학생들에게 만일 개에게 한 가지 질문을 할 수 있다면 무슨 질문을 하겠느냐고 물었다. 그러자 한 남학생이 대답했다. 「개야, 나는 나중에 커서 무엇이 될까?」

어느 유명 작가가 인터넷에서 자신이 재미있어할 만한 소설을 골라 달라고 하면 자꾸 자신의 작품들을 추천한다면서 눈알을 굴리던 일이 생각났다.

나는 항상 내가 좋아할 만한 책보다 절대 안 좋아할 책을 훨씬 더 많이 선택해 왔다. 하지만 나의 검색 및 구매 기록이 하필 이 책, 『토끼가 되는 건 쉽지 않아』를 선택하도록 만든 이유가 궁금하다. 〈초보자용 도서〉, 3세에서 7세용.

물론 내가 키보드에 손을 올려놓고 꾸벅꾸벅 졸도록 만든 건 식용 마약이었다. 나는 납치되는 꿈을 꾸었다. 납치범이 나를 기차에 태워 어디론가 데려가고 있었다. 나는 겁에 질린 채 납치범 옆에 앉아 있었고, 승객 한 명이 나에게 다가왔다. 그녀는 손에 책 한 권을 들고 있었고 나한테 그 책에 사인을 해줄 수 있는지 물었다. 꿈이라, 그 책은 다른 사람이 쓴 것이었다. 납치범이 별다른 제재를 하지 않아서, 나는 책을 받아 내 이름을 쓴 후 그 밑에 〈911 불러 줘요!〉라고 적었다. 나는 그 여자에게 책을 돌려주다가 잠이 깼다.

내가 아는 글쓰기 선생님의 말에 따르면, 작가가 슬럼프에서 벗어나는 극히 간단하면서도 확실한 방법이 하나 있으니, **나는 기억한다**라는 문구로 시작하는 것이다.

나도 그 문구를 볼 때마다 — 어디에서 보든 — 계속해서 읽고 싶어지는 게 사실이다. 그리고 내가 제일 좋아하는 책들 가운데 하나가 조 브레이너드의 『나는 기억한다*I remember*』이다. 작가들은 가끔 이런 질문을 받는다. 〈당신이 읽은 책들 중에서 당신 자신이 썼더라면 좋았을 거라고 생각하는 작품은 무엇입니까?〉 브레이너드의 책이 기적인 건 당신도 그런 책을 **쓸 수 있기** 때문이다. 그저 그가 한 대로 하면 된다. 기억을 떠오르는 대로 적어 놓고(나중에 자신이 원하는 방식으로 배열하되) 반드시 **나는 기억한다**로 시작하는 것이다.

사실 브레이너드는 수년 동안 이런 회고록을 몇 편 썼지만 결국 한 권의 책으로 묶었다(이 책은 흔히 자전적 논픽션으로 일컬어지지만, 어떤 이들에겐 시로 불린다).

기적적인 점: 이 책은 거의 모든 문장이 〈나는〉으로 시작하는데도 작가가 나르시시스트로 불리지 않는다. 작가들은 모두 어느 정도는 나르시시스트이고 자신에 대해 쓰는 작가는 극도의 나르시시스트라는 일반적인 견해를 논외로 한다면 말이다. (나는 스탕달의 작품 화자가 내놓은 이 해명이 마음에 든다. 〈내가 《나》라고 하는 건 자기중심주의의 발로가 아니라 그것이 이야기를 전하는 가장 빠른 방식이기 때문이다.〉)

시각 예술가이기도 했던 브레이너드는 1942년에 태어났으며, 『나는 기억한다』는 20세기 중반에 오클라호마 털사에서 동성애자로 성장한 자신의 이야기를 주로 다루고 있다. 그가 기억하는 많은 것들: 푸들 스커트[10]와 페리 코모[11] 셔츠, 그리고 〈스윙〉이나 〈치킨〉, 〈밥〉

10 미국에서 1950년대에 유행한 푸들 그림이 수놓인 치마.
11 Perry Como(1912~2001). 미국의 가수이자 배우, TV 쇼 진행자.

춤을 추는 사람들, 서로 밸런타인 카드를 보내는 초등학교 급우들, 데이비 크로킷[12] 모자, 푸른색 스웨이드 구두, 〈부풀린 머리〉와 〈올린 머리〉, 롤러스케이트 열쇠, 자동차 안테나에 달린 너구리 꼬리, 우유 배달부, 보석 달린 병따개, 캠벨 수프 키즈,[13] 제인과 딕과 샐리와 스팟,[14] 페달 푸셔 바지,[15] 필박스 모자.[16]

그런 의미에서 『나는 기억한다』는 미국적인 것들의 영원한 기억이기도 하다.

이런 것들도 기억되었다: 어른이 되는 것에 대한 불안감, 경이감, 기쁨, 수치심. 에로틱한 갈망과 당혹감. 의문들. 신이 전지전능한 존재라면 어째서 소아마비와 전쟁을 없애지 못하는 걸까? 그렇게 작은 구멍에서 어떻게 아기가 나올 수 있을까? 염소는 진짜로 양철 깡통을 먹나?

많은 기억들이 — 사실 대다수가 — 일반적인 것들

12 Davy Crockett(1786~1836). 텍사스주 독립을 지지한 미국의 군인이자 정치인.
13 캠벨 수프 광고에 등장한 어린이 캐릭터들.
14 미국 초등학교 읽기 책에 등장하는 어린이와 강아지 들의 이름.
15 자전거를 편하게 탈 수 있도록 디자인된, 무릎 아래까지 내려오는 여성용 바지.
16 약통처럼 생긴 원통형의 둥글납작한 모자.

이어서 다른 사람들도 기억할 것이다. 존 케네디가 총에 맞은 날. 그리고 많은 〈첫 경험들〉— 담배, 발기, 수음, 술. 내가 아는 많은 이들에게 『나는 기억한다』를 읽는 즐거움 중 하나는 한 사람의 삶에 대한 회고록이 우리 모두의 지난날에 대한 이야기이기도 하다는 것이다. 하지만 내가 아는 어떤 사람은 짜증을 내며 이렇게 말하기도 했다. 〈**나도** 기억해, 필박스 모자. 그래서 뭐?〉

브레이너드를 모방한 사례들은 차고 넘친다. 〈나는 기억한다〉 기법은 모든 연령대의 글쓰기 교실에서 사용되고 있으며, 외상 후 스트레스 장애 치료 같은 다양한 임상 현장에서도 볼 수 있다.

프랑스 작가 조르주 페렉은 연습 삼아 〈Je me souviens (나는 기억한다)〉로 시작하는 문장들을 쓰기 시작했고, 브레이너드처럼 결국 그걸 책으로 펴내게 되었다. 하지만 페렉은 약간의 변화를 도모하여, 이제 더 이상 존재하지 않으면서 다른 사람들도 기억할 수 있는 것들에 대해서만 썼다. 그는 누구라도 자신과 브레이너드가 한 걸 할 수 있다는 점에 기쁨을 느꼈고 — 여기, 굳이 작가가 아니어도 써낼 수 있는 문학 작품이 있다 — 자

신의 책 마지막 몇 페이지를 비우고서 〈부디 독자들이
이 책을 읽으며 영감을 얻어 자신의 《나는 기억한다》
를 쓰기를〉 청했다.

브레이너드의 회고록이 나오기 한 세기 반쯤 전에,
토머스 후드라는 영국 시인은 「나는 기억한다, 나는 기
억한다I Remember, I Remember」라는 시를 썼다. 그
시에서 그는 과거를 돌아보는 열성적이고 낙담한 화자
가 되어, 자신이 태어난 집과 몇 가지 아름다운 이미지
들 — 이를테면 목가적인 어린 시절을 보냈을 꽃으로
가득한 정원 — 을 기억하고 또 기억한다.

후드의 애절한 향수를 담은 서정시는 또 다른 영국
시인 필립 라킨에게 영감을 주어 그 역시 「나는 기억한
다, 나는 기억한다」라는 시를 쓴다. 그 시에서 화자는
기차 안에서 코번트리역을 보게 되는데 마침 그곳은
그의 출생지였고, 그는 〈내가 어린 시절을 보내지 않은
곳〉이라고 비틀어 말한다. 쓸쓸하고 냉소적인 시구가
되살리는 공허감.

나는 귄터 그라스가 작가를 〈기억의 전문가〉라고 정
의한 게 마음에 든다.

나는 학생들에게 브레이너드의 책에 기초한 글쓰기

연습 숙제를 내줄 때 그런 글을 쓰기를 꺼려 하는 학생이 있을까 봐 걱정되었다. **(내가 무얼 기억하든 당신이 알 바 아니죠.)** 그래서 학생들에게 진짜 있었던 일에 대한 회상들과 꾸며 낸 기억들을 따로 쓴 다음 그것들을 섞어 놓으라고 제안했다. 하지만 진짜와 가짜를 구분하는 건 늘 쉬웠다. 단어 선택을 보면 알 수 있었다. 그리고 뜻밖에도 진짜 기억들은 학대에 관한 것이 많았다.

〈나는 기억한다, 엄마가 자신의 친구들을 웃기려고 내가 울 때까지 꼬집곤 했던 걸.〉

가장 흔한 기억들: 조부모의 죽음, 집을 떠난 아버지, 부모의 이혼.

있을 것 같은데 없는 기억들: 학업 관련 성취, 첫사랑.

〈나는 기억한다, 맹장 수술을 받고 퇴원하면서 울었던 일을. 병원에서는 다들 나한테 잘해 줬으니까.〉

이따금 자잘한 내용이 시선을 끌었는데, 이를테면 동유럽 이민자 가정의 딸이 이런 글을 썼다. 〈나는 기억한다, 크리스마스트리 밑에 있던 흰 빵 한 덩어리를.〉

꼭 있는 — 그리고 어김없이 남성인 — 시건방진 녀석들: 〈나는 기억한다, 엄마 미간에 총을 쏜 일을. 엄마는 놀란 표정이었지만, 놀라지 말았어야 했다.〉〈나는 기억한다, 킴 카다시안이 나한테 데이트해 달라고 애걸하던 때를.〉

그리고 한번은, 학생들 글에서는 보기 드문 멋진 농담도 있었다. 〈나는 기억한다, 나의 서른 번째 생일이 얼마나 힘들었는지를. 그때 나는 서른네 살이었다.〉

나는 기억한다, 대부분의 학생들이 그 숙제를 얼마나 열심히 했는지를. 많은 학생들이 그 학기 자신의 최고 작품을 내놓았다.

나는 기억한다, 조 브레이너드의 책처럼 **유용한** 작품을 써낸다면 정말 근사할 거란 생각을 했던 걸. (나는 몹시도 흠모하는 작가가 전집을 발간한 걸 보았을 때도 그런 심정이었다. 모든 작품들을 하나의 전집으로 묶다니, 나는 그게 얼마나 부러웠는지 모른다. 두껍고 멋진 책 한 권. 표지는 단순했다. 그림은 없고, 저자 이름과 책 제목뿐이었다. 내가 처음 소유했던 프랑스 책들이 떠올랐다. 진지한 느낌의 문고본들: 갈리마르 출판사의 블랑슈 컬렉션. 흰 컬렉션 — 책들의 크림색 표지 때문에 그렇게 불렸지만 저자들의 피부색을 뜻하는 것이라고 할 수도 있었다. 옅은 색 배경에 빨간

243

색 제목이 두드러졌다. 〈이방인 *L'Étranger*〉, 〈구토 *La
Nausée*〉.

당신의 모든 작품들이 단 한 권의 책으로 깔끔하게
묶인다 — 얼마나 우아한가. 얼마나 기품이 있는가.
세상에서 너무 많은 공간을 차지하지 않는 것이다. 너
무 많은 관심을 요구하지 않는 것이다. 과거를 돌아보
며, **나는 글을 너무 많이 썼어,** 하고 생각하고 싶어 하는
작가가 어디 있겠는가? 하지만 대부분의 작가들이 그
럴 것 같다. 나 역시 명성 있는 소설가의 최신작을 읽
고, 끔찍하군, 도대체 작가들에게 무슨 일이 일어나는
걸까, 하고 생각한 적이 얼마나 많았던가. 그리고 물
론, 위에서 말한 전집을 출간한 작가는 새 책 한 권을
더 냈다.)

나는 기억한다, 어린 시절의 끝을. 6월이었다. 나는
6학년을 마쳤고, 초등학교 졸업식 날이었다. 9월이 되
면 중학교에 입학한다. 더 이상 학교에 걸어다니지 않
을 것이다. 버스를 탈 것이다. 유치원 다닐 때와 1학년
때 탄 노란 스쿨버스가 아니라 일반 시내버스. 나는 성
인들처럼 버스로 통학하겠지만 요금을 내는 대신 패스

를 사용할 것이다. 나는 그것 때문에 불안에 떨었다. 패스를 잃어버렸는데 돈도 없을 땐 어쩌지? 집에 어떻게 가지? 그럼 걸어와야지(우리 엄마). 사실 학교에서 집까지의 거리는 2.5킬로미터 정도밖에 안 되어서 걷기에 너무 멀진 않았다. 눈보라 속에서도 마찬가지였다 — 그해 겨울 눈보라 때문에 학교가 일찍 끝난 날 알게 되었다.

중학교에 가면 종일 한 교실에 앉아 한 선생님에게만 배우는 대신 교실을 옮겨 다니고 과목마다 선생님도 다르다. 그것도 나를 불안에 떨게 했다. 그 선생님들은 친절할까? (초등학교에도 괴물 선생님들이 있었고, 그들 중 일부는 체벌의 효과를 믿을 뿐 아니라 그걸 즐기기까지 했다.) 영어와 수학 같은 늘 배우던 과목들 외에 체육 같은 새 과목들이 생기고 체육복도 따로 필요했다.

그리고 외국어 — 프랑스어 — 를 처음으로 배우게 된다. 기악도 배운다. 미술도 배운다. **내 앞에 세상이 열릴 것이다.** 나는 그 모든 것에 좀 압도되었다.

나는 기억한다, 졸업을 앞두고 가끔씩 밀려들던 아쉬움이 졸업식 날을 슬픔으로 물들였던 걸.

내가 아는 유일한 학교, 그토록 긴 세월 — 까마득히 오래전부터 — 몸담았던 학교, 그곳에서 일어난 모든 일들, 삶과 배움과 공부와 놀이의 세월 —

이제 그 초등학교를 다시는 볼 수 없게 된 것이다!

나는 기억한다, 중학교 1학년 때 받은 숙제를. 자신의 삶에서 중요한 의미를 지니는 날에 대해 쓰는 작문 숙제. 자신에게 그날이 왜 중요했는지, 그리고 지금은 그날에 대해 어떻게 느끼는지 써라.

행복한 날이자 슬픈 날, 시작의 날이자 끝의 날이었으며, 새로운 세계가 손짓해 부르는 날이자 옛 세계가 시간 속으로 사라진 날이었다.

디킨스에게 푹 빠져 있었던 나는 그렇게 썼다.[17]

우리 모두가 같은 중학교로 진학하진 않았다. 나는 이제 어떤 친구들은 다시는 못 보게 되리란 걸 알았다. 선생님들, 교장 선생님, 구내식당 아주머니들, 겸손하고 친절한 시칠리아 출신 이민자로 아이들에 대한 뜨거운 사랑이 후광처럼 비치던 여자 수위.

17 찰스 디킨스의 『두 도시 이야기 *A Tale of Two Cities*』의 첫 부분 〈최고의 시절이자 최악의 시절, 지혜의 시대이자 어리석음의 시대였다. 믿음의 세기이자 의심의 세기였으며, 빛의 계절이자 어둠의 계절이었다〉에서 영향을 받은 것으로 보인다.

나는 기억한다, 그날 아침에 기상 시간을 몇 시간이
나 앞두고 갑자기 잠에서 깼던 일을. 태어나서 처음으
로 해 뜨는 걸 보았다. 침실 문 안쪽에 걸려 있는 원피
스, 엄마가 만들어 준, 내가 가져 본 옷 중에서 제일 예
쁜 원피스에 연한 새벽빛이 비치고 있었다. 연푸른 면
보일 천, 폭이 넓은 치마, 캡 소매, 꽃들이 수놓인 흰
미드리프.[18] 새로 산 흰 발목 양말과 흰 에나멜가죽 메
리 제인 구두도 준비되어 있었다. (1년 후 열두 살 때
는 그저 조롱의 대상이 되었을 옷차림이었다.)

나는 기억한다, 원피스 가봉 때마다 나의 흥분이 고
조되어 갔던 일을. 나는 의자 위에 서 있었고, 엄마는
입에 옷핀을 물고 말했다 — 엄마는 용케 옷핀을 떨어
뜨리거나 삼키지 않고 말할 수 있었다. 엄마의 또 다른
이미지: 저녁마다 흔들의자에 앉아 고개를 숙이고 수
를 놓는, 1백 년 전의 장면처럼 보이는 모습. 그리고 사
실, 지나간 과거에 대한 슬픔이 우리의 삶에 얼마나 지
대한 영향을 미치는지를 내가 일찌감치 알 수 있도록
해준 건 엄마였다. 성장기에 전쟁을 겪었고 고향을 떠
나는 것을 치명적인 상처로 경험한 이민자인 엄마는

18 배와 가슴 사이의 부위.

영원한 향수를 지니고 살았다.

나는 기억한다, 어느 무더운 여름날 개울 한가운데 바위 위에 앉아 있었던 때를. 걸 스카우트 캠프. 우리는 하이킹을 하다가 쉬고 있었다. 나는 차가운 물속에 한 손을 담그고 있었는데, 시간은 빠르게 흘러가는 개울과도 같고, 한 방향으로 흐르며, 붙잡을 수도 없고 멈출 수도 없는 것이라고 묘사할 수 있지 않을까 하는 생각이 문득 들었다 — 전에 어디서 들은 말이었는지 아니면 그 자리에서 스스로 얻은 깨달음이었는지는 잘 모르겠다. 나는 사람들(어른들)이 노상 시간이 너무 빨리 지나간다고 말하는 이유를 그제야 비로소 이해할 수 있었다. 그 전에는 그 말이 순 헛소리로 들렸는데, 집에 틀어박혀 있는 것보다 학교에 다니는 게 더 행복한 나에게 여름 방학은 끝도 없이 길게만 느껴졌던 것이다. 엄마가 〈벌써 일요일이네!〉라든가 〈1964년이 되었다니 믿을 수가 없어!〉 따위의 말들을 자주 한 이유도 알 것 같았다. 엄마가 오랫동안 만나지 못했던 사람과 마주칠 때마다 늘 했던 말도 그것과 연관이 있는 듯했다. 엄마는 그 사람 귀에 안 들릴 정도로 멀어지기가 무섭게 이렇게 말하곤 했다. 〈세상에, 어쩜 저렇게 늙

었을까!〉

　그날 그렇게 바위에 앉아 있으려니 차가운 물속의 손이 시리기 시작했지만, 중대한 깨달음에 이르기 직전인 것 같아서 집중력을 잃고 싶지 않아 그냥 참고 있었다.

　시간이 지나가는 건 **삶**이 지나가는 거라는 생각이 들었다. **삶**도 한 방향으로 빠르게 흐르고 붙잡거나 멈출 수 없다. 그게 어른들의 마음을 짓누르는 것이다. 그들이 두려워하는 피할 수 없는 힘이다. **내** 삶도 다른 모든 사람들의 삶과 마찬가지로 지나간다. 나는 그걸 이해했다. 하지만 아직 어린애라 두려움을 몰랐다. 그저 내 마음이 새로운 전환점을 맞이한 것에 대한 흥분뿐이었다. 나는 자랑스러움에 가슴이 터질 듯했다.

　난 시인이 될 거야.

　그때 그 경이로운 깨달음을 누군가와 나누고 싶은 마음이 얼마나 간절했는지! 내가 거기 개울 속 바위 위에 앉아서 방금 겪은 몹시도 기이한 일을 모조리 이야기하고 싶었다. 하지만 누구에게? 다른 바위나 풀 덮인 둑에서 일광욕을 하고 있거나 누군가의 제안으로 우리들이 즐겨 부르는 노래 「산에 올라 전하라Go Tell It on the Mountain」를 부르기 시작한 아이들은 아니었다. 방금 나에게 일어난 일에 대해 그들에게 설명하면 이상한 소리로 들릴 게 뻔했다. 그건 스카우트에 어울리지 않았다. 〈내향적인 나〉의 영역에 속했다. 〈스카우트 나〉는 〈외향적인 나〉였다. 나는 그 단어들은 아직 몰랐지만 그 차이는 알고 있었다.

스카우트 지도자들은 우리에게 자신의 외부를 보아야 한다고 끊임없이 주입했다. **일일일선(一日一善)** 이 우리의 슬로건이었고, **항상 사람들을 돕는다**가 우리의 약속이었다. 자립은 권장되었지만 성찰(자기 배꼽 바라보기, 웩)은 권장되지 않았다. 자기 표현도.

나는 꽁꽁 언 손을 물에서 뺀 다음 노래에 합류했다.

나는 기억한다, 응급 처치와 승마와 기상 관측과 캠핑으로 걸 스카우트 배지를 딴 것을. 그때는 글쓰기로 따는 작가 배지는 없었는데, 지금은 있다. 세상에, 소설 쓰기로 타는 배지까지 생겼다.

〈목적: 나는 이 배지를 땄을 때 훌륭한 소설을 쓰기 위해선 무엇이 필요한지 알게 되었을 것이고 최소한 20페이지에 이르는 내 작품을 썼을 것이다. 1단계: 소설 해부. 2단계: 훌륭한 등장인물들 창조. 3단계: 플롯

구상. 4단계: 최소한 20페이지 쓰기. 5단계: 자신이 쓴 글 편집.〉

식은 죽 먹기로군.

나는 기억한다, 우리가 강당으로 줄지어 들어가던 때를. 조회 때 늘 그랬던 것처럼 따로 떨어진 두 개의 문으로(남학생은 왼쪽 문, 여학생은 오른쪽 문) 일렬로 들어갔고, 퀸 선생님이 피아노로 「위풍당당 행진곡」을 연주했다.

우리는 키 순서대로 줄을 서야 했다. 내 앞에는 에마, 그 앞에는 다이앤, 그리고 맨 앞에는 이제 이름을 잊은(어느 나라 출신인지도 잊은), 하지만 그 모습만은 아직도 또렷이 기억나는 여학생이 서 있었다. 무척 작은 아이였다. 유아기의 질병이나 영양실조로 인한 발육 부진이라고 했다. 목에 아주 작은 십자가가 걸려 있었고, 아주 작은 귀에 아주 작은 링 귀걸이를 달고 있었다. 뒤에 커다란 나비 리본이 달린 하늘하늘한 분홍색 원피스를 입은 그 아이는 살아 있는 인형 같았다. 맨 뒤에 선 아이들은 그 아이보다 두 배는 컸다.

맨 뒤에 선 여학생도 기억나는데 — 자신의 눈에 띄는 키가 분명 고민이었을 것이다 — 남학생 줄 맨 끝에

선 아이만큼, 강당에 놓인 의자에 앉아 지켜보던 일부 학부모들만큼 컸다.

내가 졸업한 초등학교에 관한 가장 최근 통계 자료가 국립 교육 통계 센터와 뉴욕시 교육부에 이렇게 나와 있었다.

성별: 남성 51퍼센트, 여성 49퍼센트

소수 민족 입학생: 96퍼센트

뉴욕주 종합 평가 순위: 4,228개 학교 중 4,157위

수학 능력 평가 점수: 14퍼센트

읽기 및 언어 과목 능력 평가 점수: 14퍼센트

무상 급식 해당자: 93퍼센트

나는 결국 시인이 되지 않았다.

나는 기억한다, 나는 기억한다. 오 아름다운 후렴구.

개에게 한 가지 질문을 할 수 있다면 무슨 질문을 할까?

우리는 서로의 말을 들을 순 있어도 서로를 볼 수는 없었다. 수직으로 배치된 두 개의 소파를 하나씩 차지하고서 서로 머리를 직각으로 둔 채 누워 있었던 것이다. 우리가 거실에 함께 있었던 건 그때가 처음이었다. 유레카도 거기 있었는데, 특이한 상황임을 간파하고 커피 테이블에 올라앉아 의아한 눈초리로 우리를 지켜보고 있었다.

조금 전 우리는 마리화나를 피운 후 아이스크림선디 생각이 간절해서 주방에서 그걸 먹고 있었다. 캐러멜오트밀크아이스크림, 바나나, 호두에 꿀과 메이플

시럽 중 어떤 게 더 잘 어울리는지에 대한 토론이 끝도
없이 이어졌다. 결국 우리는 초콜릿시럽이 제일 낫다
는 합의에 이르렀지만 초콜릿시럽은 집에 없었다.

유레카에게는 아이스크림 말고 바나나와 호두만 줬
다. (유레카는 그것 역시 간파했지만 우리는 그 새의
건강을 위해 그런 결정을 내린 것이었다.)

그런데 잠깐——이름이 왜 선디지?

일요일에서 따온 이름인 건 확실했다. 그런데 왜 철
자가 Sunday가 아니고 Sundae지?

베치가 휴대 전화를 꺼냈다. 미국의 도시들 몇 곳이
서로 그 디저트의 탄생지라고 주장하고 있어서 선디의
역사에는 논란의 여지가 많았다. 선디라는 이름으로
불리게 된 이유도 일요일에 처음 만들어졌기 때문이라
고도, 일요일에는 아이스크림**소다** 판매를 금지하는 일
리노이주의 청교도적 법을 피하기 위한 대체품이기 때
문이라고도, 발명자인 손태그(독일어로 일요일이라는
뜻)이 자신의 이름을 땄기 때문이라고도 했다.

철자를 바꾼 건 디저트에 안식일 이름을 붙이는 것
에 반대하는 사람들 때문이었을 수도 있었다.

우리는 선디를 다 먹은 후 지붕으로 올라가고 싶었

지만 온종일 폭우가 쏟아지고 있었다.

다시 검색이 시작되었다. 왜 폭우를 〈고양이와 개처럼 내리는 비rain cats and dogs〉라고 표현할까?

이 말도 유래가 불확실했고, 아마도 익살스러운 표현일 터였다. 다른 나라들, 다른 언어들에서는 〈고양이와 개〉 대신 개똥이나 소 오줌, 밧줄, 도끼, 쇠지레, 뱀, 도마뱀, 두꺼비, 개구리, 제화공이나 제화공의 조수, 늙은 여자, 곤봉을 든 늙은 여자, 막대기를 든 늙은 여자, 남편 등의 표현을 쓴다.

나는 특히 마지막에 나온 〈남편〉은 이해를 못 하다가 그 단어가 「남자들이 비처럼 쏟아져It's Raining Men」 노래 가사처럼 많은 양을 뜻하는 게 아니라, 곤봉과 막대기를 든 늙은 여자처럼 구타와 관련된 것임을 깨달았다.

평소에는 완벽하게 편안한 주방의 높은 의자들이 약에 취하자 그리 편안하지가 않았다. 특히 약에 취한 상태에서 과식을 했을 땐 더 그랬다. 웃느라 몸의 균형을 잃으면 극히 위태로울 수 있었다.

「나한테 좋은 생각이 있어요.」 베치가 말했다. 「특이한 거 하고 싶어요? 우리 거실에 가서 앉아요.」

우리는 시간 감각을 완전히 잃은 상태였고 마치 공항에서 터미널이 바뀐 것 같았다.

베치는 개에게 한 가지 질문을 할 수 있다면 이렇게 묻겠다고 했다. 「너는 왜 그렇게 사람들을 좋아해?」

「하지만 그 대답은 이미 알고 있잖아.」 내가 말했다. **「사람들이 우리를 그렇게 만들었으니까.」**

「좋아요, 당신은 개한테 뭐라고 물을 건데요?」

나는 모르겠다고, 그 질문은 무의미하다고 말했다. 개가 어떤 대답을 하든 그건 질문과 같은 곳에서 나오는 것일 뿐이니까. 개에게서 나오는 것이 아니니까.

「무슨 말인지 못 알아듣겠어요.」

「그 질문은 개의 의식에서 나온 답변이 가능하다는 것을 전제로 하는데, 사실 그건 인간의 — 나의 — 의식에서 나올 수밖에 없으니까.」 내가 말했다.

영원처럼 느껴지는 긴 시간이 지난 후 베치가 말했다. 「난 이해가 안 돼요.」

「뭐가?」 나는 대화의 흐름을 거슬러 노를 저으며 말했다.

우리는 처음부터 다시 시작했다.

「내가 개에게 한 가지 질문을 할 수 있다면 이걸 물

을 거야. 〈내가 너한테 **한 가지** 질문을 할 수 있다면 왜 **그 이상은** 할 수 없는 거니?〉」

「그건 페어플레이가 아니죠. 애교 부리는 거지.」베치가 말했다.

「그만하자. 난 사고 실험 같은 거 잘 못하니까. 그런 거 해봐야 좌절감만 느끼지. 취직 면접 보러 가서, 만일 당신이 동물이라면 어떤 동물일 거라고 생각하느냐는 질문받아 본 적 있어?」

「아뇨, 난 취직 면접 본 적 없어요.」베치가 말했다.

「그런 일도 생겨. 자신이 어떤 동물일 거라고 생각하는지 대답하고 그 이유를 설명해야 해. 아마 대부분의 사람들이 개라고 대답할 걸.」

「진짜요?」

「으응. 하지만 커리어 코치들은 그게 좋은 답변이 아니라고 말하지.」

「왜죠?」

「대부분의 사람들이 하는 답변을 하면 안 되니까. 돋보여야 하니까.」

「그럼 거짓말을 해야 하나요?」

「아마도.」

「그럼 좋은 답변은 뭘까요? 어떤 동물일까요?」

「내가 기억하기론, 사자나 코끼리가 권장되었을 거야 — 뱀이라고 하면 절대 안 되고. 그게 진실이라고 해도.」

우리는 누군가 뱀이라고 답변하는 광경을 상상하며 힘이 다 빠질 정도로 낄낄댔다. 하지만 우리는 뱀 같은 사람은 절대 뱀이라고 답변하지 않을 거라는 결론을 내렸다.

「난 이해가 안 돼요.」 베치가 말했다. 「어떤 사람이 나한테 자기가 만일 동물이라면 정글의 왕일 거라고 말했는데 내가 그 말을 듣고, 이 사람은 심각한 나르시시스트에 병적으로 자기중심적이군, 이런 사람을 채용해야 할까, 하고 생각한다는 게.」

「나는 여자가 그런 질문을 받고 사자라고 대답하는 게 상상이 안 돼.」 내가 말했다. 「코끼리도. 나는 여자가 아무리 코끼리를 사랑하고 존경한다고 해도 코끼리가 될 거라고 말하는 걸 상상할 수가 없어.」

「새는 어때요? 그건 좋은 대답이 될 수 있을까요? 진짜 똑똑한 새, 여기 있는 유레카처럼.」

「앵무새라고 대답하면 좋은 결과가 나올 것 같진 않

아. 하지만 다른 종류의 새라면 모르지. 매나 독수리
— 혹은 지혜로운 늙은 올빼미? 물론, 세상에서 최고
의 일꾼은 곤충이지. 벌이나 개미 같은. 하지만 자신이
곤충일 거라고 대답하면 그 말이 어떻게 들릴까?」

「맞아요, 거의 뱀만큼 나쁘네요.」

「한번은, 기차 안에서 내 옆에 앉은 여자가 통화하
는 소리를 들었는데, 방금 면접을 보러 왔던 사람을 평
가하면서 코웃음을 치는 거야. 뭐든 정석대로 하는 사
람이지 문제 해결사가 아니라고. 난 하마터면 그 여자
한테 이렇게 물을 뻔했지. 〈겨우 면접 한 번 보고 그걸
어떻게 알았어요?〉」

「당신이라면 그 질문에 어떻게 대답했을까요?」 베
치가 물었다.

「동물 질문? 아까 말했잖아, 난 그런 거 잘 못한다
고. 나는 대답 못 하겠어.」

「나도 무슨 동물일지 모르겠어요. 그런데 면접 볼
때 그렇게 대답하면 어떻게 될까요?」

「떨어지겠지.」

「차라리 잘된 일이겠죠.」

우리 둘은 코로나 봉쇄기의 또 하루를 그렇게 빈둥

거리며 흘려보냈고, 밖에서는 비가 앞서 언급한 그 모든 것들처럼 쏟아지고 있었다.

베치는 내가 처음 만난 실로시빈[19] 미세 투여[20] 사례
자였다. 그는 어릴 적부터 다양한 향정신성 약물들을
처방받았지만 신통한 효과가 없었다고 말했다. 어떤
약들은 한동안 잘 듣는 것 같았지만 그러다 말았다는
것이었다. 하지만 대마초와 실로시빈은 효과가 끝내줬
다고, 그것들은 항상 믿을 만했다고 했다.

나는 올라프가 생각났다. 그도 릴리와 다른 젊은 여
자들을 위한 마약 치료법을 개발해 냈으니까.

「실로시빈은 극소량으로도 긴장이 풀리고 지옥의
지하실에서 나오게 해줘요.」 베치가 말했다.

19 환각 버섯. 우울증 치료제로도 쓰인다.
20 microdosing. 마약이나 향정신성 약물을 최소 용량으로 수시로
복용하는 것을 의미한다.

「아무래도 〈지옥의 지하실〉이란 말에 설득당한 것 같아.」내가 바이올렛에게 말했다. 「작가 슬럼프에서 벗어나는 데도 도움이 될 것 같았고. 중독성도 없는 것 같았고.」

「무슨 밴드 이름 같네.」바이올렛이 대답했다. 그녀는 〈취하는 건 무엇이든 중독성을 지닐 수 있다〉는 충고도 잊지 않았다.

중독 이야기가 나왔으니 말인데, 베치가 그 직전에 보여 준 영상에서 아편에 중독된 야생 앵무새들이 어느 인도인 농부의 양귀비밭을 난장판으로 만들어 놓고 있었다.

이제 베치와 나는 날마다 대마초를 피우거나 실로시빈을 미세 투여하면서 정기적인 대화를 갖게 되었다. 취한 상태에서 사소한 주제들로 시작된 대화가 약효가 떨어지면서 점차 진지해져 갔다.

어느 날 내가 베치에게 여자 친구에 대해 물었고, 그는 내가 예견한 대답을 했다. 여자 친구와 헤어졌다는 것이었다. 그는 여자 친구가 얼마 전부터 헤어지고 싶어 하면서도 그 책임을 자신에게 떠넘기려 했다고 비난했다. (나는 〈얼마 전부터〉가 무슨 뜻이었는지 모르겠다. 그들은 사귄 지 8개월밖에 안 되었으니까. 하지만 베치는 이제껏 사귄 사람들 중 가장 오래간 거라고 말했다. 그는 내게 여자 친구 사진을 보여 준 적이 없었지만, 나는 베치 같은 외모를 가진 남자는 눈부신 미녀가 아니면 만나지 않을 거라는 편견 — 비록 현실에 안 맞기는 하나 — 에 따라 늘 대단한 미인을 상상했다.)

「자기 입으로 시인하진 않겠지만, 그 애는 미치광이 수용소에 들어갔던 사람과 사귀는 걸 두려워했어요.」 베치가 말했다. (베치는 늘 정신 병원을 미치광이 수용소라고 불렀다.) 「나도 이해해요. 정말로요. 하지만 그러면 그렇다고 말을 했어야죠. 솔직했어야죠. 하지만 그런 말을 하면 죄책감이 너무 크겠죠. 그래서 내가 자기를 진짜로 좋아한다는 믿음을 가질 수 없는 것처럼 군 거예요. 내가 왜 그런 말도 안 되는 생각을 하느냐고 물으면 애매하게 얼버무리고. 가끔 내가 자기 말을 안 듣고 있는 걸 알 수 있다나. 내가 안 듣고 있을 때 눈빛에 그게 나타나는 모양이에요. 어쩌면 그 애 말대로 가끔 내가 안 들을 수도 있어요. 어쩌면 가끔 딴생각을 할 수도 있어요. 내가 ADHD 전력이 있다는 걸 그 애도 알아요. 하지만 그게 내가 그 애를 진짜로 좋아하는 게 아니라는 증거가 될 수는 없잖아요, 안 그래요?」

나는 베치가 그런 식으로 말할 때 가끔 멀미가 약간 났다는 걸 인정한다.

「어쨌든, 차라리 잘된 일이에요. 그 앤 나보다 잘 살 거예요. 확실해요. 난 그 애가 정상적인 남자랑 결혼해서 행복하게 사는 모습을 상상하기가 어렵지 않아요. 그 앤 아주 정상적이고, 내가 그 애한테 끌린 것도 아마 그 이유가 컸을 거예요. 사실 그게 나한테 도움이 됐던 때도 있었어요. 그 애의 정상적인 모습을 보면서 나도 그래야만 한다고, 완전히는 아니더라도 어느 정도는 정상적이어야 한다고 느꼈으니까요.」

그는 거의 항상 자신이 정상적이라고 느끼지 못했노라고 말했다.

「어쨌든, 잘된 일이에요.」 그가 다시 말했다. 그리고 긴 침묵 후에 이렇게 덧붙였다. 「그 애가 잘 살기를 바라요. 그럴 자격이 있는 애예요.」

그러더니 침을 삼켰는데, 어쩐지 내 목구멍이 아파 왔다.

나는 베치에게 그의 정신병 병력 때문에 여자 친구

가 헤어지고 싶어 했다고 생각한 이유를 물었고, 베치는 여자 친구가 그것에 대해 한 번도 물은 적이 없기 때문이라고, 심지어 자신이 몇 번 그 이야기를 꺼내기까지 했는데 그때마다 그녀는 즉시 화제를 돌렸다고 대답했다.

「내가 교도소에 갔다 온 이야기라도 하는 것처럼 말예요. 그 앤 알고 싶어 하지 않았어요. 그러다 내가 거기서 퇴원하기 직전에 거기 있는 의사에게 들은 말을 그 애한테 전하는 실수를 저지르고 말았죠. 의사 말이, 내가 정신적 취약성이 있어서 거기 다시 들어올 수도 있다고, 어쩌면 여러 번 들락거릴 수도 있다고, 늘 그걸 명심하고 트리거가 될 만한 건 피하라고 했거든요.」

(언젠가 그 벨 자가 다시 나를 덮치지 않을 거라고 어떻게 장담할 수 있겠어?)

「그래요, 난 세월이 흘러 결혼하고 아이들까지 있는 그 애를 상상할 수 있어요. 하지만 나 자신의 그런 모습은 상상이 안 돼요. 남편? 맙소사, 아버지? 바로 그거예요. 난 그게 상상이 안 돼요. 난 절대 누군가와 함께 살 준비가 될 것 같지가 않아요.」

물론 나는 그렇지 않다고 말해 줬어야 했다. 뻔한 말

로 그를 위로했어야 했다. 넌 아직 너무 어리다고, 그런 생각을 하기엔, 자신의 삶에 대해 단정 짓기엔 너무 어리다고.

「그런데 왜 결혼을 한 번도 안했어요?」

그것이야말로 내가 받고 싶지 않았던 질문이었다. 그저 난 결혼에 맞지 않았다는 대답밖에 할 게 없으니까.

「그러게, 내 말이 그 말이야. 나도 준비가 안 된 것 같아.」 나는 그렇게 말한 후 고집스럽게 덧붙였다. 「하지만 네 나이엔 그걸 알 수 없어.」

「당신은 언제 알았어요?」

글쎄, 잘 모르겠다. (일찌감치 그랬다. 처음 두어 번의 교제가 실패로 끝났을 때. 그래도 포기하고 싶진 않았다. 남자는 다 다르고, 나는 특별히 좋아하는 타입이 없었으니까. 나는 계속해서 이전에 사귀었던 남자와 완전히 다른 타입을 선택했지만, 결국 다 똑같았다.)

「난 그저 결혼에 맞지 않았을 뿐이야. 그냥 못 한 거지.」 내가 말했다.

「웃기죠.」 베치가 말했다. 「사람들이 다 우리 부모님의 결혼 생활에 대해 한마디씩 해요. 난 사람들이 우리 부모님의 행복한 결혼 생활이 부럽다고 말하는 걸 평생 들어 왔어요. 하지만 난 그렇게 생각하지 않아요. 부모님을 보고 있으면 그렇게 살고 싶은 생각이 안 들어요.」

「왜?」 나는 그들을 만난 적이 없었음에도 그들이 전혀 부럽지 않으리란 확신이 들었지만, 그렇게 물었다.

「둘이 늘 생각이 같은 게 좋아 보이지 않아요. 진짜로 늘 생각이 같은 건지는 모르겠지만 본인들 말에 따르면 그렇죠. 마치 둘이 완벽하게 보조를 맞추지 않으면 관계 자체가 끝나 버릴 것 같아요. 내 치료사도, 절대 안 싸우는 부부는 뭔가 문제가 있는 거랬어요.」

「어쩌면 네가 과장해서 생각하는 건지도 몰라. 어쩌면 부모님이 의견이 맞지 않는 게 많아도 자식 앞에서는 그런 모습을 보이지 않는 걸 수도 있어.」

「내가 아는 건, 부모님이 늘 서로 편을 들어 준다는 거예요. 둘 중 한 사람이 내 편을 들어 준 적이 단 한 번도 없었어요. 그래서 난 항상 형제나 자매가 있었으면 좋겠다고 생각했죠. 그럼 내 편이 생길 테니까. 늘 나만 부모님과 맞서지 않아도 될 테니까.」

어느 날 베치는 부모님 집에서 쫓겨나게 된 사정 이

야기를 털어놓았다.

「엄마에겐 시가 아주 중요해요. 엄마는 시에서 삶을 헤쳐 나갈 힘을 얻는다고 늘 말하죠. 내가 보기엔 시가 엄마 인생을 더 힘들게만 만들었지만요.」

베치가 계속해서 말했다. 「내가 자랄 때, 집에 손님만 오면 엄마는 자기 시를 낭독했어요. 만찬 때마다, 명절 때마다, 낭독회가 열렸죠. 그때마다 엄마는 손님들에게 특혜라도 베풀 듯 행동했어요. 자신을 위해서가 아니라 손님들을 위해 그걸 하는 것처럼요.

난 엄마 때문에 곤혹스러웠어요. 아버진 절대 엄마를 말리진 않았지만 엄마가 시를 낭독하는 동안 대단히 행복해 보이진 않았고, 손님들도 마찬가지였어요. 하지만 엄마의 낭독이 끝나자마자 아버진 박수를 치기 시작했죠. 진짜 요란하게. 다른 사람들이 눈치채도록 말예요. 대개는 다들 할 말이 없어서 고작, 오, 아름답네요, 정도로 그쳤지만 그것도 예의상 한 말이란 건 알 수 있었죠. 그럼 엄마는 실망하는 거예요. 그런 일이 반복해서 일어났고, 난 엄마가 왜 그걸 계속하는지 늘 궁금했어요. 하지만 그건 미친 피학적 충동 같은 것이었죠. 엄마는 스스로 멈출 수가 없었던 거예요.

가끔, 손님들이 모두 돌아간 후, 엄마는 그들이 시를 감상하는 안목이 없다고 씹어 댔어요. 〈그들이 이해하지 못할 거라는 걸 진작 알았어야 했어. 그런 평범한 인간들이 시에 대해 뭘 알겠어!〉 그러면서요. 엄마에 겐 시가 너무도 신성한 거라서 시를 사랑하면 우월한 인간이 되죠.

엄마는 날마다 몇 시간씩 시를 읽었어요. 좋아하는 시인들 시집은 해마다 다시 읽었고요.」

나는 베치에게 그의 엄마가 좋아하는 시인들이 누구인지 물었지만, 그는 한 사람도 이름을 대지 못했다.

「엄마는 시를 몇 편 발표하긴 했는데 그리 만족스럽진 않았어요. 엄마가 쓴 시들 중 극히 일부만 발표한 것인 데다 시가 실린 잡지들도 엄마가 높이 평가하는 곳들이 아니었거든요.」

나는 베치에게 어떤 잡지들에 시가 실렸는지 물었지만 그는 그것 역시 대답하지 못했다.

「엄마는 늘 시를 투고했지만 번번이 거절당했어요. 한번은 내가 엄마한테 왜 포기하지 않느냐고 물었더니 엄마는 이렇게 대답했어요. 〈난 시를 발표하려고 쓰는 게 아냐. 지금까지 내 시를 한 편도 발표하지 못했어도

난 여전히 시를 썼을 거야. 게다가 내 최고의 작품들은 지면에 실린 시들만큼 훌륭하다는 걸 난 알거든.〉」

그녀의 본업도 글쓰기였다. 그녀는 한 선주민 미술관을 위한 보도 자료와 기타 문서 들을 작성했고 다양한 비영리 재단들을 위한 지원금 신청 제안서도 썼다.

베치는 그녀가, 그런 글쓰기는 빵이고 시는 장미라고 말했다고 전했다.

「난 시에 관심을 가졌던 적이 없었어요. 엄마의 시든, 누구의 시든. 내가 어렸을 때는 그게 문제가 안 됐지만 나중에는 엄마가 그걸 신경 쓰기 시작했어요. 아빠는 계속해서 나한테 엄마에게 더 힘이 되어 줘야 한다고 잔소리를 해댔죠. 네 엄마는 바깥세상에서 많은 격려를 받지 못했다, 시가 워낙 힘들고 경쟁이 심한 업종이라 그렇다, 네 엄마는 문학계 연줄이 없다 어쩌고 저쩌고.

난 엄마의 시를 평가할 수 없어요. 하지만 아빠에게 그것에 대해 물은 적은 있어요. 엄마의 시에 대해 어떻게 생각하는지 물었더니 아빠 역시 평가는 못 하겠다고, 엄마의 시 대부분을 이해조차 못한다고, 하지만 엄마가 글에 소질이 있는 건 확실하다고 말했어요. 물론 엄마는 프로는 아니니까 엄마가 존경하는 위대한 시인들 같지는 않지만, 엄마에게 재능이 있다는 건 누구나 알 수 있을 거라고요. 그러니까 어쩌면 프로와 아마추어 사이의 어딘가에 속할 거라고요. 평균 이상이라는 뜻이었죠.」

하지만 중요한 건 그게 아니라고 아빠가 말했다고 베치는 전했다. 중요한 건 시를 쓰는 일이 엄마의 삶에서 매우 큰 의미를 지닌다는 것이고, 시에 심혈을 기울이고 있기 때문에 더 많은 관심을 받을 자격이 있다고 했다는 것이었다.

「나는 아빠의 논리에 결함이 있다는 걸 알았지만, 아빠 자신도 그걸 알고 있을 것 같아서 신경 쓰지 않았어요. 사실 그 대화에 대해선 까맣게 잊고 있었어요.」

대판 싸우기 전까지.

베치의 부모님은 아들이 온라인 수업을 듣지 않는다는 걸 알고 속을 끓였다. 그들은 아들이 이미 봉쇄 전부터 수업을 듣지 않았다는 사실을 모르고 있었다. 그는 이미 학교를 포기한 상태였던 것이다. 「학교 다니는 게 신물이 나서 끝마쳐야 한다는 생각도 안 들었어요.」 그가 내게 말했다.

사실 그는 대학에 들어가서 행복했던 적도, 자신이 거기 잘 맞는 것 같은 기분을 느껴 본 적도 없었다고 했다.

그는 전공을 정하는 데도 많은 어려움을 겪었다. 처음엔 인류학을 마음에 두었지만, 개론 수업 성적이 신통치 않아서 결국 정치학을 선택했다. 그런 결정을 내린 데는 외교관이었던 할아버지의 영향도 어느 정도 있었는데, 할아버지가 외교관 생활과 관련된 재미난 이야기들을 들려주며 베치에게도 공무원이 적성에 맞을 수도 있다고 확신을 주었던 것이다. 베치는 한동안 자신이 갈 길을 볼 수 있었다. 정보기관에서 일하는 가능성을 향해 매진했다. 그는 그게 얼마나 근사할지 알 수 있었다. 하지만 그 후로 정부에서 — 아니 어느 기관에서든 — 일하는 것 자체에 회의가 생겼다.

「국가 시스템 전체가 엉망진창이에요. 코로나에 대한 대처도 얼마나 거지 같은지 보라고요. 모든 게 다 하나의 거대한 시궁창이에요. 그래서 손을 더럽히지 않고는 아무것도 할 수 없죠. 솔직히 말하면, 난 도무지 열정을 느낄 수 있는 일이 없어요. 대학원은 절대 가고 싶지 않아요. 돈 벌고 싶은 생각도 없어요. 내가 특권층 백인 시스젠더 헤테로 남성이라는 정체성을 강화하는 일 이외에 무슨 일을 할 수 있겠어요? 나에게 주어진 유망한 기회는 역사적으로 소외된 집단에 속한 누군가를 위해 남겨 두는 것이 나의 도덕적 의무가 아닐까요?

그리고 이런 시기에 누가 장기적인 계획이란 걸 세울 수 있겠어요? 지구 자체의 운명이 이렇게 불확실한데 어떻게 미래를 생각할 수 있냐고요.」

나는 이 대목에서 우리가 ─ 아니, 최소한 나 혼자라도 ─ 취한 상태가 아니었으면 좋았으리라는 생각이 들었다.

나는 어디서부터 시작해야 할지 몰라 그냥 그에게 원하는 게 뭐냐고 물었다.

「두렵긴 하지만, 진실을 말하자면 난 진짜로 원하는게 아무것도 없어요, 간절히 원하는 건. 내가 실제로 가질 수 있는 것들 중에는요. 난 아무것도 느끼지 못하는 것 같은 시간이 너무 많은 게 두려워요. 이렇게 모든 게, 모든 사람들이 엉망진창이지 않은 시대에 태어났더라면 좋았을 것 같아요.

우리 부모님은 이 세상에 엉망인 건 나 하나인 것처

럼 굴어요. 그런데요, 모든 사람들이 미치광이 수용소
에 가는 건 아니라고 해도, 내가 아는 사람들은 왜 전
부 약에 의존할까요? 합법적으로 처방받은 약이든 불
법으로 구한 약이든. 늘 그랬어요.」

그의 여자 친구도 마찬가지였다는 것이었다. 정상
인이라고 해서 자낙스[21]가 필요치 않았던 건 아니었다.
그녀는 고등학교 때부터 의사의 처방을 받아 그 약을
먹기 시작했다.

「2학년 때 〈2차 세계 대전 이후의 미국 소설〉이란
수업을 들었어요. 그 수업에서 『길 위에서 *On the
Road*』[22]를 읽었는데, 난 그 책이 너무 좋아서 두 번이
나 읽었어요. 그러고 보니 나도 갖고 싶은 게 있네요.
그런 자유. 그런 식으로 여행을 떠나고 싶어요. 짐도,
계획도 없이, 엄지만 치켜들고. 아니면 버스를 타고.
그렇게 전국을 돌아다니는 거죠. 다양한 사람들을 만
나면서. 얼마나 멋질까요.」

(나는 문득 세상이 왜 이렇게 변했을까 하는 생각이
들었다. 히치하이킹은 여전히 미국 대부분의 지역에서

21 우울증, 불안증, 공황 장애 등에 효과가 있는 신경 안정제.
22 책 케루악이 1957년에 펴낸 소설로 자유를 지키기 위한 투쟁의
상징이자 미국 반체제 문학의 고전이 된 작품이다.

합법인데 — 왜 이렇게 드문 일이 되었을까? 치안 당국에서 히치하이킹을 막기 위해 그것이 얼마나 위험한 — 특히 여자들에게 — 일인지 방송을 통해 널리 알린 결과라고 볼 수도 있었지만, 사실 히치하이킹은 여자들에게도 특별히 위험하진 않았다. 어느 시점이 되자, 남의 차를 얻어 타야 하는 미국인은, 저 사람은 왜 차가 없지, 하는 의심의 눈초리를 받게 되었다. 하지만 다시 히치하이킹이 활성화되면 얼마나 좋을까? 그럼 도로에 차들이 줄어들 거고 누군들 그걸 원하지 않겠는가? 하지만 그런 일은 일어나지 않을 것이다. 모르는 사람들에 대한 두려움이 날로 커져 가는 사회가 아닌가. 물론 아직 그레이하운드 버스[23]가 있지만 그걸 타보면 이제 아무도 버스에서 모르는 사람을 사귀지 않고, 창밖을 내다보는 사람조차 없으며, 다들 휴대 전화기에 코를 박고 있다는 걸 알게 될 것이다.

브레이너드의 〈나는 기억한다〉와 일치하는 나의 기억 한 가지: 버스마다 군인이 반드시 한 명씩은 타고 있었다.

베치와 그런 대화를 나누고 1년이 지난 후, 다시 레

23 미국과 캐나다에서 운영되는 고속 버스.

스토랑에 가서 식사를 할 수 있게 되어 친구(여자)와 저녁을 먹으러 갔다. 식사가 끝나 갈 때쯤, 젊은 웨이트리스가 슬픈 표정으로 우리 테이블로 다가와 말했다. 두 분이 여기 앉아 계시는 내내 대화가 끊이지 않는 모습을 보니 얼마나 부러운지 모르겠네요, 저랑 제 친구들은 만날 때마다 모두 휴대 전화를 꺼내 놓거든요.)

베치가 말했다. 「그 수업 교수님은 『길 위에서』가 세상에 나오고 10년쯤 지나서 대학에 다녔는데, 그때도 똑같았대요. 캘리포니아주와 콜로라도주는 파라다이스와 동의어였고, 서부 여행에의 꿈이 최고조에 이르렀대요. 교수님 자신도 60년대에 전국 일주 여행을 몇 번 했고요. 고속도로에 덴버나 샌프란시스코, 멕시코 시티라고 쓴 표지판을 든 사람들이 많았대요. 대개는 혼자였는데 가끔 커플도 있었고 가족이 함께 히치하이킹을 하기도 했대요. 한번은 개 한 마리가 혼자 서 있었는데, 목에 걸린 표지판에 **어디든**이라고 적혀 있었대요.」

우리가 놓치지 말았어야 했던 자유라고 베치의 교수님은 한탄했다. 그는 대학을 졸업한 후 거의 무일푼으로, 물론 신용 카드도 없이 유럽 전체를 히치하이킹으로 여행했다. 그는 그 모든 게 젊음의 일부였고 그때는 젊음만 있으면 더 이상 필요할 게 없었다고 학생들에게 말했다. 돈도 필요 없었다고. 친구들은 필요했고, 젊을 때는 친구를 사귀기가 훨씬 쉽다고, 그때는 지금보다 다양한 부류의 사람들과 친구가 되는 게 쉬웠다고.

(이 대목에서 나는 영화 「애틀랜틱시티」에서 버트 랭커스터가 한 대사를 생각하지 않을 수 없었다. 〈그때는 대서양이 중요한 의미를 지녔지. 그래, 그 시절엔 대서양을 꼭 보았어야 했지.〉)

교수님은 수업 중에 베치와 학생들에게 말했다. 잭 케루악과 현실 속 그의 친구들을 토대로 한 책 속 등장인물들의 우정처럼, 자신의 삶에서도 여행 중에 맺은 우정이 가장 열정적이고 뜻깊은 것이었으며, 그 여행들은 자신에게 최고의 시간들이었다고, 앞으로도 영원히 그럴 거라고. 앞으로도 영원히 길은 뻗어 있고, 앞으로도 영원히 히치하이커들과 기꺼이 그들을 태워 줄 운전자들이 있을 것이며, 물론 앞으로도 영원히 — 심각하게 걱정하는 사람은 아무도 없는 듯한 〈빅 원〉[24]이

24 The Big One. 캘리포니아를 덮칠 것으로 예상되는 대지진.

일어나지 않는 한 — 캘리포니아주는 있을 거라고. 캘리포니아주는 아무리 멀고 험해도 여행할 가치가 있을 거라고. 그 장대한 산들과 해변들, 감동적인 태평양의 일몰, 열정적이고 다정하고 아름다운 사람들. 그런데 이제, 인구 과밀과 지나친 개발이 초래한 참담한 결과로도 성에 안 차는지 연중 끊이지 않는 산불과 가뭄이 완전한 황폐화를 부르고 있다고.

나는 베치에게 그 향수에 젖은 노교수에 대해 어떻게 생각했는지 물었고, 베치는 그 교수님은 괜찮았던 것 같은데 그의 수업은 별로 좋아하지 않았다고 대답했다. 자기는 책을 많이 읽는 편이 아니라며 케루악의 작품과는 달리 그 수업에서 읽어야 했던 대부분의 책들은 잘 읽히지 않았다고 했다.

나는 베치에게 그 수업에서 읽어야 했던 책들이 어떤 것들이었는지 물었지만 그는 기억하지 못했다.

그는 『길 위에서』는 특별히 마음에 들었던 부분 몇 군데를 기억하고 있었다. 이를테면 샐이 어딘가에 있는 호텔에서 잠이 깨어 자신이 누구인지 모르는 것에 대해 이야기하는 부분: ⟨나는 두렵지 않았다. 나는 그저 다른 누군가, 낯선 사람이었고, 나의 삶 전체가 유

령에 홀린 삶, 유령의 삶이었다.〉

「나도 늘 잠이 깨면 그런 기분을 느껴요.」베치가 말했다.「다만, 난 그게 두려워요.」

〈내 뒤에는 아무것도 없고, 전부 내 앞에 있다. 길 위에서는 늘 그렇듯이.〉누구나 기억하는 구절이다.

그리고:〈나를 지지하는 사람들은 미친 사람들뿐…….〉

나는 기억한다, 1970년의 어느 날에 받은 엽서를. 어느 국립 공원 풍경이 들어 있었고, 1학년 때 대학을 중퇴한 사람이 보낸 것이었다. 엽서 뒷면에 케루악의 글이 인용되어 있었다. 〈나는 미국의 절반을 가로질러 내가 어린 시절을 보낸 동부와 내 미래가 펼쳐질 서부 사이 경계선에 있어.〉그다음엔, 〈자기야, 함께 오지 않은 걸 아직도 후회해?〉

같은 시대. 나는 집에 돌아갈 지하철 표를 살 돈이 없어서 맨해튼 시내에서 오도 가도 못하고 있다가 구걸이라도 하려던 차에, 신호를 받고 서 있는 흰색 보너빌 컨버터블 운전석의 꽁지머리 남자를 본다. 뒷좌석에는 기타가 있다. 라디오에서 도어스의 노래가 흘러나온다. 그의 차를 타고 업타운을 향해 달리며 나는 그가 내일 그 차를 몰고 뉴멕시코로 간다는 사실을 알게 된다. 그와 함께 가고 싶었느냐고? 집에서 나를 기다리고 있는 다른 남자가 없었더라면 나는 그와 함께 떠났을 거라고 확실하게 말할 수 있다.

하지만 지금은 그 모든 일들이 실제로 일어날 수가 없을 것 같고 전부 내가 지어낸 것만 같다.

베치가 말했다. 「그래서, 우리 셋이 내 미래 문제로 다투고 있었죠. 엄마는 내가 그 거지 같은 줌 수업을 빼먹었다고, 게을러서 그런 거라고 깔아뭉개면서, 그러다 인생을 망칠 거라고 했어요. 대학 졸업장도 없는 사람은 가망이 없다고. 졸업장 없이는 아무런 성공도 거둘 수가 없고, 중퇴자가 되면 실패자 낙인이 찍힐 거라고, 멍청해서 학교도 못 마친 사람을 누가 존중해 주겠느냐고 어쩌고저쩌고, 어쩌고저쩌고.

난 엄마 말이 틀렸다고 반박했어요. 엄마가 한 말은 진실이 아니라고. 대학을 중퇴한 뛰어난 인물들 이름을 댈 수 있다고. 혹시 빌 게이츠라는 이름을 들어 봤느냐고. 마크 저커버그는? 스티브 잡스는? 그들은 우연히도 세상에서 제일 똑똑하고 성공적인 인물들이라고.

그렇다고 나 자신을 그런 사람들에 비유해서 한 말

은 아니었어요. 정말로 난 그런 짓 절대 안 해요. 하지만 엄마는 그렇게 생각하고 웃었어요. 그리고 말했어요. 〈바로 그게 문제야! 넌 그렇게 똑똑하지 못해! 넌 그 사람들하고 전혀 다른데 그들과 같다고 **생각하고** 있어.〉 그래서 내가 말했어요. 정확히 뭐라고 말했는지는 기억 안 나지만, 엄마가 훌륭한 시인이 아니고 본인만 그렇다고 **생각하는** 사람일 뿐이라는 뜻의 말을 했고, 아빠가 엄마는 프로가 아니라고 했다는 말까지 전했어요.

그게 내가 저지른 최악의 행동이었던 것 같아요. 부모님이 둘 다 나한테 그렇게 화내는 걸 본 적이 없으니까요. 엄마는 아빠에게도 진짜로 화를 냈어요. 그런 일은 처음이었어요. 그 후로 집안 분위기가 너무 끔찍해서 도저히 거기 있을 수가 없었어요. 부모님이 나가라고 말하지 않아도 결국 내 발로 나왔을 거예요.」

긴 침묵이 흘렀다. 이윽고 베치가 다시 입을 열었다. 「그게 그렇게 나쁜 말이었다고 생각하세요? 내가 한 말이?」

「야비했지. 진짜 야비했어. 그러니, 맞아, 나쁜 말이었다고 해야겠지.」 내가 대답했다.

「엄마가 나한테 한 말은 어떻고요?」

나는 한숨을 쉬었다. 「그것도 야비하지. 나쁜 말이고.」

나는 베치가 누가 옳다고 생각하느냐고 물을까 봐 두려웠지만, 그는 화제를 돌렸다. 나는 나중에야 바이올렛이 말한 회고록이 생각났다. 베치 엄마가 아들을 키우는 심정을 고백한 회고록 말이다. 베치는 그 회고록의 내용에 대해 전혀 모르는 게 분명했다.

「왜 소설을 써요?」 베치가 그걸 알고 싶어 했다. 「왜 시는 안 써요?」

나는 그에게 포크너의 가설을 말해 주었다: 소설가는 시를 쓰려다가 실패해서 단편소설을 시도하고, 그것도 실패한 후 마침내 장편소설을 쓰게 된다.

베치는 이해가 잘 안 된다고 했다.

「시가 단편소설보다 쓰기 어렵고, 단편소설이 장편소설보다 쓰기 어렵다는 말이네요.」

「그렇지. 아니면, 장편소설을 쓸 수 있는 사람들이 그보다 어려운 장르인 시나 단편을 쓸 수 있는 사람들보다 더 많다고 말할 수도 있고.」

「어떻게 그럴 수 있죠? 장편이 제일 길고 시간도 제

「일 많이 걸릴 텐데?」

「길이가 중요한 게 아냐. 시간도 중요한 게 아니고.」

「그럼 긴 소설이 짧은 것보다 쓰기 쉽다는 뜻인 가요?」

「음, 그건 아니지만, 어느 평론가는 이렇게 말했지. 〈내가 읽은 거의 모든 긴 책 속에서 제 할 일을 마다한 짧은 책이 보인다.〉」

한 노벨상 수상자는 자신의 예술적 성공에 가장 중요한 역할을 한 인생 경험이 무엇이냐는 질문에, 〈실패〉라고 대답했다.

R. P. 블랙머는 실패에 대한 독특한 의견을 피력했다. 〈대부분의 실패들은 너무 쉽게 온다. 진정한 실패는 어렵고 느리게 오며, 비극에서처럼 마지막에 이르러서야 그 실체를 완전히 깨달을 수 있다.〉

블랙머는 미국 최고의 문학 평론가이자 존경받는 프린스턴 교수라는 명예를 가져다준 자신의 인생에 대해, 진정한 실패를 통한 성공이라고 믿었다. (그 역시 대학에 들어가지 않았을 뿐 아니라 열네 살 때 교장과 대립하여 퇴학당하는 바람에 고등학교도 마치지 못한 천재였다.)

나는 어느 시인이 책을 내면서 감사의 글에 국립 예술 기금과 구겐하임 재단에 감사한다며 〈그 두 곳에서 선택받지 못한 덕에 이 책을 마무리할 수 있었다〉고 쓴 게 마음에 든다.

브라이언 무어의 말도 좋다. 성공은 당신을 이전과 다른 존재로 만들어 주지만 실패는 당신을 〈더 강력하게 정제된〉 상태로 만들어 준다.

누군가에게 글이 잘 안 써진다고 말했을 때, 그럼 쓰지 말라고 하는 사람이 왜 아무도 없는 걸까?

편집자가 이렇게 말하는 걸 상상해 보라: 꼭 완벽한 글을 쓸 필요는 없어요.

〈매우 불완전한 글이 될 것이다.〉 버지니아 울프가 새 소설을 시작하면서 일기에 쓴 말이다. 그럼에도, 열성적이었다.

봉쇄 기간에 사람들은 자신이 하는 일이 필수적이지 않다고 간주되는 것이 무슨 뜻인지 생각하기 시작했다. 어떤 이들은 좀 위축감을 느꼈다고 고백했다. 그

리고 많은 이들이 자신이 하는 일에 대해 재고해 보고
다른 일을 구하거나 현재 일을 그만둘 생각을 하기 시
작했다. 그리고 많은 학생들이 대학을 그만둘 생각을
했다. 현재 일을 유지할 계획을 가진 이들도 앞으로는
그 일을 덜 진지하게 받아들이겠다고 다짐했다.

작가들의 경우, 구분이 쉬웠다. 오직 언론인만이 필
수직이었다.

항의의 소리들이 들린다. 〈멸시당하는 시들〉이 발견
한 것을 깨닫지 못하여 비참하게 죽어 가는 인간들에
대해 쓴 훌륭한 시인의 시구를 합창하는 소리.[25] 하지
만 설령 언론인들을 제외한 모든 사람들이 글쓰기를
중단한다고 해도, 우리에겐 이미 방대한 양의 소설과
시가 있다. 모든 언론인들을 침묵시키면 우리의 인권
은 종말을 맞이할 것이다. 독재자들은 이런 사실을 잘
알고, 그런 이유로 언론인들은 암살에 대한 걱정에서
자유로울 수가 없다. 언론인 보호 위원회 연간 보고에
따르면, 1992년 이래 2천 명 이상의 언론인이 살해당

25 윌리엄 칼로스 윌리엄스의 시 「아스포델, 저 초록 꽃Asphodel,
That Greeny Flower」에 〈시에서 뉴스를 얻기는 어렵지만, 사람들은 날
마다 비참하게 죽는다, 시가 발견한 것을 깨닫지 못하여〉라는 구절이
있다.

했다고 한다.

물론 언론인만 표적이 되는 건 아니다. 살만 루슈디를 생각해 보라.

하지만 격무에 시달리는 의료인들의 모습을 보면 허구의 인물들에 대한 이야기를 지어내는 일을 영웅적인 직업으로 간주하긴 어렵다.

〈세상이 얼마나 이상하게 변해 가고 있는지 다른 분들도 알아차리셨나요?〉 살만 루슈디는 2004년 PEN 아메리카 문학상 축하 행사 연설에서 그렇게 물었다.

이제 우리는 지속적인 재난으로 정의되는 세상에 살고 있다. 베케트의 말이 옳았다. 재난에 대한 웅변은 부질없는 짓이다.

처음부터 코로나 팬데믹에는 유머가 넘쳤고, 그건 하나의 축복이었다. 유머는 고통을 견디는 데 희망보다도 더 큰 도움이 되니까. 자연스러운 유머를 잊지 않는 것. 사람들은 손에 잡히는 건 무엇이든 마스크로 만들었다. 팬티 라이너, 브라 컵, 파티용 고깔모자, 양배추잎. 그리고 코로나에 걸려 격리되었는데 빈대까지 창궐하여 이중으로 고통을 겪은 가족 이야기.

한편으론 브레히트의 시가 지겹도록 인용되었다. 〈암흑의 시대에도 / 노래를 부를까? / 그때도 노래를 부르겠지. / 암흑의 시대 노래를.〉

아이러니한 건 나 자신도 그 대열에 합류했다는 것이다.

한 문학 단체는 줌 토크를 열며 브레히트를 인용했다. **〈우리가 맞이한 암흑의 시대에는 어떤 노래가 가장 중요한 의미를 지닐까? 소설의 자리는 아직 남아 있을까?〉**

커져 가는 공감대: 전통적인 소설은 우리 시대에 주요 장르로서의 자리를 잃어 가고 있다. 아직 죽지 않았을 수는 있어도 오래 버티지 못할 것이다. 아무리 잘 써도 긴박감이 부족해 보일 것이다. 아무리 상상력이 뛰어나도 독창성이 부족해 보일 것이다. 여전히 인물의 성격과 체험을 그려 내는 강력한 도구로 남아 있지만, 허구의 이야기는 점차 핵심에서 벗어난 인상을 줄 것이다. 점차 작가들은, **당신은 왜 지어낸 이야기를 하죠?**라고 묻는 목소리를 잠재우는 데 어려움을 겪게 될 것이다.

결론: 우리가 사는 이 반(反)진실의 시대에, 갈수록 노골적인 위선이 판치고 이야기는 현실을 왜곡하고 모

호하게 만드는 수단으로 이용되는 현실에서, 우리에게 필요한 것은 개인의 역사와 성찰을 담은 문학일지도 모른다. 직접적이고, 진짜이며, 사실을 세심하게 다루는.

어쩌면 관련이 있을 지도 모르는 것: 문화를 도용했다는, 다른 이의 영역을 침범했다는 비난을 피하고 싶은 바람.

이언 프레이저는 한 문학 토론에서 소설을 읽지 않는 이유에 대해 이렇게 말했다. 〈소설을 읽으면, 조니는 길을 따라 내려가고 있었다, 하고 시작하는데 나는, 아냐, 그는 길을 따라 내려가고 있지 않아, 하는 생각밖에 안 든다.〉

이란 영화감독 아바스 키아로스타미는 예술은 우리를 일상에서 벗어나 다른 상태에 이르게 해준다며 이렇게 말했다. 〈셰에라자드와 왕의 시대 ─ 이야기의 시대 ─ 는 끝났다.〉

베치는 떠났다. 롱아일랜드시티에 있는 로프트 아파트를 세 사람이 함께 쓰기로 했다는 것이었다. 그는 일자리도 얻었다. 포장과 배달 주문이 쇄도하는 동네 레스토랑에서 많은 직원들이 아파서 그만두는 바람에, 주인이 면접도 안 보고 전화 통화만으로 그를 채용했다는 것이었다.

「만일 내가 동물이라면 나무늘보일 거라고 말했어도 그 레스토랑 주인은 나를 뽑아 줬을 걸요.」 베치가 말했다.

봉급은 얼마 안 되었지만, 학기 초에 그의 아버지가 은행 계좌에 넣어 준 돈이 거의 고스란히 남아 있었고, 부모님의 신용 카드도 사용할 수 있었다.

「부모님은 절대 경제적 지원을 못 끊어요(차갑고, 배은망덕한 말). 내가 무슨 짓을 저지를지 몰라 겁이 나서요(파렴치한 말).」

베치가 유레카를 데려갔다. 그는 아이리스의 동의를 얻기가 어렵진 않았다고 말했다. 그냥 부탁하기만 하면 되었다고 했다. 아이리스는 베치와 유레카가 항상 사이가 좋았던 걸 알고 있었고, 이제 그를 안쓰러워하고 있었다. 부모님과 멀어지고 여자 친구와도 헤어졌으니, 애정을 쏟을 대상이 절실하게 필요하리란 걸 이해하고 있었다. 게다가 당시 그녀는 조산아로 태어나 신생아 집중 치료실에 있다가 집에 온 지 얼마 안 된 갓난아기에게게만 관심이 쏠려 있었다.

내 의견은 아무도 묻지 않았다. 그 문제에 대해 내게 의논을 해온 사람은 아무도 없었다.

베치는 유레카의 날개를 기를 거라고 말했다. 온라인 영상에서 봤는데, 늘 날개를 다듬었던 새에게도 나는 법을 가르치는 방법이 있다는 것이었다. 그가 살게 될 로프트 아파트는 공장을 개조한 곳이라 아주 넓고 가구도 거의 없어서 실내에서 안전하게 나는 법을 가르칠 수 있다고 했다. 그리고 물론 바깥에 나갈 때는 항상 줄을 채울 거라고 했다. 그 모든 게 잘되면 다시는 유레카의 날개를 자르지 않겠다는 것이었다.

「그것 참 멋지네.」 나는 무너지는 가슴을 안고 말했다.

그리고 그들이 내 삶 밖으로, 내 소설 밖으로 떠나는 걸 지켜보았다.

내 아파트에서 지내던 의사가 오리건주로 돌아가기 전에, 나는 그녀와 유니언 스퀘어 파크에서 잠깐 만났다. 의사는 코로나 팬데믹이 끝나려면 아직 멀었다고 했다. 앞으로도 몇 년 동안 이런저런 형태로 우리 곁에 머물 가능성이 농후하다는 것이었다. 그녀는 우리가 희망하는 것보다도 빨리 백신이 개발될 거라는 낙관적인 견해를 보이면서도 사람들이 그걸 받아들일지에 대해선 그리 낙관적이지 못했다.

지구상의 모든 사람들이 일정 기간 — 짧은 기간 동안만 — 마스크 쓰기와 20미터 거리 두기에 협조했다면 코로나가 확산되지 않았을 거라고 그 의사가 말했다. 이제 너무 늦었고, 우리 중 가장 취약한 사람들이 희생자가 되었다는 것이었다.

의사는 말을 이어 갔다. 「앞으로 몇 년이 지나면 사람들은 이 사태를 돌아보며 또 하나의 야만 상태였다고 할 거예요.」 (우리의 후손이 우리보다 더 인간적일 거라는 희망적인 가정에 주목하라.)

「사람들의 비이성적인 행동을 보는 건 의사들에게 익숙한 일이에요. 질병, 고통, 죽음 앞에서 비이성적인 행동을 보이는 건 지극히 자연스러운 일이죠. 뭘 더 기대하겠어요? 마찬가지의 이유로, 의사들은 사람들의 현실 부정을 대하는 데도 익숙해요. 하지만 현실을 부정하는 행위가 대규모로 벌어지는 건 너무도 불길한 현상이에요. 전 세계 사람들이 어느 날 잠에서 깨어 바보가 되는 알약을 먹는 것과도 같죠.

난 인간이 얼마나 어리석어질 수 있는지 익히 알고 있었고, 이 세상에 백신이 나온 이후로 백신에 반대하는 집단은 늘 있었어요. 하지만 정말이지, 내가 살고 있는 시대가 이 정도로 비뚤어져 있을 줄은, 내가 이 정도로 미친 사람들 사이에서 살고 있을 줄은 꿈에도 몰랐어요. 바이러스를 죽이느냐 닥터 파우치[26]를 죽이

26 미국 국립 알레르기 감염병 연구소 소장으로 코로나에 대한 비과학적 선동을 일삼는 트럼프 대통령에 맞서 과학적 대처를 주장한 인물.

느냐 선택의 기로에 섰을 때, 닥터 파우치를 죽이려고 하다니.」

코로나 팬데믹이 그녀에게 준 교훈: 우리 시대를 살아가는 것의 가장 큰 혜택이라고 볼 수 있는 과학과 기술 분야의 극적인 발전에도 불구하고 현재 세계가 직면한 실존적 문제들을 해결하는 능력에 대해 더 이상 신뢰를 가질 수 없다.

내가 이미 본 것들: 그 분노, 탈진, 공허한 시선. 다른 전쟁들의 참전 용사들과 마찬가지로 그녀에게도 할 이야기들이 — 거창한 이야기들이 — 있었지만, 참전 용사들이 그랬던 것처럼 그녀 역시 같은 체험을 한 사람만이 그 이야기를 이해할 수 있을 것임을, 그런 사람에게만 이야기를 할 가치가 있을 것임을 알고 있었다.

〈매우 불완전한 글이 될 것이다. 하지만 내 조각상들이 하늘을 배경으로 서는 것이 가능하리라 생각한다.〉

버지니아 울프가 『파도 *The Waves*』에 대해 한 말이었다. 그로부터 1년 전에 그 소설을 처음 구상할 때 버

지니아 울프는 이렇게 썼다. 〈자서전이라고 부를 수도 있을 것이다.〉

그때까지 그녀가 쓴 소설들 중 가장 야심적인 작품이었다. 〈플롯이 아닌 리듬에 따라〉 쓴 작품. (버지니아 울프는 친구 T. S. 엘리엇이 그랬던 것처럼 베토벤의 후기 음악을 들으며 이 작품의 영감을 얻었다.)

그녀는 다음 주요 작품에서는(그 사이에 엘리자베스 배럿 브라우닝의 코커스패니얼에 대한 풍자적인 전기 『플러시*Flush*』가 나왔다) 더 큰 야망을 안고 새로운 형식을 창조했다. 에세이 소설. 픽션 챕터들과 논픽션 챕터들이 번갈아 등장한다. 그야말로 모든 것들을 아우르는 〈대단한 작품〉이다: 〈풍자, 코미디, 시, 서사……그리고 무수한 아이디어들이 있으나 설교 — 역사, 정치, 페미니즘, 예술, 문학 — 는 없고, 간단히 말하면 내가 알고, 느끼고, 비웃고, 경멸하고, 좋아하고, 찬탄하고, 미워하는 등등의 모든 것들을 모아 놓을 것이다.〉

하지만, 그 실험은 실패했다. 결국 버지니아 울프는 집필 중인 작품을 두 개의 책으로 쪼개야 했다. 가부장적 사회, 파시즘, 전쟁, 여성 억압 간의 연관성에 대한 논쟁을 담은 『3기니*Three Guineas*』와, 1880년부터

〈현재(1930년대)〉까지 파지터 가족의 역사를 다룬 소설 『세월』.

〈불확실한 봄이었다.〉

『세월』은 굉장한 베스트셀러였고 처음엔 버지니아 울프의 그 어떤 전작보다 큰 인기를 얻었지만(상상해 보라, 상상이 가능하다면: 2차 세계 대전 때 미군이 독서의 즐거움을 누릴 수 있도록 기획된 군용판으로도 출간되었다), 위대한 소설은 아니었다. 버지니아 울프가 그때까지 쓴 그 어떤 작품보다 심혈을 기울였고 집필을 마무리할 시점엔 신경 쇠약 직전에 이르기까지 했음에도, 그 작품은 아주 훌륭한 소설이라고도 할 수 없었다. 그녀가 남편 — 늘 그녀의 첫 독자이자 가장 중요하고 가장 신뢰하는 독자였던 — 에게 원고를 보여 주었을 때, 그는 정신적으로 무척 위태로운 상태였던 아내에게 솔직한 의견을 말하기가 두려워 거짓말을 했다.

『세월』이 출간되고 반세기 이상이 지난 후, 또 다른 작가가 일기에서 극히 야심적인 문학 프로젝트에 대한 아이디어를 밝힌다. 〈오늘 밤, 나는 시간과 역사를 아우르는《한 여성의 이야기》를 써야만 한다는 걸 알고

있다.〉 그로부터 20년쯤 지나서 아니 에르노는 1941년
— 자신이 태어난 이듬해이자 버지니아 울프가 죽은
해 — 부터 현재인 2006년까지의 개인적 이야기를 발
표한다. 그 작품은 한 여성의 자서전인 동시에 동세대
의 집단적 자서전이기도 했다.

아니 에르노에게 영감을 준 것들 중에는 조르주 페
렉의 〈나는 기억한다〉도 있었다.

그녀는 자신의 책에 『세월』이라는 제목을 붙인다.

그 책은 갈리마르 출판사 블랑슈 컬렉션에 포함된다.

(나는 버지니아 울프가 한 여자와 앵무새에 대한 이
야기를 쓴 적이 있다는 사실을 잊고 있었다. 그 이야기
에서 늙은 과부인 게이지 부인은 〈비록 가난했지만……
동물들에게 헌신적이어서 집에서 키우는 개에게 줄 뼈
다귀를 아끼느니 자신이 배를 곯을 때가 많았다.〉 제임
스라는 이름을 가진 앵무새는 〈매우 극단적인〉 언어를
사용하는 것으로 묘사되어 있지만, 게이지 부인이 몹
시 곤궁한 처지에 있을 때 그녀를 도와준다. 〈동물들에
게 베푼 친절에 대한 보답〉을 다룬 우화 형식의 이야기
로, 매일 나오는 가족 신문에 싣기 위해 그녀의 어린

두 조카가 의뢰한 것이었다. 그들은 그 글을 신문에 싣긴 하지만, 그건 오로지 버지니아 울프에게 마음의 상처를 주지 않기 위해서였다. 조카들이 원한 건 빅토리아조 형식의 도덕적인 이야기가 아니었으며 둘 다 그 글이 끔찍하다고 생각했다.)

마르셀 프루스트의 『잃어버린 시간을 찾아서』 번역자가 그 작품에 대해, 소설로 살짝 위장한 자서전이 아니라 그 반대로 자서전으로 위장한 소설이라며 우리의 오해를 바로잡아 줬는데, 나는 그 말이 마음에 든다.

(세상에 가장 숭고한 소설을 선사한 남자가, 그의 전기 작가에 따르면, 살아 있는 쥐가 모자 핀에 찔려 고통스럽게 찍찍거리는 소리에 맞춰 수음하는 걸 즐겼다는 사실을 상기하는 건, 늘 당혹스러운 일이다.)

멘토들의 대결. 〈실제 있었던 일을 써야지.〉한 멘토가 말했다. 그러자 다른 멘토가 코웃음 쳤다. 〈그건 너무 쉽지.〉〈섬세한 감수성을 가진 사람이 비열하고 냉혹하며 실망스러운 세상과 마주하는 것은 주제가 될 수 **없어.** 갈등을 찾아 나서야지.〉두 멘토는 다른 멘토가 나의 실패를 은밀히 원하고 있다고 내게 알려 주었다.

크리스토퍼 이셔우드는 이렇게 권고했다. 〈실제 일어나는 대로 쓰고, 살아라. 삶은 지어내기엔 너무 신성한 것이다. 이따금 삶을 더 멋지게 만들기 위해 거짓말을 할 수도 있지만 말이다.〉

한 시인이 낭독회에서 형제의 죽음에 관한 시를 읽었다. 낭독회가 끝난 후 한 여자가 그 시인에게 다가와 자신도 형제를 잃은 아픔이 있기에 그 시가 더욱 감동적이었다고 말했다. 시인이 사실 자신에게 형제가 없다고 말하자 그 여자는 격분했다. 시인에게 뺨이라도 맞은 것 같았다.

내 아파트로 돌아가자 다시 이웃들을 만날 수 있었다. 도시를 탈출하지 않고 남아 있는 이웃은 절반밖에 안 되었지만 말이다. 내 옆집에는 한동안 젊은 여자가 살았는데, 그녀는 집에서 바이올린 연습을 하곤 했다. 그 여자는 해외에서 온 사람이었고, 이제 떠났으며, 나는 그녀의 바이올린 소리가, 비록 완벽하진 못했을망정, 얼마나 그리운지 모른다.

위층에 혼자 기거하던 노인은 바이러스와 봉쇄를

견디고 살아남았다. 그는 앞으로도 몇 개월 동안 열심히 마스크를 쓰고 다닐 것이다. 그 누구보다 앞장서서 백신을 맞을 것이다. 그런 그가 어느 날 새벽 집에 있는 금고에서 총을 꺼내 자신을 쏘았을 때, 나는 묻고 싶었다: 미리 계획된 일일까? 밤새 잠 못 이루고 주저했을까? 아니면 그냥 아침에 일어났을 때 이런 생각이 든 걸까: 지금이야.

나는, 바른길로 인도해 줄 손길이 절실한 방황하는 젊은이와 그토록 오랜 시간을 보내고도 고작 한 일이 함께 마약에 취하는 것뿐이었다는 굴욕적인 사실을 마주한다.

「둘이 위법 행위에 가담한 건 말할 것도 없고.」 바이올렛이 진실을 들춘다.

어느 날 우리는 거실에서 각자의 소파에 누워 있었고, 긴 침묵이 흐른 뒤 일어나 앉아 확인해 보니 그는 잠들어 있었다. 사이키(프시케)가 생각났다. 단검을 손에 쥐고 어두운 침대로 몰래 다가가 거기서 자고 있는 몸에 등불을 비추는 그녀, 자매들의 꾐에 넘어가 괴물 뱀이 누워 있을 거라고 믿고 그 괴물을 죽이려 했던 그녀는 에로스(큐피드)를 발견한다.

나는 그의 나이 때의 내 사진을 그에게 보여 주고 싶은 충동을 이겨 낸 자신이 자랑스럽다.

약에 취해 몇 시간씩 대화를 나눈 부작용인지 나는 심지어 지금도 가끔 그에게 말을 하고 있는 자신을 발견한다. 그럴 때 그의 이름은 〈베치〉가 아니다. 항상 그의 진짜 이름이다. 그의 사랑스러운 이름.

하지만 어떻게 그런 일들이 실제로 일어날 수 있었을까? 내가 지어낸 게 분명하다.

어느 북 클럽 진행자가 내 작품에 대한 독자 가이드를 부탁해 왔다. 그러면서 친절하게도 예시 질문들을 보내 주었다.

어떤 인물에게 가장 공감되었으며, 그 이유는 무엇입니까?

소설의 주제에서 당신의 경험들과 가치들을 발견할 수 있었습니까?

어떤 인물과 함께 커피를 마시고 싶습니까? 당신은 그 인물과 어떤 대화를 나누게 될 거라고 생각하십니까?

만일 당신이 주인공이라면, 그/그녀/그들과 어떤 식으로 다르게 행동했을까요?

작가에게 한 가지 질문을 할 수 있다면, 어떤 질문을 하고 싶습니까?

내가 질문을 해보겠다.

책 속의 인물들 중 가장 잠자리를 갖고 싶은 인물은 누구입니까? 그 인물과의 섹스는 어떨 거라고 상상하시나요?

당신의 방식으로 이 소설을 다시 써보세요. 당신의 작품이 더 나은 이유를 설명해 보세요.

작가의 사진에 콧수염을 그려 넣으세요. 만일 남자가 이 책을 썼다면 더 마음에 들었을 거라고 생각하시나요?

베치의 나이 때쯤에 새로 사귄 남자 친구와 함께 길을 걷다가 겪은 일이 가끔 기억난다. 우리는 사람들이 북적거리는 혼잡한 길모퉁이에 이르렀고, 신호등이 바뀌자 할머니 한 분이 거친 인파에 휩쓸려 허우적대다가 나와 시선이 마주치자 공포에 찬 목소리로 외쳤다.

「아가씨! 아가씨! 나 좀 도와줘요, 아가씨!」

내가 그 할머니를 길 건너까지 안전하게 모셔다드린 후 할머니가 떠나자 내 남자 친구가 말했다. 「봐, 주위에 사람들이 그렇게 많았는데 그 할머니는 너한테 도움을 청했어.」

그에겐 그 일이 내가 친절한 사람이 분명하다는 증거가 되었고, 그는 그런 증거를 찾고 있었던 듯했다.

이제 나는 가끔 대학생들이 우글거리는 이 동네에 혼자 오면 그때 기억이 나서 젊은 얼굴들을 하나씩 들여다보게 된다. **아가씨! 아가씨! 나 좀 도와줘요, 아가씨!**

옛 친구가 새로 쓴 회고록이 그 시절을 돌아보게 한다. 〈우리는 우리가 꿈꾸는 삶을 이루려면 수십 년이 걸릴 수도 있다는 말을 들었다. 하지만 우리가 그런 삶을 이루었을 때쯤엔 그 삶이 곧 사라질 거란 말은 듣지 못했다.〉

엘레지 더하기 코미디, 그 친구는 그게 지금 우리가 사는 모습을 표현하는 유일한 방식이라고 말한다. 현실 속의 어떤 것이 코믹하지 않다고 해서 그걸 코믹하게 쓰는 게 불가능한 것은 아니다. 어쩌면 그걸 코믹하게 쓰는 게 최고의 표현 방식일 수도 있다.

내가 그토록 사랑하던 모든 위대한 작가들, 내가 숭배하고 모방하고 싶었던 작품들을 써낸 저 모든 백인 유럽인들에게 나는 멸시의 대상이 되었을 것임을 — 내 계급 때문이든, 성별 때문이든, 혼혈 인종 때문이든, 무신경하고 천박한 미국인이기 때문이든 — 나는 일찌감치 알고 있었다. 하지만 나는 그걸 문제 삼았던 기억이 없다. 그런데 이제, 우리의 용감하고 새로운 문화계에서는 오직 그것만이 내가 문제 삼아야 할 것이라고 거듭 말하고 있다.

1,500명의 대학 졸업자들을 대상으로 한 최근 조사에서, 가장 후회되는 전공 열 가지 중 1위를 차지한 건 언론학이었다(87퍼센트). 교육학과 영어영문학도 각각 5위와 10위에 자리했다. 또 다른 조사에 따르면, 미국인 80퍼센트 이상이 자신의 마음속에 책이 들어 있고 그 책을 써야 한다고 믿고 있다고 한다.

댄서나 배우, 음악가 등 다른 직업이 더 쉽다고 작가

들이 말하는 건 아니지만, 다른 직업들의 규칙이 더 분명한 건 사실이다. 요즘 보면 작가는 창작 예술가라기보다는 정치인에 더 가까워져 가는 듯하다. 늘 회피적이고, 해석에 집착한다.

나는 글쓰기나 작가에 대한 글을 쓸 때마다 일부 사람들을 극도로 불쾌하게 만든다는 사실을 인정한다.
(어떻게 글쓰기에 대한 성찰 없이 삶을 성찰할 수 있겠습니까?, 아니 에르노는 노벨상 수상 연설에서 그렇게 묻는다.)

언젠가, 소녀 시절에, 나는 벽에 기대어 서서 여학생들 무리가 수녀의 인솔 아래 공원으로 줄지어 들어가는 모습을 지켜보았다. 그 여학생들은 교복 차림이었다. 흰 블라우스에 진청색 플레어스커트. 그들은 둘씩 짝을 지어 손을 잡고 걸었다. 수녀가 걸음을 멈추고 돌아서더니 그들에게 내 귀에는 들리지 않는 무슨 말을 했다. 그러자 여학생들이 짝지어 뿔뿔이 흩어졌다. 한 마리 애벌레에서 날아오르는 열두 마리 나비.
나는 그 후 줄곧 그 상징을 사용할 곳을 찾고 싶은

소망을 품고 살아왔다. 하지만 마땅한 곳을 찾지 못했다. 이제 영원히 기회가 찾아오지 않을 수도 있다는 두려움에, 그 상징을 여기에 둬야겠다.

〈문학 만찬에 초대하고 싶은 세 명의 작가를, 고인이 되었든 살아 있든, 말씀해 주시겠습니까?〉『뉴욕 타임스』북 리뷰 작가 인터뷰에 자주 등장하는 질문이다.

에드먼드 화이트에 따르면, 제임스 메릴이 한 젊은 팬에 대해 이렇게 말했다고 한다. 〈그 팬은 왜 우리를 직접 만나고 싶어 할까? 우리의 알맹이는 책 속에 있기에 결국 빈 껍데기만 만나게 되리란 걸 깨닫지 못한 걸까?〉

1백 년 후에도 여전히 읽힐 거라고 생각하는 작가들과 책들에 대해 말해 달라는 질문에, 스티븐 호킹은 이렇게 대답했다. 〈지구상에서 인간이 생존할 수 있는 기간은 1백 년 정도밖에 남지 않았습니다.〉

스티븐 호킹이 그 말을 한 건 2017년이었다.

내 책상 위에 있는 릴케의 말: 〈나는 두려움에 맞서

밤새 글을 썼다.〉

　질문: 어떤 사람이 당신의 인생 이야기를 써주기를
바랍니까?

　빼어난 글솜씨뿐 아니라, 사랑하고 용서할 줄 아는
크나큰 마음까지 겸비한 사람.

감사의 말

조이 해리스와 사라 맥그래스에게 계속해서 특별한 감사를 표한다.

그리고 지원을 아끼지 않은 아트 오미와 존 사이먼 구겐하임 기념 재단에도 감사한다.

나는 기억한다, 팬데믹의 봄을

코로나19 바이러스가 전 세계를 덮친 2020년 봄의 공포와 혼돈은 어느덧 역사의 뒤안길로 사라지고, 이제 우리는 포스트-코로나 시대의 뉴 노멀에 적응하여 살아가고 있다. 돌이켜 보면, 그 팬데믹 시기에 우리가 가장 많이 들었던 말은 〈봉쇄〉였다. 사회적 거리 두기는 감염 예방을 위한 극약 처방이었고 시스템의 일시적 마비, 사람들의 고립과 단절이라는 부작용은 감수될 수밖에 없었다. 외부 활동이 거의 금지되면서 도시의 거리 풍경은 극적인 변화를 맞이했다. 늘 인파로 북적이던 거리들에 기괴한 정적만이 감돌았다.

시그리드 누네즈의 소설 『그해 봄의 불확실성』은 팬데믹 봉쇄 조치로 인적이 뜸해진 뉴욕 맨해튼에서 날마다 그 한산함을 즐기며 유령처럼 배회하는 한 노약자의 이야기를 담고 있다. 시그리드 누네즈 자신처럼 뉴욕에 사는 소설가인 이 인물은 공원들을 돌아다니며 꽃을 보고 불안과 고독을 달랜다. 그러다 지인의 고급 아파트에 홀로 남겨진 금강앵무를 돌보는 일을 맡게 된다. 지능이 뛰어나고 사교적인 이 앵무새는 이틀 이상 방치되면 극단적인 스트레스를 받기에 세심한 돌봄이 필요한데, 주인이 여행을 떠났다가 코로나 사태가 터지면서 꼼짝없이 발이 묶였고, 그 아파트에서 지내며 앵무새를 돌봐 주던 대학생마저 갑자기 떠난 것이다. 마침 반려 앵무새를 키우는 게 평생의 꿈이었던 소설가는 사랑스러운 앵무새와 교감하며 삶의 활력과 위안을 얻는다. 그러던 어느 날, 전에 앵무새를 돌보던 대학생(인간 혐오주의자에 에코 테러리스트이며 분노조절 장애까지 갖고 있는)이 예고도 없이 나타나고, 늙은 소설가와 Z 세대 이상주의자는 불편하고 기묘한 동거를 시작한다.

온갖 비정상적인 상황들을 견뎌야만 했던 팬데믹 기간, 그 격리와 단절의 시기에 아이러니하게도 소설가는 독거에서 벗어나 앵무새, 그리고 방황하는 청년

과 함께 살게 되며, 그 불확실하기만 했던 봄의 기억은
아름다움으로 남는다.

　『그해 봄의 불확실성』에는 이 작품의 일인칭 화자인
소설가의 삶에 지대한 영향력을 미친 작가들이 대거
등장하는데, 그중에서 가장 강력한 존재감을 지닌 두
작가는 버지니아 울프와 조 브레이너드이다.
　우선, 의미심장한 첫 문장(〈불확실한 봄이었다〉)부
터 버지니아 울프의 소설 『세월』의 서두에서 가져온
것이다. 플롯이 아닌 의식의 흐름에 따른 이야기 전개
에도 의식의 흐름 기법의 개척자인 버지니아 울프의
그림자가 짙게 배어 있다.
　조 브레이너드로 말할 것 같으면, 『나는 기억한다』
의 오마주라고 할 수 있는 〈나는 기억한다〉로 시작하
는 서술 형식이 이 작품의 근간을 이룬다.
　사실 이 소설은 두서없이 떠오르는 단편적인 기억
들의 모음집이며, 소설가의 뇌 갈피갈피에 남아 있던
어린 시절부터 최근까지의 기억들이 의식의 리듬을 타
고 재조명되지만 〈불확실한 봄〉이었던 2020년 봄에 초
점이 맞추어져 있다. 나는 기억한다, 나는 기억한다.

그 비현실적이었던 팬데믹의 봄을.

2025년 1월

민승남

옮긴이 민승남 서울대학교 영어영문학과를 졸업하고 현재 전문 번역가로 활동 중이다. 제15회 유영번역상을 수상했다. 옮긴 책으로 E. M. 포스터의 『인도로 가는 길』, 카렌 블릭센의 『아웃 오브 아프리카』, 시그리드 누네즈의 『그 부류의 마지막 존재』, 클라리시 리스펙토르의 『별의 시간』, 앤 카슨의 『빨강의 자서전』, 메리 올리버의 『세상을 받아들이는 방식』, 앤드루 솔로몬의 『한낮의 우울』, 폴 오스터의 『낯선 사람에게 말 걸기』(공역) 등이 있다.

그해 봄의 불확실성

발행일	2025년 1월 20일 초판 1쇄
	2025년 2월 20일 초판 3쇄

지은이	시그리드 누네즈
옮긴이	민승남
발행인	홍예빈
발행처	주식회사 열린책들

경기도 파주시 문발로 253 파주출판도시
전화 031-955-4000 팩스 031-955-4004
홈페이지 www.openbooks.co.kr 이메일 literature@openbooks.co.kr